일본 최초의 여성문예 잡지

세이토

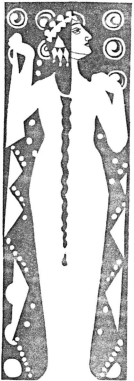

이상복 · 김화영 역

일본 최초의 여성문예 잡지 세이토

초판 1쇄 발행일 • 2007년 9월 20일
초판 1쇄 인쇄일 • 2007년 9월 27일
지은이 • 세이토 사
역　자 • 이상복 · 김화영
펴낸이 • 박영희
표　지 • 정지영
편　집 • 정지영 · 허선주
펴낸곳 • 도서출판 어문학사
　　　　132-891 서울특별시 도봉구 쌍문동 525-13
　　　　전화: 02-998-0094 / 팩스: 02-998-2268
　　　　홈페이지: www.amhbook.com
　　　　e-mail: am@amhbook.com
　　　　등록: 2004년 4월 6일 제7-276호

ISBN 978-89-91956-45-2 93830
정　가 • 15,000원

인지는
저자와의
합의하에
생략함

　『세이토』는 근대 일본 사회에서 처음으로 여성지식인들만으로 구성되어 만든 여성문예 잡지이다. 『세이토』의 여성들은 구태의연한 구시대의 남성 중심적인 관습과 사상에 대한 타파와 여성의 자아확립을 주장하려고 일어섰다. 그녀들은 스스로를 '신여성新しい女'이라고 자칭하였다. 잡지『세이토』는 신여성론, 정조론, 낙태논쟁, 모성보호론 등의 여성의 성에 대한 담론을 세상에 숨김없이 꺼내어 놓았고, 불같은 뜨거운 논쟁으로 여성의 '성'에 대한 가치관을 재구축하였다.

　『세이토』는 비단 일본의 여성운동의 선구적인 역할을 한 것뿐만 아니라 근대 한국의 여성지식인에게도 많은 반향을 일으켰다. 제1기 한국근대여성문학가 김명순, 김일엽, 나혜석 등의 여성작가들 모두가 일본유학을 경험하였고, 1910·20년대 일본문학을 몸소 체험하였다. 예를 들면 일본 영화학교에서 수학하였던 김일엽은 1920년 귀국하여 잡지『신여자』를 창간함에 있어서 「청탑」회를 조직하였다. 「청탑」회란『세이토』의 한자를 한국어로 표기한 것이다. 뿐만 아니라 한국의『신여자』가 일본의『세이토』보다 9년이나 늦게 발간된 것으로 미루어 보면, 한국의 '신여자', '신여성'이라는 단어의 유입은 잡지『세이토』의 '아타라시 온나新しい女'와 결코 무관하지 않다고 할 수 있을 것이다.

　1990년대 이후 한국과 일본에서는 근대여성문학에 대한 관심이 점차 높아지고 있다. 한국의 근대여성문학을 연구함에 있어서 일본 여성운동과의 관계는 간과해서는 안 될 것이다. 특히 일본의 히라쓰카 라이초라는 여성과 문예잡지『세이토』는 한국의 근대여성운동사와도 깊은 관계를 맺고 있다. 많은 한국의 근대여성문학 연구자들은 라이초와『세이토』의 비교연구의 가능성을 인정하면서도 자료의 부족함으로 인해 폭넓고 깊이 있는 연구를 진행시키지 못하고 있는 실정이다. 이러한 한일근대여성문학의 비교연구에 대한 무한한 가능성을 제공하길 바라는 마음으로『세이토』를 번역 소개하게 되었다. 하지만 총 52권이나 되는 방대한 양의 잡지를 모두 번역할 수 없는 관계로 제일 존귀한 자료로 사료되는 창간호를 번역하기로 했다.

창간호에 수록되어 있는 요사노 아키코与謝晶子의 권두시「부질없는 말そぞろごと」, 다무라 도시코田村俊子의 소설「생혈生血」, 히라쓰카 라이초平塚らいてう의 발간사「원래, 여성은 태양이었다元來, 女性は太陽であった」 등은 오늘날 잘 알려져 있다.

『세이토』창간호를 번역함에 있어, 1910년대라는 시대와 언어상의 차이로 인해서 매끄럽지 못한 문구를 되도록 원문에 가깝게 번역하려고 노력하였다. 또한 본문의 이해를 돕기 위해 각주(역자주)를 달았다.

역서『세이토』창간호는 일본 여성운동의 선봉으로서 중요한 자료이기도 하지만 한국의 근대여성문학을 연구하기 위한 중요한 자료 또한 될 수 있을 것이다. 본 역서가 좀 더 폭 넓은 한일여성문학과 한일여성사의 연구 자료로써 널리 사용되길 간절히 바란다.

끝으로 출판을 위해 끝까지 성원을 보내주신 어문학사 사장님과 출판부에게 다시 한 번 깊은 감사의 뜻을 전하는 바이다.

역자 일동

『세이토』는 1911년 9월에 창간된 여성문예 잡지이다. 발기인은 당시에 이미 바이엔 사건煤煙事件으로 알려지게 된 히라쓰카 라이초平塚らいてう이다. 구슈 문학회金葉会의 강사였던 이쿠다 조코生田長江가 라이초에게 여성만으로 구성된 잡지를 만들어보라는 권유를 하여, 시집갈 자금을 라이초의 어머니에게 받아 잡지 발간의 자금으로 삼았다.

『세이토』란 이쿠다 조코가 지어준 잡지명으로, 19세기 영국에서 일어난 New Women 운동의 여성들을 지칭한 블루 스타킹을 한자 세이토青鞜로 바꾼 데서 유래하였다. 블루 스타킹의 여성들은 가부장 제도의 여성의 역할을 거부하고, 여성들의 지위 향상과 남녀의 동등한 권리를 주장하였다. 이러한 정신은 세이토사의 여성에게도 그대로 이어져, 가부장제로 인해 억압된 여성의 권리를 주장하고, 여성자아의 각성과 확립에 대해서 역설하였다.

창간호의 편집후기에는 발간 목적에 대해서 "여자를 위해 각자의 타고난 재능을 충분히 발휘하기 위해, 자아를 해방한다는 최종의 목표 아래 수양 연구하여, 그 결과를 발표하는 기관으로서 하고 싶다"라고 적고 있어서, 여성의 자아실현의 장소로 이용할 것을 주장하고 있다. 또한 잡지사의 개칙 제 1조에는 "본사는 여류문학의 발달을 도모하고 여성 각자의 타고난 재능을 발휘하고, 후일 여류의 천재를 만드는 것을 목적으로 한다"라고 기술하고 있다.

창간호는 목차·판권장·광고를 제외하고 134페이지로 구성되어 있고 그 권말에는 '세이토사 개칙' 전 12조와, 발기인 5인, 찬조원 7인, 사원 18인 등 합계 30인의 여성들의 이름이 가나다순으로 쓰여 있다. 이 중 세상에 이름이 알려진 사람은 와카和歌 작가 요사노 아키코와 작가 다무라 도시코 뿐이고 거의 대부분은 무명이지만 문학과 관련이 있었으며, 특히 발기인 중에 모즈메 가즈코物集和子를 제외한 4인이 일본여자대학교 졸업생이다. 창간호의 표지그림은 나가누마 지에코長沼知恵子가 그렸다. 길게 땋은 머리카락을 등에 늘어뜨리고, 옆얼굴을 보인 여자의 입상으로, 꽤 장식적인 레이아웃이면서 '신여성'의 잡지에 어울리는 기품과 격조를 감돌게 하고 있다.

창간호의 발행부수는 1000권, 전성기에는 3000권으로 그중에 500권은 세이토사가 직접 판매를 하고 그 외는 점두판매를 하였다.

창간 1주년이 지날 무렵 세이토사에 역풍이 불기 시작하였다. 동요하는 사원도 있었지만 『세이토』는 1913년 초부터 「신여자와 그 밖의 부인문제에 관하여」라는 특집을 2호에 걸쳐 싣고 공개강연회를 성공시켰으며, 문예연구회를 기획하였다. 엘렌·케이, 하베로크·에리스, 에마·골드만 등의 번역을 게재하여 여성해방의 방향을 모색하였다.

10월 호에는 세이토사 개칙 개정이 발표되어 『세이토』는 제 2기로 들어간다.

1913년 4월 문부성이 제창하는 현모양처의 이념에 맞지 않는다는 이유로 발금처분을 받았다. 라이초는 편집과 부실한 경영에 대한 책임을 지고 '3주년週年 기념호紀年号'의 편집을 마지막으로 이토 노에伊藤野枝에게 후임을 맡긴다. 노에가 편집·발행인으로 된 1915년 1월호부터를 『세이토』의 제 3기라고 할 수 있다.

　『세이토』는 다이쇼기에 들어서 여성해방 사상지의 색채를 강하게 띠지만, 1916년 2월호(전 6권 52호:1914년 9월호와 15년 8월호는 결호)를 끝으로 영구 휴간되기까지 여성문예지의 면모를 잃지 않았다. 현모 양처주의에 반발하며 시대의 젠더 틀에 구애받지 않는 자아에 눈뜬 여성들이 『세이토』라는 공동의 장을 만들어 여성들의 처해진 현실을 응시하고 삶의 방식을 모색하는 소설군은 확실한 존재감을 가지고 있다.

9

부질없는 말

요사노 아키코

산이 흔들리는 날이 온다
이렇게 말해도 사람들은 나를 믿지 않을 것이다
산은 그저 잠들어 있었을 뿐
산은 모두에게
산은 전부 불에 타서 흔들리지만
하지만 그것을 믿어주지 않아도 좋아
사람들아, 아아, 누가 이 사실을 믿어주랴
모든 잠자고 있는 여성이 오늘에야 비로소 깨어나서 움직일 것이다

일인칭 문장을 쓰도록 하자
나는 여자이다
일인칭 문장을 쓰도록 하자
나는, 나는

이마에도, 어깨에도
내 머리카락이 흐트러져 있다
슬프게 눈물 맺힌 뜨거운 폭포로 얻어맞는 듯한 나의 마음
내뱉은 한숨은 불꽃같고 그리고 미칠 정도로 격렬하다
이것을 모르는 남자
나를 칭찬한다 하여도, 바로 비난하게 될 것이다

나는 한 번도 쓰지 않은
투명하고 얇은 유리로 된 새로 산 화병을 좋아한다
물이 화병에 넘칠 정도로 가득 차면 눈물 되어 넘쳐난다

꽃도 화병에 던져 넣으면 불꽃이 되어 타오른다
슬픈 탄식은, 만약 무례한 남자의 손에 의해 부서져 버린다면
못다 구운 토기보다도 깨지기 쉽고 약하니

푸르스름하고, 하얀
면도날이 기분 좋다
풀숲에서 풍기는 뜨거운 열기 가운데 여치가 울고 있네
근처 하숙집에서 들려오는 하모니카 소리는 구슬픈데
내 머리 기름 스며든 빗을 찾아 바닥을 뒤지다가
닥종이에 쌓인 날씬한 면도날을 발견했다

담배 맛은 쓴 건지 매운 건지 뭐라 형용할 수가 없다
그 버릇없는 남자는 달다고 말하는데
설탕처럼 달다고는 생각되지 않는다
나는 요즘 담배를 피우려고 생각한다.
하지만 담배 피우는 것은 다른 사람에게 숨기지 않을 것이다.
뒤에서 남자와 닮았다고 험담을 한다고 해도 상관없다
단지 무서운 것은 그런 버릇없는 남자들이 많다는 것이다

회초리를 잊지 말라고
짜라투스투라는 말했다
여자야말로 소이자 양이다
한마디 더 하고 싶다
들판에 놓아 달라

내 할머니의 어머니는 내가 직접 만난 적은 없지만, 모든 일에 교양
이 넘치는 분이셨다
수정 목걸이에 질렸고 산호 목걸이에도 질렸다
이 청옥 목걸이를 풀어서
가난해서 장난감을 받지 못한 아이들의 손 위에 하나씩 하나씩 쥐어
주러 간다

나의 노래가 짧으면, 노래를 생략했다고 사람들은 생각할 것이다
나의 노래에 생략된 것은 전혀 없다
또한 무엇을 더할 것이 있는가
나의 마음은 물고기가 아니라서 아가미가 없다.
단지 단숨에 노래하는 것이다

베짱이야, 베짱이야
초가을녘 작은 피리 부는 베짱이야
모기장에 앉은 베짱이야
너의 목소리에 파란 모기장이 더욱 파래지는구나
베짱이야, 어째서 노래를 멈춘 거냐
초가을녘 밤, 모기장은 수은처럼 차다
베짱이야, 베짱이야

기름 매미, 맴맴맴맴 우는 것은
노란 소독 비누방울 같다
욕심 많은 남자는 사각형 모양의 커다랗게 벌린 입과 같다

손에 꽉 쥔 이 원짜리 동전이다
요즘 유행하는 예술의 비평이다
과장되게 말하는 젊은이들의 연애이다

여름 밤 억수같이 쏟아지는 비
내 집은 진흙밭 밑에 묻히는가
기둥은 모두 풀처럼 휘어지고
기둥을 타고 내려오는 빗물은 뱀과 같다
식은땀 냄새. 아아 슬프도다, 연약한 아이들의 이를 가는 소리
파란 모기장은 개구리 목처럼 부풀어 올랐고
어깨까지 내려온 머리카락은 녹나무 잎처럼 흔들리고 있다
그 안에 있는 창백한 우리 아이의 얼굴이야말로
흔들리며 흩어지는 달맞이꽃이다

올해 장마 때는 예년에 비해 비가 많이 왔다. 비뿐만이 아니라 바람까지 가세하여 마치 가을 폭풍우를 연상케 했다. 이런 장마는 바람을 싫어하는 유미코를 괴롭혔다.

오늘은 오랜만에 맑게 갠 좋은 날씨인데다, 때마침 일요일이기도 하다. 매일 아침 6시면 어김없이 깨우러 오는 하인 하쓰도 오늘만큼은 유미코가 일어날 때까지 그녀의 방문을 열지 않았다.

유미코는 다다미 4장 반 정도 되는 욕실로 들어와서 하쓰가 가져다 놓은 한 통 가득한 더운물을 양동이에 있던 찬물과 섞어 아침 몸단장을 한다. 머리는 아주 공을 들여 히사시가미[1]로 묶고 이를 닦는다. 그리고는 서양 분으로 엷은 화장을 하고, 교복용 기모노와 하카마[2]를 입고 마무리하기까지 약 40분 정도 걸린다. 오늘 아침에 입은 기모노는 어머니가 상자 속에 넣어 두었던 것이다.

로치리멘[3] 천에 시로아가리[4], 힛타[5], 세이가이하[6]의 문양을 넣어 유젠[7] 염색을 한 히토에기누[8] 나가쥬방[9]은 살색무지 치리멘[10]

---

[1] 히사시가미庇髮 : 메이지 후기에서 다이쇼 초기에 유행한 앞머리를 모자 차양처럼 내민 머리 모양.

[2] 하카마袴 : 일본옷의 겉에 입는 아래옷. (허리에서 발목까지 덮으며, 넉넉하게 주름이 잡혀 있고, 바지처럼 가랑이진 것이 보통이나 스커트 모양의 것도 있음)

[3] 로치리멘絽縮緬 : 사紗처럼 바탕이 성긴 오글오글한 견직물. 그레이프.

[4] 시로아가리白上がり : 검은색이나 감색 바탕에 하얀 모양을 물들인 것.

[5] 힛타匹田 : 홀치기 무늬의 한 가지. 네모 모양의 무늬

[6] 세이가이하靑海波 : 남빛의 물결 모양 무늬. 또는 그와 비슷한 무늬

[7] 유젠友禪:友仙 : 날염법의 한 가지. 방염. 풀을 사용하여 만든 비단 등에 꽃·새·산수 등의 무늬를 화려하게 염색하는 방법.

[8] 히토에기누單衣 : (옛날)남녀가 정장할 때 속옷으로 입던 홑옷.

[9] 나가쥬방長襦袢 : 일본옷의 겉옷과 같은 기장의 속옷. (여자용으로 화려한 색상의 무늬가 있음)

[10] 치리멘縮緬 : 견직물의 한 가지. 바탕이 오글오글하게 된 평직의 비단.

과 비단 깃을 댄 크림색의 치리멘으로 덧대어 만들어진 옷이다.

오비는 하얀 천에 은사로 거칠게 뜬 것으로 김춘식金春式 중국 비단으로 된 마루오비[11]이다. 단단히 맸는데도 다시 느슨해지거나, 너무 길어서 몇 번이나 고치는 사이에 묶은 오비가 풀려 버린다. 유미코는 조바심이 나는 와중에 가까스로 채비를 마친다.

거실로 나와 보니 자신의 밥상만 있고, 하쓰가 시중을 들기 위해 와 있다. 어릴 때 아버지가 돌아가시고, 한 명 있는 오빠는 지금 교토에서 대학을 다니고 있어 도쿄의 집에는 어머니와 유미코 둘 뿐이다.

"나 혼자 먹네. 그렇게 늦었나? 어젯밤 12시까지 공부하는 바람에 오늘은 푹 늦잠을 자버렸어. 어머니는?"

"후쿠지마福島 사모님이 오셔서 2층에 계십니다."

"후쿠지마 사모님이?"

유미코는 얼마 전부터 자주 들어오는 자신의 혼담 때문일 것이라고 생각한다. 학교를 졸업할 때까지는 결혼시키지 않을 거라 간신히 마음을 정한 어머니를 또 혼란스럽게 하려고 온 걸까? 누가 시집 따위 간대. 오늘 병문안 가기로 되어 있는 구구이누마鵠沼에 사는 죽을 병에 걸린 유모도 시집 같은 걸 가지 않았더라면 폐병 따위는 걸리지 않았을지도 모른다. 우리 집에서 일할 때는 감기에 걸린 적도 거의 없었던 것 같다.

유미코는 오랫동안 자신을 길러준 유모가 7년 전쯤 갑자기 시집을 가 버렸던 게 너무도 이상했다. 언제까지나 아가씨 곁에 있을 거라고 입버릇처럼 말하던 유모가 별안간 시집을 가게 되어, 평소보다 두 배

---

11) 마루오비丸帶 : 천의 폭을 둘로 접어 안팎을 한 감으로 만든 폭 넓은 여자 옷의 띠.

나 되는 커다란 마루마게[12] 머리를 하고 흰 분을 짙게 바른 것을 봤을 때 유미코는 어린 마음에 이상하다고 생각했다.

유모의 남편은 결혼 후 얼마 안 있어 오사카의 우체국으로 전근을 갔다. 유모가 몹시 슬퍼하며 유미코와 헤어진 지 벌써 7년이 지났다. 오랫동안 계속 보내온 편지들에는 자신의 몸이 약해졌다는 것밖에 적혀 있지 않았다. 결국 유모는 두 달 전쯤에 남편의 허락을 받아 아이를 데리고 구구이누마에 있는 친정으로 돌아왔다. 안심을 해서인지 기차여행으로 지쳐서인지 눈에 띄게 병이 심해졌다고 한다. 어머니의 부탁으로 의사가 구구이누마까지 가서 진찰을 했지만 폐결핵이 너무 심해 의사도 단념했다고 한다.

유모는 요즘 매일 '아가씨, 아가씨'만 부르며 살고 있다. 언젠가 화장실도 다닐 수 없는 몸으로 아무래도 한 번은 도쿄로 가 유미코를 만나고 와야겠다고 해 집안을 시끄럽게 만들기도 했다. 그래서 유모의 오빠가 그저께 일부러 유미코의 집까지 와서 어머니께 이야기하는 것을 유미코가 듣고, 집사 야마오를 데리고 오늘 9시 10분 신바시 新橋를 출발하는 기차로 구구이누마에 가기로 한 것이다.

유미코는 식사를 마치고 신문을 읽으며 어머니가 2층에서 내려오기를 기다린다. 그러는 사이에 8시가 지나버려 더 이상 지체했다가는 기차 시간에 늦을 것 같아 2층으로 올라가 어머니께 인사를 드리고 외출하기로 마음먹는다.

유미코는 매우 복잡한 2등실에 올라탄다. 동행이 남자라 이야기도 못하고 인형처럼 얌전히 양손을 무릎 위에 얹고 출발하기를 기다린

---

12) 마루마게丸髷 : 후두부에 약간 평평한 타원형의 상투를 단 모양.

다. 뒤늦게 한 젊은 신사가 들어와서 유미코의 바로 맞은편에 앉는다. 보려고 하지 않아도 마주 보게 되는 신사의 터질 듯이 살찐 볼과 볼 사이에 갓난아기 같은 아주 작은 입이 붙어 있는 얼굴을 언뜻 본 유미코는 우습다고 생각한다. 이런 일이 자주 있기 때문에 웃음을 터뜨리지 않으려고 온갖 힘을 다해 참는다. 가끔 야마오가 말을 걸어오면 짧게 대답하고 줄곧 입술을 깨물며 몸에 힘을 주어 웃음을 참는다.

때마침 기차가 요코하마橫浜에 도착한다. 두세 명의 외국인이 일어나 차에서 내리면서 빨간 장미 꽃다발을 유미코의 손에 건네주고 간다. 유미코는 갑작스러운 일로 아름다운 꽃에 마음이 빼앗겨 웃음이 조금 누그러진다. 이런 기쁨에 도취되어 있을 틈도 없이 맞은편 남자는 공기베개를 가방 안에서 꺼내 입으로 바람을 불어 넣기 시작한다. 공기베개는 점점 부풀어 올랐지만 공기를 머금은 볼 쪽은 전혀 작아지지 않는다. 오히려 점점 더 부풀어 금방이라도 베개와 함께 볼도 터질 것만 같다. 유미코는 눈을 감고 보지 않으려고 한다. 하지만 환상 속에서 볼과 베개가 실제보다 더 부풀어 보인다. 멈출 줄을 모르는 것 같다. 유미코는 끝내 '푸' 하고 웃음이 터져 나와 손수건으로 얼굴을 가린다.

후지사와藤沢에 도착한 것은 11시가 조금 지나서다. 정거장 앞 찻집에서 조금 쉬며 유미코는 도쿄에서 가져온 샌드위치와 서양과자와 과일을 꺼내 먹고 야마오에게도 나눠준다. 결핵 환자가 있는 곳에서 음식을 먹지 않으려고 그곳에서 이것저것 먹는다.

후지사와에서 탄 차는 울퉁불퉁한 시골길을 덜컹덜컹 흔들리며 달린다. 선로를 지나 옆으로 돌자 아직 꽤 많은 거리가 남아 있음에도 불구하고 유모 집의 커다란 소나무가 보인다. 유미코는 어린 시절 부모님과 함께 유모 집에 온 적이 있었다. 소나무가 많은 구구이누마 마을에서도 이 소나무는 아주 특별했기 때문에 유모는 언제나 이 나무를 자랑스러워했다. 옆에 서 있는 키가 조금 작은 나무 두 그루에는 금줄이 쳐져 있었다. 유모는 유미코의 집을 떠날 때 받은 돈과 그때까지 모은 돈을 합쳐 소나무가 있는 아래쪽에 2층짜리 집을 지었다.

"평소에는 오빠에게 빌려주고 있어요. 비워드릴 수 있으니 해수욕하러 오실 때는 저희 집으로 오세요."

유모는 이렇게 말했다. 유미코는 그 집이 유모가 죽음을 준비할 장소로 지은 것 같다는 생각이 들자 유모 집으로 다가가는 기분이 예전에 놀러 왔을 때와는 전혀 달랐다.

소나무가 눈앞에 보였지만 덜컹거리는 차가 유모 집에 도착하기까지는 상당한 시간이 걸렸다. 봉당[13]에서 일을 하고 있던 유모의 어머니가 맨 먼저 유미코를 보고 뛰어 나온다.

"잘 오셨어요."

유모의 어머니는 계속 인사를 되풀이하며 유모가 있는 곳으로 유미코를 안내한다. 출입구 안쪽은 넓은 봉당이다. 거기로 들어가 둘러보니 6첩과 8첩의 다다미방이 있고, 그 안쪽에 자신이 평소 알고 있던 사람이라고 하기에는 믿을 수 없을 만큼 수척해진 모습의 유모가 있다.

---

13) 봉당土間 : 재래식 한옥에서 안방과 건넌방 사이의 마루를 놓을 자리에 흙바닥을 그대로 둔 곳.

유모는 유미코가 오는 것을 알았는지 일어나 있다.

"아가씨세요?"

유모는 말이 끝나기도 전에 울기 시작한다. 이런 유모의 모습을 보자 유미코의 눈에서도 눈물이 난다. 전혀 예상치 못한 눈물이다. 오늘 죽음을 눈앞에 둔 유모를 병문안하는 것은 유미코가 어쩔 수 없이 해야 하는 의무에 지나지 않다. 그리고 유모에게 뭐라고 말해야 할지를 생각하는 것은 고역이다. 그래서 생각지도 못했는데 눈물이 난다. 유미코는 무거운 짐을 벗은 것 같았다. 더 이상 뭐라고 말을 할 필요가 없어진 것이다. 잠시 손수건을 얼굴에 대고 있던 유미코는 얼굴을 들며 말한다.

"유모, 선물 가져 왔어. 이건 어머니와 내가 주는 거야. 열어봐."

자주색 무늬의 메이센14)에 크림색 비단으로 안을 댄 시타가케15)이다. 그것을 유모의 어깨에 걸쳐 준다.

"또 유모가 먹을 수 있을 만한 과자를 좀 가져 왔어. 우유에 넣어 먹는 코코아도 있어. 그리고 유모가 누워서 보면 좋을 것 같아서 조화도 가져 왔어. 아직 배우고 있는 중이라서 많이 서툴러. 자 봐, 가시나무에 국화에 도라지꽃에 나팔꽃에 연꽃. 이게 배운 거 전부야."

"이렇게 와 주신 것만도 고마운데 선물까지 주셔서 감사해요. 빨리 나아서 도쿄로 찾아뵙고 인사드리고 싶은데……."

열흘을 버틸지 어떨지 모른다는 의사의 선고를 받은 유모를 어떻게 위로해야 할지 알 수 없다.

---

14) 메이센銘仙 : 굵고 마디가 많은 쌍고치실이나 방직 견사 등으로 촘촘하게 짠 평직의 견직물.
15) 시타가케下掛け : 고타쓰 바로 위에 덮는 얇은 천. (고타쓰 : 일본의 실내 난방장치의 하나. 나무틀에 화로를 넣고 그 위에 이불·포대기를 씌운 것. 이 속에 손·무릎·발을 넣고 몸을 녹임)

유모의 베개 위에는 단발머리의 유미코가 코트를 입고 찍은 사진이 놓여 있다. 그 후에도 히사시가미와 다카시마다[16] 모양을 한 사진을 몇 장이나 보냈지만 유모에게는 역시 자신이 키우던 시절의 유미코가 그리운 듯하다. 유미코의 사진 옆에는 한눈에 확 들어올 정도로 예쁜 여섯 살 정도의 남자 아이 사진이 놓여 있다. 유모에게 그 또래의 남자아이가 있다는 것은 알고 있지만, 사진 속의 아이는 유모의 아이치고는 너무 예쁜 것 같다.

"이 애는 유모 아이야? 정말 예뻐."

"오사카에 있을 때 종종 주인집 아이라고 다른 사람들한테 오해받곤 했는데, 역시 아가씨를 소중하게 대하던 버릇이 남아서 제 아이도 그렇게 대하게 되는구나 생각하며 집에 와서도 자주 웃곤 했어요."

유모는 쓸쓸하게 웃는다.

"아이는 데리고 왔어?"

"네, 조금 전 본가 사람들이 집에 왔을 때 따라갔는데 이제 돌아올 시간이 됐어요. 아가씨께서 결혼을 하실 때쯤이면 그 아이는 14살이 되네요. 그때까지는 절대 무슨 일이 있어도 죽지 않을 거예요."

유모의 창백한 얼굴이 약간 붉어진다. 그리고 눈도 평소와 달리 빛나고 있다. 말과 생각의 모순이라고나 할까? 뭔가 불합리한 것 같아 유미코는 불쾌하다.

옆방에서는 유모의 어머니가 식사준비 하는 것을 야마오가 말리고 있다. 그 소리를 들은 유미코가 말한다.

"환자가 있는 데 와서 귀찮게 할까봐 오는 길에 먹고 왔어. 정말이

---

16) 다카시마다高島田 : 높게 틀어 올린 여자 머리 모양의 한 가지. (옛날에는 주로 미혼여성이 틀었고 현재는 시집가는 새색시가 트는 모양)

야."

"변변찮은 솜씨지만 제가 아프지만 않아도 아가씨 입맛에 맞게 만들어 드릴 텐데……. 얼마 전에 햇고구마를 캤는데 지금 찌고 있을 거예요. 저기로 가셔서 그거라도 조금 드세요."

"고구마는 여전히 좋아하긴 해. 그럼 먹고 올게."

고구마라면 껍질이 있어서 괜찮을 거라고 유미코는 생각한 것이다. 그리고 야마오와 함께 안채의 안쪽 방으로 간다. 애써 준비한 것이라며 야마오는 여러 가지 음식을 혼자서 먹는다. 손님에게 대접을 하기 위해 따라온 어머니는 환자에 관한 이야기를 하며 운다. 그러자 야마오가 위로의 말을 한다. 어머니는 눈물이 줄줄 흐르는데도 두 손으로 얼굴을 가리지도 않은 채, 앞치마로 닦지도 않은 채 그대로 하염없이 운다. 이렇게 이상하게 우는 모습을 한 번도 본 적이 없다. 주름투성이 노인의 얼굴을 보고 있으니 문득 우습다는 생각이 든다. 그러나 조금 전 기차 안에서 공기베개의 신사를 보고 웃어버린 것과 같은 일이 생겨서는 안 된다고 생각하여 입술을 깨물고 다른 곳을 응시하고 있다가 자리에서 일어나 환자가 있는 곳으로 돌아간다.

그때 마침 유모의 아이가 돌아왔다. 사진에서 봤던 것보다 훨씬 더 예쁜 아이이다. 유모는 엄마를 잃게 될 이 아이를 유미코에게 거듭거듭 부탁한다.

이후 유모가 죽고 나면 그 아이는 미리 약속되어 있던 교바시京橋에 있는 고모 집에서 맡아 돌보게 된다. 그 집에 놀러 오는 우자에몬17)과 고마조18)가 배우를 시키고 싶다고 양자로 달라고 몇 번이나

---

17) 우자에몬羽左衛門 : 메이지 7년(1874) 11월 5일~쇼와 20년(1945) 5월 16일
  전전戰前의 가부키를 대표하는 명우名優.

부탁했지만 아이가 거절했다고 한다.

야마오가 재촉하여 유미코는 돌아갈 채비를 한다. 사실 '죽음'의 집을 벗어나는 것이 기쁘다. 하지만 매우 이별을 아쉬워하는 유모를 보자, 한순간 자신이 부끄럽게 생각된다. 유모는 마루까지 아픈 몸을 이끌고 나와 배웅을 한다. 벌써 4시가 다 되어 간다. 해질녘의 그늘이 지고 온통 푸른 밭 위로 시원한 바람이 분다.

차 주위로 근처 아이들이 신기한 듯이 모여든다.

"도쿄 여자는 이상하네. 여름 목도리를 하고 있어."

아이들은 유미코의 얼굴을 바로 보며 말한다. 더러운 아이들 틈에서 유모의 아이는 특별히 더 예뻐 보인다.

"안녕."

유미코는 손을 흔들며 차에 오른다. 콧물을 흘리며 빨갛고 지저분한 눈을 한 아이들도 입을 맞춰 말한다.

"안녕."

유모의 집 사람들은 모두 나와 배웅을 한다. 차는 덜컹덜컹 거리며 좁고 구불구불한 길을 달리기 시작한다. 유미코가 뒤돌아보니 유모는 어떻게 올라갔는지 2층 창문에서 유령 같은 얼굴을 내밀고 이쪽을 바라보고 있다. 유미코는 '죽음'의 그림자가 자신을 뒤쫓아 올 것 같은 기분이 든다.

---

18) 고마조高麗藏 : 가부키 명우.

백일홍

귀가 안 들려
가여운 아이야
주홍 백일홍

매미를 잡는
지혜로운 나는 새
높게 핀 구름

천둥소리와
비바람 속 고류는
하늘 오르네

상쾌한 여름
바람이 부는 고산
절 찾는 사람

먼 천둥소리
물고기가 도망가네
산장의 소리

마음의 병?
저 멀리 천둥소리
황홀한 기분

입추라는데
아직도 고민되는
벌레의 독

마쓰바라松原에
그물 고치는 어부
머리 위 구름

더럽혀진 땅
깨끗이 쓸고 가는
뭉게구름아

생혈

다
무
라

도
시
코

1

아키지는 말없이 세수하러 나갔다. 유코는 아키지의 발소리를 들으며 그냥 멍하니 툇마루에 서 있었다. 남보랏빛 치리멘으로 된 히토에기누의 쓰마사키[19]가 발뒤꿈치를 멋지게 감싸며 흘러내렸다.

어젯밤 잠잘 때 머리 위로 덮어쓴 얇은 이불을 아직 걷지 않은 듯한 하늘빛 아래의 마당 구석구석에는 빨간 꽃, 하얀 꽃이 황홀하게 눈꺼풀을 드리우고 있었다.

툇마루에서 한쪽 발을 내디딘 유코의 발바닥으로 축축이 젖은 땅에서 불어오는 비단결 같은 바람이 살포시 스쳐 지나갔다.

유코는 바로 옆에 있는 어항을 쳐다보았다. 갑자기 흥미가 생긴 듯한 표정으로 그곳에 웅크려 앉았다.

베니 시보리[20]

히가노코[21]

아케보노[22]

아라레 고몽[23]

한 마리 한 마리 손가락으로 가리키며 금붕어의 이름을 붙였다. 새벽녘 하늘의 하얀빛이 어항에 비치자 곳곳에 은박을 뿌려놓은 듯 수

---

19) 쓰마사키褄先 : 기모노의 옷자락 좌우의 끝.
20) 베니시보리紅絞り : 연지빛의 홀치기염색.
21) 히가노코緋鹿の子 : 진홍색에 흰 얼룩무늬의 홀치기염색. 또는 그 천.
22) 아케보노曙 : 새벽. 밝을 녘.
23) 아라게고몽霰小紋 : (싸락눈이 내리는 듯한) 희고 작은 알갱이의 무늬.

면 위가 반짝였다. 히가노코가 물살을 가르며 헤엄쳐 휙 도망쳤다.

유코는 어항 옆에 놓여 있는 보라색 시네라리아 꽃을 한 잎 따서 물속에 넣었다. 아직 이름을 붙이지 않은 빨간 금붕어는 작은 주둥이가 꽃잎에 닿자 놀란 듯 바로 큰 지느러미를 흔들며 어항 바닥으로 도망쳤다. 은박이 여기저기서 살랑살랑 흔들렸다.

유코는 무릎을 세우고 앉아 그 위에 왼팔을 올리고, 오른쪽 팔꿈치를 받쳐서 손바닥으로 이마를 눌렀다. 손목은 축 늘어진 머리 무게를 지탱하기 어려운 듯 힘들어 보였다. 눈초리 쪽으로 엄지손가락이 닿아 눈이 험상궂게 치켜 올라갔다.

히치리멘24) 모기장 자락을 입에 물고 여자가 울었다. 남자는 바람에 펄럭이는 이요스다레25)에 어깨 위를 부딪치면서 창문 밖 거리의 등불들을 바라보았다. 남자는 갑자기 웃으며 말했다.

"어쩔 수 없잖아."

금붕어의 비릿한 냄새가 풍겼다.

무슨 냄새인지도 모른 채 유코는 가만히 그 냄새를 하염없이 맡고 있었다.

"남자 냄새."

문득 이런 생각이 들자 유코는 오싹 소름이 끼쳤다. 그리고 손가락 끝에서 발끝까지 찌릿찌릿한 뭔가가 전해져 오는 것처럼 떨렸다.

"싫다. 정말 싫어."

칼을 쥐고 뭔가에 대항하고 싶은 듯한 심정—어젯밤부터 몇 번이나 그런 기분에 사로잡혔다.

---

24) 히치리멘緋縮緬 : 바탕이 오글오글한 붉은 비단.
25) 이요스다레伊予簾 : 이요지방에서 생산되는 조릿대로 엮은 발.

유코는 한 손을 어항에 쑥 집어넣어 증오하듯이 금붕어를 붙잡았다.

'눈을 찔러버릴 거야.'

맨몸에 걸친 히토에기누의 옷깃을 여민 금색 핀을 뽑으면서 붙잡은 금붕어를 물 위로 건져 올렸다. 유리 어항의 물이 흰 선이 흐트러지듯 출렁거렸다.

깨알 같은 눈알을 겨누어 핀 끝으로 푹 찌르자 바로 손목 언저리에서 금붕어는 꼬리지느러미를 푸드득거렸다. 비린내 나는 물보라가 유코의 쥐보라색 오비에 흩어졌다. 금붕어를 핀 안쪽으로 가까이 대다가, 핀 끝에 자신의 집게손가락이 찔렸다. 손톱 끝에 루비 모양의 작은 핏방울이 맺혀 올라왔다.

금붕어의 비늘은 파랗게 빛나고 있었다. 붉은 얼룩이 말라 윤기가 없어졌다. 금붕어는 위를 향해 입을 쩍 벌린 채 죽었다. 꽃무늬의 무용부채를 펼친 듯한 모양이었던 꼬리지느러미는 힘없이 오므라들어 축 늘어졌다.

유코는 잠시 금붕어를 들여다보고 있다가 정원으로 던져 버렸다. 징검돌 위에 놓인 죽은 금붕어 위로 때마침 한순간 반짝이며 밝아오는 하늘빛이 엷게 금붕어를 감싸고는 사방으로 퍼지며 흩어졌다.

유코는 객실로 들어갔다. 아직 꺼지지 않은 전등불 빛이 옅은 주홍색의 반사로 가득 차 유코의 이마를 뜨겁게 달구었다. 유코는 창 아래에 놓인 커다란 전신거울 앞에 바짝 다가앉아서는 상처 난 집게손가락을 입에 물었다. ―주르륵 배어 나온 눈물이 두 눈을 적셨다.

유코는 소맷자락을 얼굴에 대고 울었다. 울어도 울어도 슬프기만 했다. 그러나 자신의 뺨을 꼭 사랑하는 이의 가슴에 기대고 있을 때와 같은 그런 감미로운 눈물이 엷은 색조를 띠며 흘러내렸다.

'지금 손가락을 물어 보니, 입술의 따뜻함이 느껴진다. 왜 이렇게도 슬픈 것일까?'

유코는 괴로워서 울었다.

'한없이 울었다. 흘릴 수 있는 눈물을 다 쏟아내 버리면 갑자기 숨이 끊어져 버리는 것은 아닐까? 숨이 끊어지려고 나올 수 있는 눈물이 모두 흐르는 것일까?'

이런 생각이 들 정도로 울었다.

더 이상 눈물이 나지 않을 만큼 실컷 울고 난 뒤, 연꽃에 에워싸여 잠자듯 꽃이슬에 숨이 막혀 죽을 수 있다면 기쁠 것이다. 뜨거운 눈물! 설령 살갗을 다 태울 정도의 뜨거운 눈물로 몸을 씻는다고 해도 자신의 몸은 원래대로 되돌릴 수 없다. 이제 원래대로 되돌리지는 못한다. ─

유코는 갑자기 입술을 깨물면서 얼굴을 들어 거울 속을 보았다. 유코의 형상을 확실히 비춘 채 거울 표면의 빛은 조금도 흔들리지 않았다. 남보랏빛 무릎이 헐어서 붉은 것이 보였다.

유코는 그것을 잠자코 바라보았다. 그리고 그 치리멘 한 겹 밑의 자신의 피부를 생각했다.

모공 하나하나에 바늘을 푹 찔러 넣어 작은 살을 하나씩 도려내도 자신에게 한 번 가해진 더러움은 도려낼 수가 없다.

세수를 하러 갔던 아키지가 수건을 들고 돌아왔다. 그리고는 유코를 보자 말없이 옆방으로 들어갔다. 어느 샌가 하녀가 들어와 있는 것이 보였고, 하녀와 말하는 아키지의 목소리가 들렸다.

하녀는 곧 방을 치우러 들어왔다. 하녀가 유코를 보며 미소를 지었지만 돌아보지도 않았다. 그리고 만성적인 피곤한 꿈에서 깨어날 때처럼 힘없는 몸을 건수 못하고 다리를 옆으로 모아 편하게 앉으면서 머리를 흔들며 어린아이처럼 훌쩍거렸다.

여관의 유리문을 여닫으며 아침 청소하는 시끄러운 소리가 들렸다. 전차가 끼익하고 소리를 내며 지나갈 때 유코는 문득 여관이 사람들의 왕래가 많은 대로 쪽의 주택가에 있다는 생각이 들며 두려워졌다.

"여관을 나갈 때 어떻게 빠져나가면 좋을까? 하녀에게 뒷문으로 나가게 해 달라고 부탁해 볼까."

유코는 소매에서 한시26)를 꺼내 가늘게 쭉 찢어서 상처 난 손가락을 싸맸다.

2

두 사람은 물빛 양산과 새하얀 파나마모자를 나란히 쓰고 햇볕이 쨍쨍 내리쬐는 한낮의 거리를 걷고 있었다.

구김살 투성이인 두 사람의 옷은 마치 강렬한 햇볕에 모든 의욕을 빼앗겨버린 듯 색채도 선명하게 보이지 않았다. 뜨거운 땡볕 아래 벌이라도 서는 것처럼 후줄근한 차림을 한 두 사람은 타는 듯한 한낮의 태양 속을 그저 묵묵히 걸어갔다. 불에 달군 인두에 데인 듯한 두 사람의 목 언저리는 햇살에 노출되어 있었고, 하얀 버선은 벌써 바싹 마른 먼지로 뒤덮여 옅은 적갈색으로 물들어 있었다.

두 사람은 골목길로 들어섰다.

---

26) 한시半紙 : 반지. 붓글씨 연습 등에 쓰는 일반 종이. (세로 약 25㎝, 가로 약 33㎝)

좁은 차양 아래로 바람이 잘 통했고 지면은 구덩이 속처럼 축축하게 젖어 있었다. 우물의 건너편 모퉁이 집의 칠흑 같은 어두운 봉당에서는 더러운 수건을 목에 감은 여자가 베를 짜고 있었다. 두 사람은 막다른 곳의 돌계단을 올라갔다. 다 오르자 유코는 돌담 부근으로 가 무코지마向島의 둑을 바라보았다.

강도 둑도 더위에 진절머리가 난 듯이 금빛만을 일렁거린 채 그림자 하나 움직이지 않았다. 쉴 새 없이 내리쬐는 여름 땡볕을 튕겨내듯이 함석지붕 위로 검은 연기가 아지랑이처럼 피어나 숨 막힐 듯이 더워 보이는 집들을 보자 유코는 금세 눈이 부셔 그늘진 쪽으로 시선을 옮겼다. 아키지는 포석鋪石 위에 서서 신사神社 앞에 있는 종을 딸그랑 딸그랑 쳐 대는 술집 게이샤 같은 아가씨의 뒷모습을 보고 있었다.

덕망이 높은 임금을 모신 불당 안쪽은 검은 막을 드리운 듯 어두컴컴했다. 군데군데 놓인 은색 기물27)들이 뭔가를 암시하듯, 신비롭고 하얗게 빛나고 있었고 커다란 촛대의 테를 에워싼 양초들은 상하좌우로 깜빡거리며 켜 있었다. 마치 지금의 폭염을 저주하는 기도의 불빛처럼 보였다. 고행을 위해 단식하는 스님의 반짝이는 듯한 광채를 띤 일념에 찬 눈빛만이 가냘픈 양초 끝에서 한줄기 빛을 번득였다.

그곳에 두세 사람의 모습이 보였다.

두 사람은 정면에 있는 돌계단을 내려왔다. 땡볕이 내리쬐는 그늘이 전혀 없는 거리는 햇볕에 바랜 뜨거워진 동판을 온통 덮은 듯해서 보는 눈길도, 내쉬는 숨결도 힘들게 만들었다.

---

27) 기물器物 : 살림살이에 쓰는 온갖 그릇.

유코는 양산을 낮게 썼다.

"이제 헤어져야만 해. 이제 정말 헤어져야만 해."

유코는 몇 번이나 되뇌었다. 남자와 헤어져 어젯밤 일을 혼자 곰곰이 생각하지 않으면 안 될 것 같아 초조해졌다. 하지만 유코는 아무래도 남자에게 먼저 말을 꺼낼 수가 없었다. 양손과 양발에 강한 쇠고랑이 채워진 것 같이 몸이 조금도 자유롭지 않았다.

'나에게 유린당한 여자가 떨고 있다. 말도 걸지 않고 있다. 그리고 폭염 속에서 끌려 다니고 있다. 이 여자는 어디까지 쫓아올 작정일까?'

침묵하고 있는 남자가 이렇게 생각하고 있는 것은 아닐까라는 생각이 문득 들었다. 유코는 가만히 이마의 땀을 닦았다.

좀 전에 보았던 게이샤처럼 보이는 아가씨가 둘 사이를 지나 앞질러 걸어갔다. 그림 문양의 주홍색 양산 아래로 깃고대[28]를 뒤로 당겨 고개를 숙이고 있는 가느다란 목 뒷덜미가 녹아버릴 듯 투명하여 새하얗게 보였다.

강한 화살 깃 모양의 얇은 감색 비단 옷자락이 새하얀 맨발을 휘감고는 흐트러져 또 다시 휘감고는 다시 흐트러졌다. 가이노구치[29]로 맨 보라색 하카타산博多産 오비[30] 끝이 위를 향하고 있었다.

얇고 긴 소맷자락을 끌며 걷는 아름답고 앳된 모습을 유코는 작열하는 하늘 아래에서 물끄러미 바라보았다. 그리고 부러워했다. 이렇게 어젯밤의 몸을 그대로 폭염에 드러낸 자신에게서는 땡볕에 썩어

---

28) 깃고대 : 옷의 깃을 붙이는 자리. 어깨 솔 사이로 목 뒤에 닿는 곳.
29) 가이노구치貝の口 : (일본 옷에서) 남자의 가쿠오비角帶나 여자의 반폭 띠를 매는 방법 중의 하나. (가쿠오비 : 두 겹으로 된 빳빳하고 폭이 좁은 남자용 허리띠)
30) 오비帶 : 두꺼운 견직물로 만든 일본옷의 허리에 두르는 띠. 또는 띠 모양의 것.

가는 물고기 같은 악취가 나는 것 같았다. 유코는 누군가가 자신의 몸을 집어 던져버렸으면 하는 기분이 들었다.

두 사람은 잠자코 걸어갔다. 넓은 길이 끝나자 좁은 뒷골목으로 향했다.

빨간 풍경을 매단 얼음가게가 갈대발 그늘을 적시고 있었다. 그리고 민소매의 쥬방31)만 입은 채 검게 그을린 팔을 내민 여자가 아이에게 기다유32)를 가르치고 있는 집안의 모습이 밖에서 훤히 보이는 집도 있었다. 서까래가 낮은 잡화점에서는 찌든 기름 냄새가 났다. 아키지가 앞장서서 메밀국수 가게 뒤를 돌아 공원으로 빠져나왔다.

푹푹 찌는 햇살 아래 아미타불 신당의 붉은색이 토기색으로 변해 보였다. 용두관세음의 분수가 딱 멈춰 있었다. 물뿌리개의 물만큼도 떨어지지 않았다. 폭염으로 물이 말라붙어 동상의 전신을 바싹 태우고 있었다. 높은 곳에 자리하고 있는 관세음 입상을 올려다보고 있자니, 유코는 머리카락이 불꽃에 타들어가는 듯한 느낌이 들었다.

선명한 푸른색으로 물들인 유카타33)에 빨간 오비를 매고, 새하얗게 분을 바른 여자들이 땀이 찬 발에 유카타 옷자락이 엉겨 붙어 벌어진 천 사이로 빨간 게다시34)를 팔랑거리며 지나갔다. 웃통을 벗고 아미쥬방35) 하나만 걸친 남자가 부채를 부치며 지나갔다. 물이 나오지 않는 분수 주위에도 여러 사람들이 모여 있었다.

---

31) 쥬방襦袢 : 일본옷의 속옷. (맨몸에 직접 입는 짧은 홑옷)
32) 기다유義太夫 : 다케모토 기다유竹本義太夫가 창시한 죠루리浄瑠璃의 한 파. 샤미센三味線을 반주로 하여 이야기를 엮어 나감.
33) 유카타浴衣 : 무명으로 지은 여름용 홑옷.
34) 게다시蹴出し : 여자가 고시마키腰巻き 위에 걸쳐 입는 것. 옷자락을 올리고 걸을 때 고시마키가 보이지 않게 하려고 입음. (고시마키 : 여자가 일본 옷을 입을 때 아랫도리의 맨살에 두르는 속치마)
35) 아미쥬방網襦袢 : 무명실·명주실·삼실 등으로 그물같이 만든 여름 속옷.

그곳에 모인 사람들은 두 사람을 뚫어지게 쳐다보았다. 아키지는 그것이 불쾌한 듯 시선을 피했다. 유코는 그런 비열한 시선으로 자신들을 쳐다보며 지나가는 사람과 지금 자신의 처지가 별반 다를 게 없다고 생각했다. 그들이 보고 싶어 한다면 얼마든지 자신을 보여 주고 싶었다. 어차피 자신 역시도 그 사람들에게는 신기할 리 없는 부패된 육체에 싸인 인간이라고 생각했다.

아키지는 다시 걷기 시작했다. 유코는 왠지 자기의 몸을 무언가에게 내맡기고 싶은 기분이 들었다. 또 뻔뻔스러운 말을 하고 싶은 생각도 들었다. 하지만 역시 남자에게 말하기는 싫었다. 하나야시키[36] 앞의 인파를 지나 곡예단 앞에 이르렀다.

"들어가 볼까."

아키지는 이렇게 말하며 유코의 의사는 개의치 않고 들어가려고 했다. 유코는 잠자코 뒤따라 들어갔다. 높은 가설극장 2층은 어두컴컴했다. 기둥도 방석도 휘감긴 돗자리도 모두 식은땀이 베인 듯 습기로 축축이 젖어 있었다.

2층에는 드문드문 대여섯 명 정도의 사람들이 있었다. 그 사람들은 모두 다시는 볼 수 없는 보물에라도 집착하는 듯한 표정으로 난간을 꼭 붙잡고 아래에서 행해지는 곡예를 바라보고 있었다. 아키지는 마치 편하게 있을 곳이라도 발견해낸 듯한 모습으로 얇은 방석을 허리 아래에 넣었다. 그리고 유코의 얼굴을 보며 미소 지었다.

뭔가 방울 같은 것이 딸랑 딸랑 울렸다. 살색 셔츠를 입은 남자아이가 힘찬 목소리로 다음 연기의 줄거리를 말했다. 밖에 드리운 광고

---

36) 하나야시키花屋敷 : 꽃을 많이 심어서 여러 사람에게 구경시키는 정원.

천막이 조금씩 오르내릴 때마다 밖에 서서 위를 향해 보고 있는 사람의 얼굴에 가려 무대가 조금 어두워졌다. 머리를 이초가에시[37]로 잡아당겨 맨 상기된 얼굴에 분을 바르고, 분홍빛 셔츠를 입은 여자아이 네댓 명이 양손을 겨드랑이에 낀 채 서 있었다.

아이들은 홍백으로 만든 링을 가지고 공에 올라타 걷기 시작했다. 링을 발에서부터 손으로 빠져나가게 하거나 어깨로 빼내면서 올라타고 있는 공을 굴렸다. 흰 분을 바른 작은 귓불을 보자 유코는 슬퍼졌다. 유코는 뒤에 있는 관람석 같은 조금 높은 곳으로 가 걸터앉아 옻칠 한 부채를 오비에서 꺼냈다.

부채질할 때마다 어디선가 맡아 본 듯한 향수 향기가 풍겼다. 바깥으로 늘어뜨린 막이 조금 올라갔을 때 거기에 모인 사람들의 머리 뒤편에서 연못 수면에 걸쳐 쏘아 붙이는 듯한 날카로운 한낮의 햇볕이 유코의 눈에 확 들어왔다. 곡예를 하는 사이사이에 그 재주를 부리는 소녀들과 몸집이 큰 남자들이 멍하니 잠자코 서서 바깥의 관객을 보고 있는 모습은 어슴푸레한 가설극장에 권태감을 느끼게 했다.

문득 정신을 차리자 옥색 하카마를 입은 후리소데[38] 차림의 여자아이가 무대에 나타났다. 여자아이의 크고 머리숱이 많은 덥수룩한 쓰부시시마다[39]에는 보랏빛 사슴장식이 꽂혀 있었다.

여자아이는 무대 위에 반듯이 누워서 발끝으로 우산을 돌렸다. 가느다란 손목을 보호하기 위해 새하얀 토시를 동여매고 있었다. 무대

---

37) 이초가에시銀杏返し : 여자 머리 트는 모양의 하나. 정수리에서 모은 머리를 좌우로 갈라 반원형으로 틀어 맨 것.

38) 후리소데振り袖 : 소맷자락이 긴 소매. 또는 그런 긴 소매의 일본 옷.

39) 쓰부시시마다潰し島田 : 여자 머리 모양의 한 가지. 시마다마게島髷의 밑동을 눌러 찌부러뜨린 것처럼 낮게 틀어 올린 것.

양편으로 긴 소맷자락이 드리워졌다.

접힌 우산을 발로 펴고 우산의 가장자리를 발로 받아서 빙글빙글 팔랑개비처럼 돌리고 또 돌렸다. 정강이 보호대도 새하얗다. 그리고 조그마한 흰 버선. 옥색 비단으로 만들어진 남자 하카마의 주름이 때때로 흐트러졌고, 늘어뜨린 긴 소맷자락이 흔들렸다. 그때 반주자가 샤미센40)의 줄을 당겨서 얽히게 하고, 얽히게 하며 끌어당기는 듯이 연주하는 곡이 유코의 가슴을 꽉 조여 왔다.

여자아이는 무대에서 내려오자 빙긋 웃으며 가볍게 인사를 하고 바로 안쪽으로 들어가 버렸다. 머리 모양이 다 망가졌다. 노시메41)의 긴 소매가 눈에 선했다. 아키지는 다른 사람들처럼 난간에 매달려 아래를 보고 있었다. 그 가느다란 목덜미를 유코는 가만히 바라보았다. 무대에 나온 또 다른 여자아이는 누워서 발을 위로 들어 그 위에 통을 많이 쌓아 올렸고, 그 위쪽에 올려놓은 천수통天水桶 속으로 남자아이가 들어가기도 하고 물 곡예를 하기도 했다. 그와 비슷한 것을 여러 명의 아이들이 돌아가며 곡예를 하고 있었다. 유코는 너무 지쳐서 자신의 몸이 땀 속으로 녹아들어가는 듯한 기분이 들었다. 자신은 무언가 슬퍼해야 할 만한 일이 있다고 생각했다.

"될 대로 되라. 될 대로 되라."

그러자 이렇게 말하고 싶은 기분이 들었다.

'기분이 매우 침울해질 때, 그러한 침울 뒤에는 반드시 사람의 그림자가 보인다.'

---

40) 샤미센三味線 : 일본 고유의 음악에 사용하는 세 개의 줄이 있는 현악기.
41) 노시메熨斗目 : 노能, 교겐狂言의 무대의상의 한 가지. 그다지 신분이 높지 않은 남자역의 의상.

유코는 이렇게 생각하자 가설극장 속에 있는 사람들이 정겹게 느껴졌다. 옥색 비단의 남자 하카마-모습이 유코의 눈앞에서 사라지지 않았다.

아키지는 같은 곡예가 계속 반복되어도 돌아가자는 말을 하지 않았다. 유코도 가설극장을 나가고 싶지 않았다. 모처럼 어두운 둥지를 발견했고, 또 밝은 빛을 정면으로 쬐는 것은 괴로웠다. 밤이 될 때까지 이대로 있을 수 있으면 좋겠다는 생각을 했다. 유코는 높은 곳에 걸터앉아 아무 생각 없이 그냥 멍하니 반쯤 잠들어 있었다.

찌는 듯한 탁한 공기가 때때로 유코의 몸을 어루만지며 스쳐지나갔다. 드문드문 힘없는 박수소리가 짝짝 하고 아래의 객석 쪽에서 들려왔다.

"푸드덕"

그 순간 갑자기 날갯짓하는 소리가 가까이서 들렸다.

멍하게 있던 눈꺼풀이 확 뜨이는 느낌이 들었다. 유코는 뒤를 돌아다보면서 바로 일어섰지만 아무것도 보이지 않았다.

등을 돌린 채 유코는 빛바랜 기둥에서, 더러움이 때처럼 쌓인 기둥에 휘감겨 있는 돗자리를 물끄러미 쳐다보았다. 문득 그 뒤의 벽에 붙은 널빤지에서 커다란 물고기의 꼬리와 지느러미 같은 검은 것이 움직이고 있는 것이 보였다. 유코는 가만히 그 움직이는 것을 바라보았다. 이윽고 움직이지 않게 되었을 때 유코는 부채로 그 검은 것을 가만히 찔러 보았다. 부채를 잡아당기는 대로 그 검은 것은 점점 널빤지의 바깥으로 질질 끌려나왔다. 대수롭지 않게 그대로 한 자 정도 끌어당겨서 그 윤곽을 힐끗 보고 그것이 박쥐의 한쪽 날개인 것을 알았다.

유코는 부채를 툭 떨어뜨렸다. 그리고 앉아 있는 아키지의 옆에 달려가 섰지만 아키지는 눈치 채지 못했다. 유코는 몸속의 피가 얼어붙은 것 같은 느낌을 받으며, 다시 벽에 붙어 있는 널빤지 쪽을 돌아보았다. 이제 검은 날개는 보이지 않았다. 그 옆의 벽 틈새로 해질녘의 연노랑빛의 햇살이 흘러들어오고 있었다.

두 사람은 가설극장을 나왔다. 벌써 흰 바탕의 유카타에서 물속 같은 시원한 그림자가 보이는 저녁때가 되었다. 아키지는 역시 말없이 걸어갔다. 유코는 현기증이 날 정도로 배가 고파졌다. 남자에게 아무 말도 하지 않고 도중에 가버려야지. 그런 생각도 하는데, 무릎 뒤쪽이 땀에 젖어 끈적끈적하게 달라붙는 옷이 불쾌해서 견딜 수 없었다.

'이 여자는 어디까지 따라오는 걸까.'

남자의 모습에 그런 낌새가 보인다고 유코가 생각했을 때 남자가 말했다.

"뭘 좀 먹어야지."

"나는 돌아가고 싶어요."

"돌아간다고?"

"네."

남자는 다시 말없이 걸어갔다. 두 사람은 연못의 다리를 건너서 산에 오르자, 길가의 얼음가게에 있는 의자에 서로 약속이라도 한 듯이 앉았다. 두 사람 앞으로 정원수에 뿌린 물방울이 떨어졌다. 두 사람은 언제까지나 그곳을 떠나지 않았다.

해가 저물 무렵이 되자 샤워를 마친 사람들이 세탁한 깨끗한 유카타로 갈아입고 여기저기서 걸어 다녔다. 두 사람은 하루 종일 땀에 찌든 몸을 또 인왕문仁王門에서 말 다니는 길 쪽으로 옮겼다. 두 사람은 강가를 걷다가 자갈 하치장에서 초저녁의 어둠이 내리기 시작한 스미다강의 강변을 내려다보았다.

유코는 자갈 더미 말뚝에 기대어 이제 자신의 몸을 남자가 끌어안고 어디든지 좋으니까 데려가 주면 좋겠다고 생각했다.

'박쥐가 옥색 비단의 남자 하카마를 입은 여자아이의 생혈生血을 빨고 있다. 생혈을 빨고 있다.'

남자가 손을 잡자 깜짝 놀랐다. 그때 집게손가락 끝에 감겨 있던 종이가 어느새 벗겨져 버린 것을 알았다. 비릿한 냄새가 물씬 풍겨왔다.

원래 여성은 태양이었다

원래, 여성은 태양이었다. 진정한 인간이었다.

지금, 여성은 달이다. 타인에 의해 살아가고 타인의 빛에 의해 빛나는 병자와 같은 창백한 얼굴의 달이다.

지금 「세이토」는 태어났다.

현대 일본 여성의 두뇌와 손에 의해 「세이토」는 처음 태어났다.

지금 여성이 하는 일은 단지 조소를 당하고 있을 뿐이다.

나는 잘 알고 있다. 조소 속에 숨겨진 그 무엇을.

나는 조금도 두려워하지 않는다.

그러나 어떻게 할 것인가, 여성 스스로가 자신에게 더욱 새삼스럽게 느끼는 수치와 치욕의 비참함을.

여성이란 것이 이렇게까지 구역질나도록 불쾌한 것일까.

아니 그럼, 진정한 인간이란—.

우리는 현재를 살아가는 여성으로서 할 수 있는 한 모든 것을 다 했다. 자식처럼 정성을 다해 만든 것이 「세이토」이다. 가령 그것이 저능아, 기형아, 조숙아일지라도 하는 수 없다. 당분간 이것으로 만족해야 한다.

과연 모든 정성을 다한 것인가.

아, 누가 만족해 할 것인가.

나는 여기에, 여성의 입장에서 불만족스러운 것을 고치려고 노력했다.

여성이란 이렇게도 힘이 없는 것인가.

아니 그럼, 진정한 인간이란—.

그러나 나는 한여름 대낮에 태어난 「세이토」가 극열極熱한 열도를 완전히 식힐 만큼 맹렬한 열성을 가지고 있다는 것을 간과할 수 없다.

열성! 열성! 우리 모두는 열성 하나로 뭉쳤다.

열성이란 기도의 힘이다. 의지력이다. 선정禪定력이다. 신도神道력이다. 바꿔 말하면 정신 집중력이다.

신비로 통하는 유일한 문을 정신 집중이라고 한다.

나는 지금 신비라고 말했다. 그러나 흔히 말하는 이러한 현실에서 벗어나 손끝이나 머리끝에서 신경질적으로 표출해낸 날조된 신비가 아니다. 꿈이 아니다. 우리 모두의 주관의 밑바닥에 깔려있는 인간의 깊은 명상 속에서만 볼 수 있는 현실, 그 자체의 신비라는 것을 앞서 말해 둔다.

나는 오직 정신 집중 속에서만 천재를 구하려고 생각한다.

천재란 신비 그 자체인 것이다. 진정한 인간이다.

천재는 남성도 아니고 여성도 아니다.

남성, 여성이라는 성차별은 정신 집중의 단계에서 중층 내지 하층의 나, 죽을 수밖에 없고 멸망할 수밖에 없는 가현42)의 나에 속하는 것이다. 최상층의 나, 불사불멸의 진정한 나에게는 있을 수도 없는 것이다.

---

42) 가현假現 : 신이나 부처가 사람의 형상으로 잠시 이 세상에 나타남.

나는 이 세상에 여성이 있다는 것을 전혀 알지 못했다. 남성이 있다는 것도 알지 못했다.

대부분의 남녀는 자주 나의 마음에 어리곤 했다. 그러나 나는 남성으로, 그리고 여성으로 보는 일은 없었다.

그런데 지나친 자신의 정신력 때문에 행한 많은 무법적인 행위들은 끝내 고치기 어려웠고 구제하기 어려울 지경에까지 이르렀다.

인격의 쇠퇴! 바로 이것이 나에게 여성이라는 것을 비로소 알게 했다. 그와 동시에 남성이라는 것에 대해서도.

나는 죽음이라는 말을 세상에서 배웠다.

죽음! 죽음의 공포! 일찍이 천지를 무대로 삼아 자기 자신을 생사의 벼랑 끝으로 내몰아 죽음의 면전에서 비틀거리며 멸망할 수밖에 없는 것을 여성이라 부른다.

일찍이 평등한 세상에서 살았지만, 이 복잡한 세상 속에서 숨이 끊겨, 끊어진 숨을 가슴으로 쉬는 순수하지 않은 것을 여성이라고 부른다.

그리고 운명은 우리 스스로 만들어 가는 것이라는 것을 모르는 한심스러운 숙명론자들의 무리와 애써 보조를 맞추려고 한다. 아, 생각만 해도 식은땀이 흐른다.

나는 울었다. 몹시 불쾌해서 울었다. 밤낮 연주해 온 하프의 현이 늘어진 것을, 상태가 나빠진 것을.

성격이라고 말하는 것이 자신에게 생긴 것을 알았을 때, 나는 천재에게 버림받았다. 하늘을 나는 날개옷을 잃어버린 천사와 같이, 뭍으로 올라온 인어와 같이.

나는 탄식했다. 고통스럽게 탄식했다. 나의 황홀을, 마지막 희망을 잃어버린 것을.

이렇게 말하는 고민, 손실, 고달픔, 발광, 파멸 모두를 지배하는 주인도 역시 항상 나였다.

나는 항상 주인이었던 자신의 권리에 따라 나를 지배하는 자주자유의 인간이 되는 것에 만족하고 자멸에 빠지게 하는 자신을 뉘우치는 일 없이 어떤 사건이 끊임없이 일어날 때에도 내 삶의 주체인 길을 쉬지 않고 걸어왔다.

아, 내가 고향의 암흑이요, 절대적인 광명이요.

스스로 넘치는 광휘와 온열로 전 세계를 살펴보고 만물을 성장시키는 태양은 천재로다. 진정한 인간이로다.

원래, 여성은 태양이었다. 진정한 인간이었다.

지금, 여성은 달이다. 타인에 의해 살아가고 타인의 빛에 의해 빛나는 병자와 같은 창백한 얼굴의 달이다

우리 모두를 은폐시켜버린 우리의 태양을 이제는 되찾아야 한다.

'숨겨진 우리의 태양을, 숨어 있는 천재를 발현하자.'

이것은 우리 내면을 향한 끊임없는 외침, 억누를 수도 없고 사라지지도 않는 갈망, 모든 잡다한 부분적인 본능을 통합시킨 최후의 전인격적인 유일한 본능이다.

부르짖음, 갈망, 마지막 본능이야말로 열렬한 정신 집중인 것이다.

그러한 극도에 달한 곳에 천재의 높은 왕좌는 빛난다.

세이토사 규칙 제1조에는

"훗날 여성 천재를 만들어내는 것"을 목적으로 한다고 되어 있다.

우리 여성은 한 사람도 빠짐없이 모두 숨은 천재이다. 천재일 가능성이 있다.

가능성은 실제의 사실과 다를 수 있다. 그러나 단지 정신 집중의 결함 때문에 위대한 능력을 갖고 있으면서도, 언제까지나 숨어서 끝까지 능력발휘를 하지 못하고 영원히 생애를 마친다는 것은 매우 유감스러운 일이다.

"여성의 마음은 표면이다. 그리고 얕은 물에 떠오르는 물거품처럼 덧없는 것이다. 그러나 남성의 마음은 깊고, 그러한 물은 지중地中의 구덩이로 질주한다."

짜라투스투라는 말했다. 오랫동안 가사에 종사해야만 했던 여성은 정신적인 집중력이 완전히 둔해져 버렸다.

가사는 주의의 분배와 요령부득에 의해 생긴다.

주의 집중과 숨어 있는 천재를 발현함에 있어 부적당하므로 모든 가사의 번쇄煩瑣를 나는 싫어한다.

번거롭고 자질구레한 생활은 성격을 여러 방면에서 복잡하게 만든다. 하지만 성격의 다양하고 복잡함은 대부분의 경우 천재 발현과 반비례한다.

숨은 천재에 대해 의문을 품는 사람은 아마 없을 것이다.

오늘날의 과학에서조차 그것을 실증하고 있지 않은가. 18세기 중엽 오스트리아의 안톤 메스메르 씨가 최면술의 기원을 발표했다. 그의 열성과 인내의 결과로 마침내 오늘날 학자들의 진귀한 연구 문제가 된 최면술을 종교나 철학과 아무런 관련이 없는 사람이라도 다소

이해하게 되었다는 것에는 의심할 여지가 없다. 아무리 연약한 여성이라도 일단 최면 상태에 들어가거나 혹은 암시를 느끼면 무에서 유를 만들어내고, 갑자기 죽음에서 살아나는 영묘불가사의라고도 할 수 있는 위대한 힘을 갖는다. 무학문맹의 시골 여자가 외국어를 능숙하게 말하거나 시가를 만들거나 하는 일 등은 우리들 눈앞에서 여러 차례 실험되었다. 또 화재, 지진, 전쟁 등의 비상시에 일상적인 사고로는 이해할 수 없는 행동을 하는 것은 누구나 경험한 일이다.

완전한 최면 상태란 것은 모든 자발적 행동이 완전 해제되어 무념무상으로 된 정신 상태라고 학자들은 말한다.

이것이 소위 내가 말하는 숨은 천재가 발현되는 상태와 동일한 것이다. 나는 최면술에 걸리지 않았기 때문에 유감스럽게도 단언할 수는 없지만 적어도 비슷한 경우라고는 말할 수 있다.

무념무상이란 도대체 무엇인가.

기도의 극치, 정신 집중의 극치에 도달하여 얻어지는 자기 망각은 아닐까.

무위無為, 황홀恍惚은 아닐까. 허무虛無는 아닐까. 진공眞空은 아닐까.

바로 여기가 진공이다. 진공은 바로 무진장인 지혜의 커다란 보물창고이다.

모든 활력의 원천이다. 먼 옛날부터 식물, 동물, 인류를 거쳐 계속 이어져 전해질 모든 능력의 복전43)이다.

여기에는 과거도 미래도 없다. 단지 현재만 있을 뿐이다.

---

43) 복전福田 : (복을 거두는 밭이라는 뜻) 불교에서 공양을 받을 만한 법력이 있는 이에게 공양하고 선행을 쌓아서 내생來生의 복을 마련하는 일을 뜻하는 말.

아, 숨은 천재여! 우리들의 마음 깊은 곳에 있는 화염 같은 정의情意 안에 숨쉬는 '자연'의 지혜로운 알맹이여. 전지전능한 '자연'의 자식이여!

'프랑스에 우리의 로댕이 있다.'

로댕은 유명한 천재이다. 그는 위대한 정신 집중력을 가지고 있는 사람이다. 한 치의 오차도 없이 항상 긴장된 상태로 하루하루를 살아가고 있다. 그는 정신과 육체의 리듬을 자신이 원하는 대로 바로바로 자유롭게 바꿀 수 있는 인간임에 틀림없다. 과연 그렇다. 영감을 기다리는 노예와 같이 예술을 하는 무리를 보고 그는 웃었다.

그 의지가 명할 때 언제라도 영감이 떠오르는 사람이야말로 천재가 되는 유일한 열쇠를 쥐고 있는 사람이라 할 수 있을 것이다.

하루 세 끼의 식사에서도 서늘한 밤의 대화에서도 비상시와 같은 마음으로 대하기를 희망하는, 나는 일찍이 『시라하파白樺』의 로댕 호를 보고 많은 암시를 받았던 것이다. 세상 물정을 모르는 나는 로댕이라는 이름조차 처음 들었다. 그러나 로댕을 통해 자신의 대부분을 보기 시작했을 때, 로댕에게 공조하고 있는 것을 아프게 느끼며, 나는 크나큰 환희를 맛보았다.

그 후 문을 잠그고 밀실에 혼자 앉아 있는 많은 밤, 희미한 작은 등불이 폭풍소리와 같이 점점 소리 높게 타오르다가 다시 점점 단조로워진다. 부드러운 빨간 눈과 검은 눈, 두 눈이 얇은 비단 막에 가려, 나의 다섯 마리의 하얀 비둘기가 겨우살이 나무 위에서 푸우 하며 불룩한 배를 내밀고 편안하게 잠을 잔다. 그리고 나는 넓은 바다 밑에서 스스로 깨달아 간다. 나의 근육은 긴장하고 온몸은 열정으로 넘친다. 이때 문득 '프랑스에 우리의 로댕이 있다'는 생각이 든다. 그리고 나는 언젠가 그와 함께 '자연'의 음악을—이 잃어버렸던 고조된 '자연'의 음악을 연주하고 있는 것이다.

나는 그 '입맞춤'을 생각한다. 모든 것을 정열의 도가니에 녹이는 입맞춤을, 나의 입맞춤을, 입맞춤은 실로 '하나'이다. 모든 영혼이여, 모든 육체여, 긴장의 끝에 넘치는 황홀이요. 안식이요. 안식의 미요. 감격의 눈물은 황금빛으로 빛날 것이다.

일본 알프스 위에 작열하며 불타올라 빙글빙글 회전하는 일몰 전의 태양이여, 고봉孤峰에 홀로선 나의 조용한 통곡이여.

약하다, 그리고 지쳤다, 무엇보다 정체를 알 수 없고 파악하기 어려운 공포와 불안으로 끊임없이 전율하는 영혼. 두뇌의 밑바닥에 깔려 있는 동요. 은줄을 휘어 꺾은 듯한 그 울림. 잠에서 깨어났을 때 엄습해 오는 것은 죽음의 날개에 대한 강박관념. 하지만 스스로 용기를 낼 때 숨은 천재는 아직 나를 지도해 준다. 아직 나를 완전히 포기하지 않았다. 어디서 오는지는 모르겠지만 나의 전신에 힘을 불어넣어 준다. 나는 그 덕택에 강한 자가 되는 것이다. 나의 마음은 넓어지고, 깊어지고, 평온해지고, 밝아지고, 시야는 넓어져 개개의 것을 따로따로 볼 필요 없이 전 세계가 한눈에 들어온다.

무거웠던 영혼은 매우 가볍게 나의 육체에서 빠져나와 공중에 걸려 있는 것일까. 아니, 통곡의 무게가 없어지고 마음이 편안해져서 가벼워진 것일까.

이제 완전히 나의 몸과 마음이 잊어버려서는 안 될 통일감과 조화감에 취해버린 것일까.

삶도 알지 못한다. 죽음도 알지 못한다.

군이 말하자면 거기에 구원의 '삶'이 있다. 열철[44] 같은 의지가 있다.

이때 나폴레옹은 알프스라고 외친다. 그의 앞에는 아무런 장해도 없다.

진정한 자유, 진정한 해방, 나의 심신은 어떤 압박·구속·공포·불안도 느끼지 않는다.

그리고 무감각한 오른손에 펜을 쥐고 무엇인가를 계속 써내려 간다.

나는 숨은 천재를 믿지 않을 수 없다.

나의 혼란한 내적 생활이 간신히 통일을 유지해 갈 수 있는 것은 단지 이것 때문이라고 믿지 않고서는 견딜 수 없다.

자유해방! 여성의 자유해방이라는 소리는 아주 오래전부터 우리들의 귓전에서 수런댔다. 그러나 그것이 무엇인가. 요컨대 자유라는, 해방이라는 의미가 크게 와전된 것은 아닐까. 단순히 여성해방이라고 해도 그 속에는 많은 문제가 내포되어 있을 것이다.

단지 외부의 압박이나 구속에서 벗어나 소위 고등교육을 받고, 폭넓게 일반적인 직장에 취업하고, 참정권을 가지고, 가정이라는 소천국의 부모와 남편이라는 보호자의 손에서 벗어나 이른바 독립된 생활을 한다고 해도, 그것이 어떻게 우리 여성의 자유해방이라 할 수 있겠는가. 나름대로 그것도 진정한 자유해방의 영역에 도달하기 위한 좋은 환경과 기회를 부여받는 것일지도 모른다. 그러나 그것은 하

---

44) 열철熱鐵 : 시뻘겋게 가열된 쇠.

나의 방편이며 수단이다. 목적이 아니며 이상도 아니다.

이렇게 말하는 나는 일본의 대부분의 지식인처럼 여자고등교육의 불필요론자는 물론 아니다. 자연으로부터 같은 본질을 받고 태어난 남녀에게 한쪽은 이것을 필요로 하고, 또 다른 한쪽은 이것을 불필요로 한다는 등의 말이 어느 나라와 어느 시대에는 잠시 허용될지는 모르겠지만, 근본적으로 조금이나마 생각한다면 이런 불합리한 일은 없을 것이다.

일본에는 사립여자대학이 유일하게 한 곳 있을 뿐이다. 남자대학이 여성에게 문호를 개방하는 관대함을 보이지 않는 현상을 나는 비난한다. 그러나 만약 우리 여성의 지식수준이 남성과 동일하게 되었을 때는 어떨까?

무릇 지식을 구한다는 것은 무지무명에서 벗어나 자기를 해방시키기 위한 것이다.

아메바처럼 탐하여 얻은 지식도 한 발 물러나 생각해 보면, 껍데기뿐인 것에 놀라지 않을까? 또한 우리들은 껍데기에서 탈출하기 위해 많은 고투를 감수하지 않으면 안 될 것이다. 모든 사상들은 우리들의 진정한 지혜를 흐리게 하고 자연으로부터 멀어지게 한다. 지식을 농락하며 살아가는 무리는 학자일지 모르지만 결코 지식인은 아니다. 아니, 오히려 눈앞의 사실 그 자체의 진실을 보는 것이 가장 곤란한 장님에 가까운 무리들이다.

석가모니는 설산에 들어가서 단좌 6년이 되던 어느 날 밤에 크게 깨달았다.

"기이하도다. 모든 중생이 여래[45]의 지혜와 덕을 갖추고 있구나. 또 말하기를 도를 깨달아 부처가 되어 법계[46]를 보니 국토의 초목이 무성한 산야 모두가 다 성불成仏하는구나."

석가모니는 비로소 사물 그 자체의 진실을 꿰뚫어 보고 자연의 완전함에 경탄했던 것이다. 일찍이 석가모니는 진정한 현실가였다. 진정한 자연주의자였다. 공상가가 아니었다. 진실로 완전한 자아를 해방시킨 대 자각자였다.

우리 모두는 석가모니를 통해 진정한 현실가는 신비가가 아니면 안 된다는 것을, 진정한 자연주의자는 이상가가 아니면 안 된다는 것을 알고 있다.

우리의 로댕도 역시 그렇다. 그는 현실에 철저함으로써 거기에서 현실과 완전히 일치된 이상을 보기 시작했다.

"자연은 항상 완전하고, 자연은 하나의 오류도 만들지 않는다."

이렇게 말한 것이 아닌가. 자신의 의지력에 따라 자연에 순종하고, 자연에 순응함으로써 자연을 자기의 소유물로 만든 로댕은 스스로 자연주의자라고 말했다.

일본에서 자연주의자라고 불리는 사람들의 안목은, 현실 자체의 이상을 볼 수 있을 만큼 아직 투철하지 않다. 집중력이 결여된 그들의 마음에서는, 자연은 결코 완전한 모습을 나타내지 않는 것이다. 인간의 명상 깊은 곳에서만 볼 수 있는 현실, 즉 이상의 천지는 아직도 그들 앞에서 쉽게 전개되려고 하지 않는다.

그들의 자유해방은 어디에 있는 것인가? 저 항쇄47), 수갑, 족쇄는 언제 없어질 것인가? 그들이야말로 스스로 얽어매고 스스로 속박하

---

45) 여래如來 : 부처를 높여 이르는 말.
46) 법계法界 : 불법의 법위. 불교도의 사회.
47) 항쇄首械 : 지난날 죄인의 목에 씌우던 형틀인 칼을 이르는 말.

는 무리, 스스로 노예인 처지를 괴로워하며 불쌍하게 생각해야 할 무리는 아닌지.

나는 불행히도 남성을 부러워하고, 남성을 흉내 내고, 그들이 걸어온 길과 같은 길을 조금 늦게 걸어가려고 하는 여성을 차마 볼 수 없다.

여성이여, 가치가 없는 것을 마음에 세우기보다는, 마음을 비우기 위해 충실함으로써 자연에 어떻게 온전할 것인가를 알라!

그렇다면 내가 바라는 진정한 자유해방이란 무엇인가? 두말할 나위 없이 숨어 있는 천재를, 위대한 잠재능력을 충분히 발휘시키는 일이다. 그러기 위해서는 발전에 방해가 되는 모든 것들을 우선 제거해야만 한다. 그것은 외적인 압박인가? 아니면 지식의 부족인가? 아니 그런 요인들이 전혀 없는 것은 아니다. 그러나 그 주인이 되는 것은 역시 나 자신, 천재의 소유자, 천재가 머물 수 있는 궁전이 되는 나 자신인 것이다.

우리들 자신을 유리遊離할 때 숨은 천재는 발현된다.

우리 모두 속에 있는 숨은 천재를 위해 나를 희생하지 않으면 안 된다. 소위 무아無我상태가 되지 않으면 안 된다.(무아란 자연 확대의 극치이다) 오직, 우리 모두의 내면에 숨어 있는 천재를 믿음으로써 천재에 대한 끊임없는 외침과 갈망과 최후의 본능에 따라 기도에 열중하고 정신을 집중하여 나를 잊는 길밖에 도리가 없다.

그리고 이 길의 막다른 곳, 거기에 천재의 옥좌는 높게 빛난다.

나는 모든 여성과 함께 숨은 천재를 확신하고 싶다. 오로지 유일한 능력 있는 성性으로 신뢰하고, 이 세상에 여성으로서 태어난 우리들의 행운을 마음으로부터 기뻐하고 싶다.

우리 모두의 구주는 단지 우리 내면에 있는 천재 그 자체이다. 이제 우리는 사원이나 교회에서 부처나 하나님을 구하는 것이 아니다.

우리 모두 이제는 하늘의 계시를 기다리는 것이 아니다. 우리 스스로의 노력으로—우리 내면에 있는 자연의 비밀을 폭로하고, 스스로 하늘의 계시를 내리는 것이다.

우리는 기적을 바라고 아득한 저편의 신비를 동경하는 것이 아니다. 여성 자신의 힘으로 우리 내면에 있는 자연의 비밀을 폭로하고 스스로 기적을 행하거나 신비롭게 하는 것이다.

우리 모두 열렬한 기도를, 정신 집중을 부단히 지속시켜라. 그리하여 마지막까지 철저하게, 숨어 있는 천재를 낳는 날까지, 숨어있던 태양이 빛나는 날까지.

그날 우리 모두는 전 세계 모든 것을 나의 것으로 만들 것이다.

그날 우리들은 유아독존의 왕자48)로서 자신의 발걸음에 의해 자연의 중심에 자존 자립하는, 반성이 필요 없는 진지한 인간이 되는 것이다.

그리고 고독과 적막감 속에서 어떻게 즐기고 스스로 풍요로워지는가를 알게 될 것이다.

이미 여성은 달이 아니다.

---

48) 왕자王者 : 어느 분야의 으뜸가는 사람을 이르는 말.

그날 여성은 역시 원래 태양이다. 진정한 인간이다.

우리 모두는 해 뜨는 나라 동쪽의 수정산 위에 눈부시게 빛나는 황금의 대원궁전을 경영하려고 하는 것이다.

여성이여, 그대의 초상을 그리는데 항상 황금색의 창공을 선택하는 것을 잊어서는 안 된다.

가령 내가 중도에서 쓰러져도, 가령 내가 난파선의 수부로서 해저에 가라앉을지라도, 그보다 더 나쁜 상태가 되어도 쌍수를 들어 최후의 순간까지 외칠 것이다.

"여성이여 전진하라, 전진하라."

지금 나의 눈에서는 눈물이 흐른다. 눈물이 흐른다.

나는 이제 펜을 놓지 않으면 안 된다.

하지만 그 전에 꼭 한마디 하고 싶다. 「세이토」의 발간은 여성 내면에 숨어 있는 천재를, 특히 예술에 뜻이 있는 여성의 중심이 되는 천재를 발현하는 데에 좋은 기회를 부여하고, 또한 그러기 위한 기관으로서 많은 의미가 있는 것이라고. 여기에 또 하나 「세이토」는 천재의 발현을 방해하는 우리들 마음속의 티끌, 앙금, 왕겨를 토해냄으로 약간의 존재 가치가 있을 정도의 것이라는 것도.

나는 또 생각한다. 우리 모두 태만하지 않고 노력하여 「세이토」가 달라지는 날, 우리 모두의 목적은 얼마간 달성되는 것이라고.

마지막으로 단 한 가지, 세이토의 사원은 한 사람도 빠짐없이 각자의 숨은 천재를 발현한다. 자기 자신에게 주어진 재능을 존중하고, 타인이 범할 수 없는 각자의 천직을 완수하기 위해 오직 정신을 집중한다. 열정적인, 성실하고 진실한, 순박하고 천진한, 오히려 유치한 여성으로, 다른 많은 세간의 여성 단체에서 볼 수 있는 유명무실한 일시적인 방편이 결코 아니기를 한없이 갈망하고 있는 나는 이것을 믿어 의심치 않는다고 말해둔다.

강력히 요구하는 것은 사실을 낳는 가장 확실한 원인이다.

고양이의 벼룩

구니키타 하루코

"또 시작이구나. 아키코 그만하렴. 싫다는데 왜 그러니."

엄마는 귀찮아하는 고양이의 벼룩을 잡고 있는 막내딸 아키코에게 말했다.

"엄마가 그렇게 말하니까 고양이가 오히려 더 싫어하는 거야."

아키코는 전혀 그만두려고 하지 않았다.

"또 다칠까봐 그러지."

엄마는 읽던 신문을 다시 읽었다.

고양이는 자기 몸을 만지는 것이 귀찮은지 꼬리를 세우고 야옹야옹 울며 달려들어 아키코의 손을 물려고 했다. 그때마다 아키코는 급히 손을 피했다. 하지만 흰털 사이로 조르르 움직이는 벼룩을 보고 있자면 고양이에게 또 손이 갔다. 자려던 고양이는 아키코가 다시 만지자 야옹야옹 울며 목을 들고 힘없이 몸을 뒤척였다. 그러자 고양이에게서 이제까지 보지 못했던 많은 벼룩이 보였다.

"그것 봐 아카, 이렇게 많잖아."

아키코는 다시 벼룩을 잡기 시작했다.

"그만두라고 했잖니."

아키코의 말을 듣고 있던 엄마가 혼내며 말했다.

엄마에게 꾸중을 듣자 아키코는 화가 난 듯이 고양이의 털을 거꾸로 쓰다듬으면서 다른 손으로 고양이의 머리를 때렸다.

"바보야, 너 때문에 야단맞았잖아."

고양이는 재빨리 아키코의 손을 할퀴었다.

"아야."

엉겁결에 아키코는 소리를 질렀다. 그리고는 일어서서 2조 다다미 방의 창가 쪽으로 다가가 방을 등지고 섰다. 손등에는 두 개의 수포가 생겨서 피가 고여 있었다.

"바보 같은 고양이, 두고 봐라."

아키코는 중얼거리며 상처를 보았다.

"어머."

방에서 재봉질을 하면서 흘끔흘끔 아키코의 모습을 보고 있던 셋째 언니 하마코는 놀라면서도 다다미방으로 들어가는 아키코의 뒷모습을 보며 고소하다는 듯한 눈빛을 보냈다.

올해 고등소학을 졸업한 아키코는 갑자기 어른스럽게 머리 모양에 신경을 쓰거나 화장분을 발라보기도 했다. 그러나 그것도 길게 가지는 못해서, 그냥 문 밖에 서서 근처 아이들이 노는 모습을 바라보거나 했다. 집에 있을 때는 거울을 보기도 하고, 소녀 잡지를 읽기도 하고, 아니면 두 언니가 부지런히 재봉질을 하고 있는 곳에 와서 쓸데없는 말로 언니들을 훼방 놓고는 오히려 언니들에게 조롱당했다고 억울해하는 것이 하루의 일과였다.

"아키코를 놀게만 하지 말고 재봉질이라도 배우게 하면 어때요?"

결혼한 언니는 집에 올 때마다 이렇게 말하며 걱정을 했지만, 엄마는 이런저런 이유를 들어서 그때마다 변명을 할 뿐이었다.

또한 집에 있는 두 언니들에게는 부아가 치밀어 참을 수 없는 일이지만, 다른 언니들은 자기들이 놀리면 별일 아닌 것에도 요란하게 억울해하는 아키코를 보며 조금은 가슴이 후련해지기도 했다. 아키코는 고집이 센 아이라서 언니들에게 지지 않으려 했다. 때때로 둘째 언니와 싸우는 날이 있었는데 결국에는 한편이 된 언니들에게 아키코가 지기 마련이었다. 그래서 아키코는 하마코가 자기 아기처럼 귀여워하는 고양이를 몹시 미워했다. 그래서 고양이가 싫어하는 벼룩 잡기를 하며 자기의 분을 삭였다. 고양이도 아키코를 싫어해서 아키코 옆에는 잘 오려고 하지 않았다.

고양이는 높은 곳이나 사람의 눈에 띄지 않는 가까운 곳을 찾아가며 기분 좋게 잤고, 좀처럼 다다미 위에서는 자려 하지 않았다.

고양이는 아키코를 할퀴고는 높은 곳으로 뛰어올라갔다. 둘째 언니가 있었다면 "아카, 잘했어, 잘했어"라고 칭찬을 했을 테지만, 하마코는 아무 말도 없이 그저 재봉질만 했다.

아키코는 붉게 부어올라 피가 나는 곳을 소맷자락에서 종이를 꺼내 막아보았다. 하지만 피는 좀처럼 멈추지 않고 종이를 빨갛게 물들였다.

아키코는 이제 누가 뭐라고 해도 곧이들으려 하지 않았다.

"고양이를 때려죽이든지 갖다버리든지 해야지!"

아키코는 언니들이 들으라는 듯이 말하고는 부지런히 발걸음을 달려서 엄마에게로 갔다.

"엄마, 붕대나 반창고 좀 주세요."

아키코는 분한 듯이 말했다.

"봐라, 그러니까 말했잖니? 엄마 말을 듣지 않은 벌이야."

엄마는 장롱 서랍에서 비상약품을 꺼냈다.

"자, 어디 보자."

이렇게 말하고 엄마는 아키코의 손을 잡고 약을 발랐다.

"붕대로는 안 되겠는데."

"그래도 감아 주세요."

아키코의 말에 엄마는 붕대를 감기 시작했다.

"아아, 아파."

아키코는 울먹이면서 발버둥쳤다. 머리를 올리러 갔던 둘째 언니가 돌아와서 아키코의 모습을 보고는 신나하며 말했다.

"또야! 만세."

"쳇."

아키코는 분한 듯 큰 소리로 울기 시작했다.

아키코의 우는 소리에 놀란 빨간 고양이는 허둥지둥 뛰어내려와 밖으로 달아나 버렸다.

그림자

에드가 앨런 포우

이 글을 읽는 독자들은 삶의 나라에서 살고 있겠지만 작자인 나는 이미 그림자의 나라를 걷고 있을 것이다. 왜냐하면 이상한 일이 일어나고 이런 신비한 일들이 알려지는 데는—이 글이 인간에게 읽히기까지는—이전의 몇 세기나 걸쳐야만 했기 때문이다. 그러므로 이 글을 읽는다고 할지라도 믿지 못하는 사람과 의심하는 사람이 있을 것이다. 그러나 다소의 사람들은 연필로 하나하나 새겨진 문자에 대해서 묵상해야만 많은 것을 발견할 것이다.

그해는 무서운 한 해였다. 정말로 인간 세계에서는 표현할 수 없을 정도로, 무섭다기보다는 오히려 감동적인 한 해였다. 그해에는 여러 기괴한 현상이 일어났으며 이상한 전조가 나타났는데 지독한 역병은 그 검은 날개로 온 세상을 뒤덮었다. 별점에 정통한 사람들도 하늘에 불길한 일의 전조가 나타난 것을 결코 알지 못했다.

그중의 하나인 나, 오이노스인 자신도 백양궁성좌白羊宮星座의 입구에서 목성이 그 무서운 토성의 붉은 띠에게 위협받는 794년의 주기가 지금 도래한 사실을 확실히 알고 있었다. 내 자신의 판단이 틀리지 않는다면 하늘의 특별한 계시는 확실히 나타날 것이다. 그것은 지구라고 하는 이 하나의 흙덩이 위에 나타날 뿐만 아니라 인류의 혼, 인류의 상상 그 외 깊은 명상에까지 나타날 것 같았다.

프톨레마이오스라 불리는 어두운 도시에 있는 어느 훌륭한 넓은 방에서 빨간 키안의 술병을 앞에 두고 우리들 일곱 사람은 저녁 주연을 열었다.

방에는 밖에서 들어올 수 있는 입구가 하나도 없었다. 유일한 문은 명공 코리노스가 심혈을 기울여 만든 황동의 문이었는데 이 문은 안에서 단단히 걸려 있었다. 음침한 실내에 쳐진 검은 천막은 달과 푸르스레 비치는 별, 사람 하나 다니지 않는 거리를 모두의 눈에 보이지 않게 차단하고 있었다. 하지만 불길한 징조와 기억은 좀처럼 감출 수가 없었다.

우리의 주위에서는 여러 가지 일이 일어났다. 물질적이며 정신적인 현상, 대기 속의 우수, 질식, 걱정, 특히 관능적으로 과민한 움직임, 생각이 조용히 숨죽이고 있는 사이, 이성만이 경험할 수 있는 존재의 무서운 상태 등 정말로 하나하나 정확히 그 수를 셀 수 없을 정도로 많았다.

죽음의 무게는 점점 우리를 덮어왔다. 우리의 사지를, 방 안의 가구 위에서 우리가 기울이는 술잔의 위에까지 압박하여 왔다.

다만 우리들의 연회 자리를 비추고 있던 일곱 개의 철제 촛대의 불꽃만은 죽음의 무게를 벗어나 가늘고 긴 빛이 되어서 모두 푸르스름하게 흔들림도 없이 타고 있었다. 일곱 명이 둘러싼 검은 단상의 술잔은 촛대의 불꽃에 비춰져 단상 위의 거울이 되어 있었으며, 그 속에서 나는 창백한 얼굴과 동료들의 무서운 눈빛을 볼 수 있었다.

우리들은 여느 때와 마찬가지로 큰 소리를 내며 웃었다―히스테리컬하게 아나쿠레온의 노래를 불렀다―그것은 또한 미친 듯이 보였고, 보라색의 포도주는 피 색깔을 떠올리게 했지만 여전히 계속해서 술을 마셨다.

방 안에는 우리들 이외에 젊은 조일러스가 있었다. 그의 죽은 몸은 수의에 쌓여 길게 누워 있었다.

그는 무대의 수호신이자 악마였다. 아아! 고통으로 일그러진 그의 얼굴은 우리들의 술자리에 조금도 끼지 못했다.

죽음 때문에 역병의 불로 반 정도 감긴 그 눈동자는 죽은 이가 마치 머지않아 죽을 사람들과 즐거움을 함께 하는 것과 같이, 우리들의 환락에 흥미를 갖고 있는 것처럼 보였다.

오이노스인 나는 죽은 이의 시선이 자신에게 쏟아지고 있는 것을 느끼면서도 오히려 불쾌한 그의 시선을 모르는 것 같은 표정을 지었다. 검은 테이블 위의 거울 속을 내려다보면서 테이오스의 아들의 노래를 목청 높여 불렀다. 하지만 점차 노랫소리는 멈춰져 갔다. 노랫소리는 방 안의 검은 천막 사이를 감돌다가 점점 들을 수 없을 정도로 약해져 결국에는 사라져 버렸다.

보아라, 보아라, 노랫소리가 사라진 검은 천막 사이로 검고 몽롱한 무서운 그림자가 앞으로 움직이기 시작했다. 아직 높은 하늘까지 떠오르지 않은 달이 사람의 모습을 비춰 만든 것 같은 그림자. 하지만 그것은 사람의 그림자도 아니다. 신의 그림자도 아니다. 또한 눈에 익숙한 그림자도 아니다.

방 안에 잠시 동안 암흑을 감돌게 한 그림자는 드디어 황동의 문 앞에서 모습을 드러내며 멈추었다. 그림자는 몽롱하여 형태도 규칙도 없었다. 또한 사람도, 그리스, 칼데아, 이집트의 신도 아니었다.

그림자는 문 아래에 멈추어서 한마디 말도 움직임도 없이 거기에 계속 서 있기만 했다. 나의 기억에 착오가 없다면 그림자가 멈춘 그 문은 수의에 쌓인 젊은 오이라스의 발과 마주하고 있었다.

그러나 우리 일곱 사람은 검은 천막 사이로 그림자가 온 것을 알았으면서도 그것을 보려고 하지 않고 시선을 내려뜨렸다. 검은 테이블 위의 거울을 내려다보고 있었던 나 오이노스는 결국 조금 낮은 소리로 그림자에게 사는 집과 이름을 물었다.

"나야말로 그림자이다. 집은 카로니아 헬르션의 어스레한 평야 근처에 있는 프톨레마이오스의 지하묘지 근처이다."

그림자는 대답했다. 우리들 일곱 사람은 무서운 나머지 부들부들 떨면서 의자를 박차고 벌떡 일어났다.

그림자의 목소리는 한 사람의 목소리가 아니라 마치 여러 사람의 목소리인 것처럼 들렸다. 그 목소리는 하나하나 목소리를 바꾸어 가며 지금까지 죽은 많은 친구들의 목소리처럼 친근한 소리로 우리들의 귀 속으로 섬뜩하게 엄습해 왔다.

아
라
키
이
쿠
코

태양의 장난

제1장

등장인물

하루오 : 학생, 22세

우라코 : 하루오의 약혼자, 18세

모리야 : 회사원, 33세

요시코 : 모리야의 아내, 24세

그 외 유리히메, 제1시녀, 제2시녀, 제3시녀

때와 장소

어느 산 속의 저지대. 양쪽으로 무성히 서 있는 수목이 지붕처럼 덮여 있다. 장미와 백합들로 아름답게 장식되어 있다. 그러나 커튼을 걷어 올리면 초여름의 새벽─새벽 4시경─이라서 무대 전체가 조금 어두침침한 분위기. 무대의 모든 색채는 거의 개성을 잃고 녹아 스며들어 있다. 산그늘을 흐르는 물소리가 조용히 들려온다.

요시코 : (키가 크고 매우 아름다우나, 눈에는 다정함이 결여된 여성. 화려한 의상. 오른손으로 얼굴을 어루만지며 등장한다) 아아, 피곤해 미치겠어. (탄식) 어째서 내가 이런 산 속에 오게 된 거지. 하루오 씨는 나를 이런 곳에 끌고 와서 어쩔 작정이에요? (물음) 오지 말 걸 그랬어요. 난 이런 산 속에서 살 여자가 아니에요.

요시코 : (담요 위에 앉는다. 감정을 좀 진정시킨다) 이대로 계속 가다간 숨이 끊어지지 않을까 걱정했어요. 너무 많이 달려서 그런 건지도 모르겠네요. 전 너무 힘들었어요.

하루오 : 그랬습니까? 저는 전혀 몰랐습니다. 그럴 때는 언제든지 저에게 말씀해 주셔야 합니다. 그렇지 않으면 제가 잘 몰라서 계속 걷거든요. 그러다가 나중에라도 머리가 아프거나 가슴이 저미거나 하

면 곤란하니까요. (지그시 바라보며) 지금도 가슴이 답답하십니까?

요시코 : 아니요, 지금은 전혀 그렇지 않아요.

하루오 : 그렇다면 다행입니다. 미안하게 되었습니다. (요시코의 손을 잡으며) 서로 지쳤으니 서로 위로하지 않으시겠습니까? 저기요 요시코 씨 (요시코의 손에 키스한다) 이제 다 나으셨지요? 이제 괜찮을 겁니다.

요시코 : 오늘도 산 속에서 자야 하나요?

하루오 : 네. 산 속이 싫으십니까?

요시코 : (마지못해) 아니요.

하루오 : 그렇다면 됐지 않습니까? 우리 둘이 있으면 두렵고 불안한 일은 없을 것입니다. 풀을 이불 삼고 달님을 천장에 건 채 우리 둘만의 즐거운 나날을 보낼 수 있을 겁니다. 우리들은 세상의 성가신 일로부터 벗어날 것이고 누구의 침입도 허락하지 않는 강인한 힘이 무지개처럼 우리 두 사람을 감쌀 것입니다. 그런 게 사랑의 힘이죠. 우리와 같은 사랑의 힘은 현세에는 결코 없을 것입니다. 그렇게 생각하지 않으십니까?

요시코 : 그런 생각이 안 드는 것은 아니에요.

하루오 : 그렇겠지요. 어떻게 제가 이런 행복을 누릴 수 있게 되었을까요? 제 마음은 너무나 즐겁습니다. 수많은 여성 가운데에서 특히 당신을, 아름다운 당신을 제게 주신 하나님께 감사의 마음을 전하고 싶습니다. (무릎을 꿇고 예배를 드린다) 그보다도 당신에게. (요시코의 양손을 잡고 쳐다본다)

요시코 : (조금 귀찮은 듯이) 저는 조금도 당신처럼 행복하지 않아요. 그 이유가 산 생활이 아무래도 저에게는 편하지 않아서인지, 아니면

걷는 게 힘들어서인지는 몰라도 견딜 수가 없을 것 같아요.

하루오 : 그거야 저도 산 속 생활이 익숙한 것은 아닙니다. 하지만 이런 일은 당신도 이전부터 각오했던 일 아닙니까? 결코 이런 일로 좌절해서는 안 됩니다. 이런 시시한 일로 고민해봤자 소용없습니다. 자, 사랑의 힘으로 서로를 꽉 잡아둡시다. 그러면 어떤 걱정스럽고 고민스런 일도 없을 것입니다. 그렇지 않겠습니까?

요시코 : 그런데 당신은 정말로 평생을 이 산에서 살 작정이세요?

하루오 : (요시코의 얼굴을 의심하듯 쳐다보며) 그렇습니다.

요시코 : 이처럼 대단한 일을 당신이 행동에 옮기리라고는 생각하지 못했어요. 지금도 도저히 믿을 수가 없어요. 하루오 씨 당신은 이런 외로운 산 속에서 평생을 사실 생각이세요? 보이는 건 산과 나무뿐이고, 들리는 건 바람소리, 새소리에, 햇빛도 들지 않고 화려함도 없는, 그리고 거리의 소리도 들리지 않는 어두운 숲 속에서 젊음이라는 행복을 묻어버릴 작정인가요?

하루오 : 우리들은 어두운 숲에 핀 아름다운 백합이라고 생각하지 않으십니까? 남몰래 조용히 피어 있는 백합은 행복합니다. 솔로몬의 영화가 절정에 달했을 때도 꽃처럼 행복한 것은 없다고 하지 않았습니까. 그런 행복한 백합과 우리들은 똑같은 것입니다. 사람이 보지 않고는 모르는, 하지만 이승 사람이 맛볼 수 없을 정도의 충만한 정이 우리를 감싸고 있습니다. 그래서 이런 만족을 주신 요시코 씨에게 감사드리고 싶습니다.

요시코 : 그렇게 말씀하시면 전 곤란해요. 돌아갈 수 없게 되요.

하루오 : (매우 놀란 얼굴로) 네? 돌아간다고요?

요시코 : (아무렇지도 않게) 네, 생각해 보면 왠지 매우 맘이 안 놓여요.

이런 산 속에서 혹시 병이라도 들면…….

하루오 : (조금 안심한 듯 가볍게 웃으면서) 뭐라고요? 아이처럼 왜 그런 생각을 하십니까? 어린아이나 이유도 모르는 사람이 말하는 것 같지 않습니까? 그런 염려는 저 혼자서 하겠습니다. 만약 당신이 병이라도 드는 날에는 제가 꼭 돌봐드리겠습니다. 설마 제가 당신을 슬프게 만들겠습니까……? 이래도 저로는 부족합니까? 네?

요시코 : 그런 게 아니에요……. 여기는 정말 어둡네요.

하루오 : 아직 해가 떠오르지 않아서 그렇습니다. 이제 곧 밝아질 겁니다. 이제 어스레한 구름이 우리들 눈에는 보이지 않는 곳으로 떠날 것입니다. 그러니 당신의 우울한 기분을 구름에 떠나보내십시오. 슬픈 일, 싫은 일 모두 구름에게 맡기십시오. 그리고 둘이서 기도합시다. 이 산에 온 날, 아름다운 여행이 끝나던 날, 저 석양에 둘이서 기도하지 않았습니까?―하나님은 우리들의 작은 바람을 들어주시는 분입니다. 거짓 없는 마음은 아마도 하나님의 기쁨이 될 것입니다. 요시코 씨. (태양이 환하게 화려한 의상으로 무대 오른쪽에서 등장한다)

하루오 : 아, 아름답군요. 저는 전혀 몰랐습니다. 요시코 씨, 저 아름다운 태양이 언제 떠올랐습니까? 아! 저 아름다운 빛깔, 당신의 마음처럼 빛나고 있지 않습니까? 우리 둘을 위해서 태양은 산을 비추고 있습니다. 우리의 희망과 행복이 저 하늘에서 빛나고 있는 것입니다. 정말 그런 것 같지 않습니까. (기쁨에 미칠 듯이) 요시코 씨, 우리의 행복한 모습을 위해 축하의 노래를 부릅시다. 있기 싫은 나라에서 벗어난 우리 두 사람을 위해 축하의 노래를 부릅시다. 태양을 향해, 자 요시코 씨, 축하의 노래를, 그리고 행복한 기도를…….

요시코 : (하루오의 옆으로 다가오면서) 어쩐지 여우에게 홀린 것 같아

요. 저는 아무리 생각해 봐도 하루오 씨가 말하는 꿈같은 기분이 들지 않아요.

하루오 : (요시코의 혼잣말을 듣지 못한 듯 기뻐서 어쩔 줄 모르고 있다) 나는 정말 행복한 사람입니다.

요시코와 하루오, 두 사람은 무대 오른쪽을 보고 무릎을 꿇는다.
조용한 음악과 함께 무대가 점점 어두워진다.

제2장

유리히메의 방. 오랜 시간이 지난 정취가 느껴지는 방. 숭고하고 요란하지 않은 장식. 무대 오른쪽 마루와 나란히 진기한 장식품과 족자 등이 적절하게 배치되어 있다. 무대 정면은 고풍스럽게 옻칠한 창.
아침 10시경이라서 수목 사이로 비치는 빛이 작은 창문의 창틀에 걸려 있다.
무대보다 한 단 낮은 곳에 시녀들의 방이 있다. 그리고 무대 왼쪽에 출입구가 있다.
제2장은 환영이므로 모든 색과 소리는 그다지 요란하지 않게.

유리히메 : (정말 자태가 아름다운 여성. 백합 모양의 의상과 허리띠를 하고 머리를 풀고, 무대의 오른쪽과 가까운 정면에 앉는다. 왼손에는 사방침과 백합 한 다발, 오른손에는 백합과 종이, 그리고 하얗고 빨간 리본 등 꽃다발을 만드는 데 필요한 물품들이 놓여 있다) 뭔가 재미있는 일이 없을까?

제1시녀 : (꿈처럼 유연한 색의 옷, 같은 색의 허리띠) 심심하십니까?

제2시녀 : (제1시녀와 같은 옷) 어젯밤에 비가 내려서 그런지 오늘은 정말로 쾌청한 날씨입니다. 오늘 꽃다발은 매우 곱게 만들어졌습니다. 정말이지 우리들만 보는 것이 안타깝습니다.

제1시녀 : 정말 향기롭습니다.

제2시녀 : 오늘 아침 막 핀 것을 따 와서 그런지 모르겠습니다만, 어느 때보다도 향기가 진하게 느껴집니다.

유리히메 : 빛깔도 아름다워.

제1시녀 : 이렇게 좋은 것을 우리들만 보는 것이 정말로 안타깝습니다. (뭔가 생각난 듯이) 공주님, 오늘은 보름달이 떴습니다. 구름 모양을 보니 비가 올 것 같지는 않습니다. 오랜만에 모두 부르시면 어떻겠습니까? 재미있는 이야기를 들려 드리겠습니다.

제2시녀 : 좋아하시는 음악이라도 연주시키시면…….

유리히메 : 재미있겠네.

제2시녀 : 오랜만에 이런 넓은 뜰에서 주연을 베푸시면 한층 더 흥이 날 것 같습니다.

제1시녀 : 게다가 샘의 술을 공주님께서 손수 따라주시면…….

유리히메 : 재미있겠다. 생각만으로 끝나는 것은 아니겠지?

제1시녀 : 그럼 제가 아무도 모르는 재미있고 이상한 이야기를 해 드리겠습니다.

제2시녀 : 그렇다면 저는 누구도 들어본 적이 없는 즐거운 음악을 연주해 드리겠습니다.

이때 제3시녀 허둥지둥 무대 왼쪽에서 등장.

제3시녀 : 아뢸 말씀이 있습니다.

유리히메 : 무슨 일이지.

제3시녀 : 조금 전 낯선 여자를 만났습니다. (두려워하듯) 머리카락을 곤두세우고 목소리조차 떨면서 어떤 사람의 이름을 부르고 있었습니다.

제1시녀 : 어머나, 그게 어디입니까?

제2시녀 : 어떤 모습입니까?

제3시녀 : 공주님의 방 앞을 지나 오른쪽으로 갔습니다.

유리히메 : 그리고……

제3시녀 : 힐끗 쳐다보길래 쫓아가서 그쪽으로 가면 안 된다고 분명히 말했습니다. 그랬더니 여자는 두 손을 모으며 "숨기지 말고 만나게 해 주십시오"라고 애원을 했습니다.

유리히메 : 일행을 잃어버린 건지도 모르겠네. 그래서 어디로 간 거야?

제3시녀 : 모르겠습니다. 그쪽으로 가면 안 된다고 말하고 바로 이쪽으로 왔기 때문에…….

제2시녀 : 여자는 어떤 얼굴이었습니까?

제3시녀 : 얼굴빛이 어두웠습니다. 아름다운 목소리는 무엇 때문인지 격렬히 떨렸고, 깊숙한 눈은 쳐 올라가 있었고, 매우 야위었습니다.

제2시녀 : 아직 그쪽에 있을 것입니다.

제1시녀 : 전 그 여자의 일행 같아 보이는 사람과 만났습니다.

제2시녀 : 네? 어디에서 말입니까?

제3시녀 : 남자였습니까?

제1시녀 : 아까 공주님의 샘에서 술을 뜨는 사람이 있었습니다. 그 사람은 낯선 남자였습니다.

제3시녀 : (냉소적으로) 샘의 술을…….

제1시녀 : 훔치고 있었습니다.

제3시녀 : 얼마나 바보스러운 남자입니까? 아무리 샘을 뜨더라도 속인은 손바닥만큼은커녕 한 모금조차 입 근처에도 대지 못할 것을…… 모르고 저지른 일일 것입니다.

제1시녀 : 얄미운 남자입니다.

제2시녀 : 그런 발칙한 녀석들은 잡아서 벌을 줘야 합니다.

제3시녀 : (제2시녀에게) 그렇게 말씀하지 마십시오. 모르고 한 일이라면 가엾습니다. 그 여자와 남자가 일행이라면 찾아서 두 사람을 만나게 하여 기쁘게 해 주고 싶습니다.

유리히메 : 정말로 그렇네. 뭔가 사정이 있어서 이 산에 온 것인지도 모르겠어. 찾아주고 싶어.

제1시녀 : 그럼, 제가 찾아보겠습니다.

제3시녀 : 저는 그 여자를 찾아보겠습니다. (제1시녀에게) 당신은 남자를 찾으러 가 주십시오.

유리히메 : 서두르면 아직 이 근처에 있을 거야.

제1시녀 : 바로 데리고 오겠습니다.

제3시녀 : 나가보겠습니다.

제1시녀, 제3시녀의 퇴장.

제2시녀 : 어떤 사람들인지 빨리 만나서 위로해 주고 싶습니다.

유리히메 : 정말 그래.

제2시녀 : 서로 찾고 있는 사람들이었으면 좋겠습니다.

유리히메 : (꽃다발 하나를 만들어서 왼손에 잡고) 이 꽃다발을 주어도 좋을 사람들이라면 좋겠다.

제2시녀 : 그렇게 되면 무엇보다도 좋을 것입니다. 어떻게든 빨리 오면 좋겠습니다. 몹시 기대됩니다.

제1시녀, 제3시녀, 우라코, 모리야, 4명이 무대 왼쪽에서 등장.

우라코 : (얌전하게 빛나는 눈은 때 묻지 않은 소녀의 진실을 나타내기에 충분하다. 하지만 작은 이마를 가린 어두운 그림자는 날개가 꺾인 애처로운 작은 새처럼, 가만히 우라코의 몸에 드리워져 늘어지고 있다) 어디 계세요? 어디 계세요? (애처로운 목소리로 사방을 둘러본다)

모리야 : (의아한 듯이 우라코의 모습을 보면서 시녀들과 나란히 않는다) 샘물을 마시면 안 된다고 하던데……

제2시녀 : 그런 규약은 없습니다. 가까이 와서 당신의 이름을 알려 주십시오.

우라코 : 하루오 님, 하루오 님. 어디에 계십니까?

모리야 : 제 처를 찾아서 이 산까지 온 모리야라고 합니다.

유리히메 : 잘 오셨습니다. 그런데 왜 부인을 찾아서…….

모리야 : 말씀드리기 부끄럽습니다만, 제 처가 갑자기 사라졌습니다.

유리히메 : 그래서 이 산에 왔습니까?

모리야 : 그렇습니다. 걷다 지쳐 목이 매우 말랐습니다. 그러던 중 다행히 샘을 발견해서 떠서 마시려고 한 것입니다.

유리히메 : 그것은 걱정할 필요가 없어요. 그런데 이 부인은 누구시죠?

모리야 : 일행입니다.

우라코 : 하루오 님. 당신은 왜 나를 두고 가버리셨습니까? 당신은 왜 가버리셨습니까? 나는 당신의 이름을 부르면서 삼일 밤낮을 걸어 다녔습니다. 하지만 당신의 대답은 없었습니다. 긴 산 속의 여정은 나무의 속삭임과 벌레소리만 들릴 뿐입니다. 만나는 모든 사람들은 제 말에 한마디도 대답해 주지 않았습니다. 파란 야마나시의 옷은 차가웠습니다. 제 주변에는 모르는 사람만 있었습니다.

유리히메 : (우라코에게) 당신의 이름은?

우라코 : (슬프게) 우라코입니다.

유리히메 : 이곳에 왜 왔습니까?

우라코 : 검은 새가 날개를 펴서 제 머리 위를 폭 감싸 안아 보호해 주었습니다. (하늘을 보며 미친 듯이) 그래서 저는 그 새를 따라서 걸어오게 되었습니다. 하지만 하루오 님은 보이지 않았습니다. 하루오 님과 만나지 못했습니다. (무언가를 들은 듯한 모습) 하루오 님, 하루오 님. (두세 발짝 걷다가 멈춤) 당신의 이름이 그립습니다. 제 귀에는 당신의 목소리가 세상의 모든 음악 가운데서 선택된 가장 아름다운 어떤 음보다도 고귀하며 사랑스럽습니다. (귀를 기울이며) 아, 안돼. 안돼. 싫어. 싫어. 소리가 들리지 않는 나라로 가고 싶다. 소리가 없는 나라로. 어떤 생각도 하지 않고, 어떤 것도 들리지 않는 잠만 자는 나라로……

제2시녀 : 그분을 빨리 찾아드리고 싶습니다.

모리야 : 그분이 어디에 계신지는 모르겠지만, 이렇게 그분을 미친

듯이 찾아다니는 착한 분을 두고 가다니 몹쓸 분입니다.

제3시녀 : 이야기를 듣고 보니 정말로 가엾은 분입니다……. 사람의 마음만큼 뜻대로 안 되는 것도 없습니다.

우라코 : (제3시녀 쪽에 가까이 가서 더 이상 이야기를 못하게 손으로 입을 막는다) 그 어떤 것도 사람의 마음만큼 자유로운 것은 없습니다. 진실이 사람의 맘을 사로잡았을 때, 세상의 그 어떤 강한 힘도 이길 수 있지 않겠습니까? 사람의 마음은 하늘을 나는 새처럼 자유롭습니다. 신에게 받은 아름다운 마음이라는 새에게, 진실이라는 강한 날개를 달아 세상을 날아다녀 보십시오. 얼마나 즐거운 일입니까? (홀연히 일어서서 모리야의 얼굴을 지긋이 바라보며) 당신 말이죠. 신에게 받은 날개를 부인이 계신 곳으로 보낼 마음은 없습니까? 진심으로 부인을 부르신다면 어떻겠습니까? 산 속이나 바다 속이나 당신의 마음이 움직이는 곳으로 부인을 위한 강한 날개를 보낼 생각이 없어서야……. 여자의 마음은 아름다운 것입니다. 여자의 마음은 남자보다 못하지 않습니다. 그러니까 부인을 맞이하기 위해서 성심어린 마음을 보이십시오. 당신이 계속해서 지금과 같다면 만일 여자가 현실에 눈 떴을 때 당신의 입장은 사라지게 될 것입니다. 당신이 부인을 찾게 된 다음에 당신은 불행한 일생을 보내게 될 것입니다. (말이 조금 흐트러진다) 하지만 저도 모르겠습니다. 어느 것이 정성어린 일인지, 어느 것이 진실인지…… 저는 구분할 수 없게 되었습니다. 저는 진정한 소리가 미치지 못하는 나라는 없다고 생각했습니다. 제 목소리가 들리지 않는 나라는 없다고 생각했는데……. 검은 새여, 검은 새여. 나를 데리고 가다오. 당신이 좋아하는 나라로……. 나는 갈 곳이 있어. 나는 결혼할 거야. 산을 넘고 강을 건너, 삼사 일이나 걸어서. 어머니! 저

와 함께 가시지 않겠습니까. 저는 어머니를 남겨두고 산에 왔습니다. 어머님, 아아……, 어머님. (슬픈 목소리로) 어머님.

제3시녀 : (샘의 술을 떠 와 우라코에게 마실 것을 권한다) 어서 마시세요. 이것을 마시면 기분이 좋아지실 겁니다. 또한 머리가 무거운 것도 괴로운 일도 모두 잊어버리게 됩니다. 자 어서 정신을 차리세요.

우라코 : (한 모금 마시고) 어, 여기는 태양의 산이네요. 태양의 산이요. 요시코 씨, 요시코 씨. (제2시녀의 어깨에 손을 얹고) 요시코 씨 저는 원망하지 않습니다. 그럴 리는 없겠지만, 당신은 자신을 속이고 있는 것은 아니겠지요? 자신을 속이는 것은 가장 무서운 일입니다.

모리야 : 당신, 혹시 요시코를 알고 있습니까. 이 산에 있는 제 아내를 알고 있습니까?

우라코 : (모리야의 말을 알아차리지 못하고) 당신 말이죠, 사람의 마음을 갖고 놀면 안 됩니다. 친구인 당신이 만일 그런 일을 벌이신다면 저는 용서하지 않겠습니다. 제가 생각한 일이 사실이라면, 저는 사랑하는 사람을 위하여 싸울 것입니다. 그리고 요시코 씨, 당신이라는 친구를 위해 싸울 것입니다. 당신에게 있는 무섭고도 악한 마음과 진정한 제 마음 중 어떤 것이 과연 이길까요……? 지쳐서 지쳐서…… 날개가 처질 때까지, 날개가 똑똑 부러질 때까지.

제3시녀 : 마음이 굉장히 격해지셨습니다. (곁에서 위로한다) 어서 이것을 마시고 정신을 차리십시오.

우라코 : 감사합니다. 맛있네요. (허무한 웃음) 정말 맛있어요. 보세요, 보세요, 검은 새가 왔어요. 나를 데리러 왔어. 외톨이인 저는 작아져서 아래를 보면서 걷겠습니다. 외로워—외로워—외로워—나는 외톨이다.

제2시녀 : 어서 마시십시오. 이것을 쭉 마시면 기분이 맑아질 것입니다. 마시십시오.

모리야 : 당신은 요시코를 알고 계십니까? 알고 계시면 있는 곳을 알려 주십시오.

우라코 : 이 산 속에……

모리야 : 어디로 가면 만날 수 있을까요?

우라코 : 진실된 마음으로 찾아보십시오. 저처럼 산 속을 찾아보십시오. 저는 가슴 속의 피가 지쳐서 움직일 수 없게 되어도, 제가 가는 길 앞에 커다란 돌이 놓여 있어도, 스스로 길을 만들며 걷겠습니다. 태양의 산은 여기입니다. 제가 찾고 있는 산으로 들어가는 길에 좌절이란 없습니다. 저는 스스로 제 발을 어루만지면서 걸어 왔습니다.

유리히메 : (양손에 백합을 쥐고 일어서며) 우라코 씨, 당신의 길은 열려 있습니다. 당신의 마음이 지금 조용히 열렸습니다. 어서 이 꽃을 양손에 쥐고 아내의 뒤를 쫓아가십시오. (꽃다발을 우라코에게 건넨다) 하늘은 진실어린 당신의 맘을 들어주실 것입니다.

우라코 : (양손에 꽃다발을 받아 높이 떠받치며 기쁨에 어쩔 줄 모르는 모양) 감사합니다.

제3장

제1장과 같은 배경.
제2장의 연속. 요시코와 하루오도 제1장의 마지막 그대로의 모습─그림과 같은 태양의 색이다.

하루오 : (멍하니 있는 사람의 눈앞에, 날벌레라도 날아다니는 듯한 느낌) 왠지 졸린…… 묘한 기분이다.

요시코 : (제1장에서보다 조금 더 차분해진 기분과 각성한 듯한 기분이 든다) 졸리지는 않았어요. 정말로 졸리지는 않아요. 그렇기 때문에 꿈이 아닌 거겠지요.

하루오 : (밝아지지 않는 분위기) 아무래도 이상해, 꿈이 아니라면. (생각에 잠긴다)

요시코 : 정말로 그래. 신의 시험…… 그런 게 틀림없어. 아…… 그렇다면 나는 이렇게 있을 수 없어. 나는 자신을 속이고 있는 거야. 이 무서운 시험을 참을 수 없어. 그러나 꿈이었던 건지도 몰라. (반신반의)

하루오 : 아무래도 이상해. 꿈이라면 깨어나지 않으면 안 된다. 그렇지 않으면 지금 깨어 있는 건가? (사방을 둘러보고 요시코가 있는 것을 처음으로 알아차리고) 요시코 씨, 내가 지금 자고 있었습니까? 그렇지 않으면 여기에 누군가 왔습니까?

요시코 : 저도 그런 생각이 들었습니다.

하루오 : 저는 이상한 꿈을 꾼 것 같습니다.

요시코 : 전 신에게 좋은 계시를 받은 것 같아요.

하루오 : 계시요? 그렇게도 말할 수 있겠군요. 그럴지도 모르겠습니다.

요시코 : 그래서 저는 집으로 돌아가려고 해요. 아무래도 저는 집으로 돌아가야 할 것 같아요.

하루오 : 지금 신과 약속했으면서도 말입니까…….

요시코 : 오늘에서야 드디어 제 마음을 확실히 본 것 같습니다. 거짓

없는 저는 이 산에 있을 수가 없어요.

하루오 : 지금 맹세한 말을 당신은 만에 하나라도 잊어서는 안 됩니다.

요시코 : 잊지 못할 거예요. 여기서 분명히 맹세했습니다.

하루오 : 그래도 당신은 돌아간다고 말할 겁니까?

요시코 : 네, 저는 돌아가겠어요. 신을 속이는 것보다 자신을 속이는 것이 더 무서운 일이에요. 자신을 속이는 것은 신을 속이는 것입니다. 저는 지금껏 이중으로 속여 왔어요. 너무 무서운 일이 아닙니까……. 사실 이렇게 말하는 것은 제가 산 생활을 좋아하지 않기 때문이에요. 저는 당신과 단둘만의 외로운 생활이 정말 싫습니다. 제게는 맞지 않아요. 하기야 그것을 지금 처음 느낀 것은 아니에요. 알면서도 호기심은 스스로 등을 떠밀었습니다. 자신을 뒤돌아보며 반성하기보다 호기심이 더 강했지요. 하지만 이제 안 됩니다.

하루오 : (조금 머리가 복잡한 것처럼) 그럼 당신은 호기심 때문에 제 뒤를 쫓아온 겁니까?

요시코 : 호기심 때문에…… 네, 그래요. 저는 당신의 세상과 동떨어진 혼자만의 외로운 기분을 맛보고 싶었어요. 그리고 또 하나는 나를 에워싸고 있는 세상의 여러 가지 번거로운 일들로부터 벗어나고 싶었어요.

하루오 : 그럼 당신은 장난으로 사랑을 했던 것이로군요. 호기심과…… 대수롭지도 않은 기분으로 당신은 나를 가지고 놀았던 것입니다. 당신은 사랑으로 포장하고, 그리고 나는 그 포장에 속았던 것입니다. 당신은 새끼 고양이가 공을 굴리며 놀듯이 여리고 작은 나에게 장난을 치신 거로군요.

요시코 : 그래요. 지금의 입장에서 생각하면 그렇게 말할 수도 있네요. 하지만 그렇게 말씀하셔도 변명할 수 없어요. 하지만 저…… 그처럼 확고한 마음가짐이 없던 것만으로도 후회스럽습니다. 제가 새끼 고양이이고, 당신은 공. 나는 바보 같았습니다. 행복한 일을 하면서도 알지 못하고 있었어요. 비록 사흘이 되었든, 나흘이 되었든지 간에 당신이 말하는 새끼 고양이었던 나는 얼마나 행복한 사람이었지요? 저는 재미있는 유희를 놓쳐 버린 것입니다.

하루오 : 놓쳐 버렸다…….

요시코 : 마음대로 사람을 데리고 온다든지, 작별을 고한다든지……꽤 재미있는 장난이지 않나요? 저는 그것을 놓쳐 버렸습니다.

하루오 : 잡을 생각은 없습니까.

요시코 : 이제 안 돼요. 아니오, 아니오. 저는 그런 이유로 이 산을 내려가는 겁니다. 사람들은 모두 열심히 일하고 있어요. 자신의 생각처럼 일하며 즐거워하고 있어요. 저는 다른 사람이 누리고 있는 행복이 성실함에 의해 얻어진다는 것을 깨달았어요. 저는 당신과 함께 이 산으로 오는 길에, 몇 번이고 돌아가려고 했지요. 하지만 당신에게 미안해서 두 사람을 위해 아무런 도움도 되지 않는 배려로 당신의 뒤를 쫓아왔습니다. 즐거워하는 척을 해야 했습니다. 저는 단 한 사람의 무대를 어이없게도 가치도 없는 것으로 만들어버렸습니다. 이제 저는 눈을 떴으니 보다 밝은 동네로 돌아가겠습니다. 세상 속으로 다시 들어가 자신을 위해 즐거운 일을 하겠어요. 전철의 삐걱거리는 소리라든지, 두부가게의 나팔소리라든지, 그리고 아이의 우는 소리……저녁에 몰려드는 많은 소리들이 저를 해맑은 마음으로 만들어줍니다. 왁자지껄한 마을의 소리가 들리는 곳으로 갑시다.

하루오 : 잘 알겠습니다. 이 산에 오자고 했을 때는 저희 둘 다 어린 아이였습니다. 제가 당신을 몰랐던 것처럼 당신도 저를 몰랐습니다.

요시코 : 그래요. 두 사람의 생각이 모자랐던 거예요.

하루오 : (불안해서 어쩔 줄 몰라 왔다갔다하며) 제가 미안합니다. 이제 와서 어리석음을 실토해봤자 소용없으니까 여기서 헤어집시다.

요시코 : 그것이 가장 좋겠어요. 그리고 두 사람을 위해서도 그것이 제일 행복한 길일 거예요.

하루오 : (격렬히) 저는 비위 좋은 웃음과 처세술은 싫습니다. 저의 바람도 얌전히 작은 새처럼 사는 것입니다. 당신은 다른 세계 사람입니다.

요시코 : 다른 세계 사람…… 그래요. 당신이 말한 그대로예요.

하루오 : 그럼 제가 배웅하지 않아도 됩니까?

요시코 : 네, 됐습니다. 안녕히 계세요.

하루오 : 안녕히 가세요.

요시코 퇴장, 하루오 침묵한 채로 요시코의 뒤를 바라본다. 잠시 침묵.

하루오 : (축 늘어져서 발밑에 보이는 나무 밑동에 앉는다) 22년이란 긴 인생을 살아온 나, 조금은 세상의 빛깔을 구분할 수 있게 되었다고 생각해 왔는데, 아무것도 모르겠다. 지금까지 안다고 생각한 것은 나만의 상상이었다. 아무것도 모르겠다. 꿈을 꾸고 있던 것이다. 이 산에 오른 것도 집을 떠난 것도 모두 다 어떤 사람이 나에게 명령을 했기에 따라온 것인지도 모른다. 아아, 아무리 생각해도 그렇게 밖에

생각할 수 없다. 꿈속에서 낯선 사람을 봤다. 또한 우라코의 목소리도 들었다. 낯선 사람들의 계시를 받았다. 모두 연기와 같다. 동경하던 산으로 올라와 시작한 새로운 생활은 파도처럼 밀려와서 파도처럼 사라졌다. 그것은 되돌릴 수 없는 먼 나라로 가버렸다. 하지만 그것은 우연이 아니다. 결코 우연이 아니다. (자신에게 한탄하듯이) 생각해 보면 내가 저지른 일이다. 모르는 사이에 내가 저지른 일이다. 그 과거가 모습을 바꿔 지금 눈앞에 나타난 것이다. 보잘 것 없고 초라한 내 손에는 아무것도 없다. 꼭 쥔 손에는 아무것도 없다. 빈손이다. 빈손이다. (불안한 톤) 빈손이다.

하루오는 손으로 머리를 감싸 쥐고 주위를 걷는다. 이때 우라코가 생기발랄한 모습으로 꽃다발을 양손에 들고 무대 오른쪽에서 등장한다. 하지만 하루오는 눈치 채지 못한 듯이.

우라코 : 하루오 님, 하루오 님.
하루오 : 빈손이다. 자신의 어리석은 모습이 보인다. 두렵다.
우라코 : 하루오 님.
하루오 : (매우 놀라면서 소리가 나는 쪽으로 몸을 돌린다) 아…….
우라코 : (급히 다가서려고 발을 디딘다) 하루오 님, 아…… 저 오랜만에 뵙겠습니다.
하루오 : 우라코 씨. (힘없이 고개를 떨군다)
우라코 : 저는 기쁩니다.
하루오 : (안정을 찾으며) 우라코 씨, 당신이 왜 여기에 계십니까? 이런 외로운 산 속에…….

우라코 : 당신을 찾으러 왔습니다.

하루오 : 나를?

우라코 : 당신을 찾아 긴 시간, 잠도 자지 않고, 쉬지도 않고…….

하루오 : (손을 흔들며) 용서해 주십시오. 당신이 이 산을 오르는데 얼마나 고생하셨을지 잘 알고 있습니다. 우라코 씨 부디 용서해 주십시오. (떨면서) 제 말을 한 번 믿어 주십시오. 진심으로 당신에게 사과를 하고 싶습니다. 용서해 주십시오.

우라코 : 저에게요? 당신께서 저에게 용서를 구하신다고요? 그러지 마세요. 저는 단지 당신을 만난 것만으로 만족합니다. 그리고 조금이나마 말을 나눌 시간을 얻은 것만으로…… 저는 이승에서 바랄 게 없습니다. (둘러보며 요시코가 없는 것에 대해 의구심을 가진다) 제가 여기에 잠시 있어도 괜찮겠습니까?

하루오 : 네, 언제까지나…… 당신이 조금이라도 더 계셔 주신다면 저는 행복할 것입니다. 어서 말씀하실 것이 있으시다면 말씀하십시오. 뭐든지 듣겠습니다. 듣고 나서 전부 사과드리겠습니다.

우라코 : 저는 삼 일간 조금도 쉬지 않고 왔습니다. 1분도 쉬지 않고 1분도 자지 않고 경솔한 생각으로 여기까지 온 것이 아니라는 것을 알아주십시오. 그리고 이 꽃다발을 특별히 당신에게 드리려고 생각했습니다. 이것은 제게 기념할 만한 사람으로부터 받은 것입니다. 받아주시지 않겠습니까?

하루오 : 기쁘게 받겠습니다.

우라코 : (하루오에게 꽃다발을 하나 건넨다) 진실이었다고, 한 번 더 말하겠습니다. 저는 진실로 당신을 사랑했던 것을 당신에게만은 제 입으로 말해 드리고 싶습니다. 지금까지 저는 그런 말을 드린 적이 없

습니다. 예전에 함께 자주 산책을 하고, 말도 나누었습니다. 하지만 제가 당신을 사랑하고 있다고 밝힌 적은 없었습니다. 왜냐하면, 우린 이미 마음을 정했다고 생각했기 때문입니다. 우리들은 평생, 함께 살 수 있는 사이라고 생각했고, 세상과 우리들의 부모님께도 인정받았기 때문입니다. 하지만 사실은 전혀 달랐습니다. 제가 생각한 것과 즐거워하던 것은 모두가 꿈이었습니다. 꿈이었습니다. 부모님이 정해주신 사이는 우리들 젊은이를 위한 것이 아니었습니다. 저는 여기에 한을 풀려고 온 것이 아닙니다. 그러니 반복해서 말하지 않겠습니다. 단지 당신에게 하고픈 말은 당신을 사랑한 여자가 있었고, 지금도 사랑하고 있다는 것을 확실히 알리고 싶다는 것입니다.

하루오 : 저는 이제 뭐라고 말해야 좋을지 모르겠습니다. 다만 한 가지 제가 저지른 일을 스스로 돌려놓아야 한다는 것은 알았습니다. 저는 뭐라도 좋습니다. 우라코 씨 저에게 당신이 실컷 하고픈 말을 하십시오. 그렇지 않으면 저는 괴로워 죽을 것 같습니다.

우라코 : 그렇게 말씀하시면 안 됩니다. 저는 당신을 괴롭히려고 온 것이 아닙니다. 당신이 그렇게 괴로워하신다면 제가 와서는 안 되는 것이었지요. 사랑하는 사람이 괴로워하는 일을 조금이라도 해서는 안 되니까요. 저는 돌아가겠습니다.

하루오 : 기다리세요. 저를 용서한다고 말씀해 주시고 돌아가십시오.

우라코 : 용서한다고요? 용서한다고요? 저에게 만약 그런 생각을 가지고 계신다면 모두 잊어버리세요. 저는 죽을 때까지 당신을 속이거나 기만하지 않을 것입니다.

하루오 : 정말입니까?

우라코 : 저는 하루오 님을 뵌 것만으로 만족합니다. 또한 하고픈 말을

해서…….

하루오 : 우라코 씨.

우라코 : 네.

하루오 : 저를 믿고 조금만 이야기를 들어주시지 않겠습니까?

우라코 : 듣겠습니다.

하루오 : 저는 요시코 씨와 여기에 왔습니다. 행복한 생활을 꿈꾸며 번잡한 세상으로부터 벗어나 호젓한 산 속에서 진정한 생활을 할 수 있을 것이라고 생각했습니다. 결국 슬픈 결말을 맞이했지만, 저는 좋은 교훈을 얻었습니다. 당신의 아름다운 마음에 의지하고 싶습니다. 이제 저를 살릴 사람은 당신밖에 없습니다.

우라코 : 당신이 힘들 때에는 제가 돕겠습니다. 저만이…….

하루오 : 그래요, 정말로 당신뿐입니다.

우라코 : 알겠습니다. 저에게 맡겨 주십시오. 제가 모두 감싸 안겠습니다.

하루오 : 고맙습니다. 당신은 저의 구세주입니다.

우라코 : 안심하세요. 당신의 기쁨이 제 기쁨입니다.

하루오 : 우라코 씨, (기쁨에 넘쳐서 몸을 떤다) 저는 안심이 됩니다.

우라코 : 어서 함께 걸어요……. 하늘은 제 진실한 마음을 들어주셨습니다. 사람의 진실만큼 강한 것은 없습니다.

우라코 : 그래요…… 진실은 최후에 승리합니다.

(행복을 축복하는 아름다운 음악과 함께 막이 내린다)

물가의 점심나절

요시코

점심나절에
물가 모래에 비친
반짝이는 빛
눈을 지그시 감고
나 가만히 서 있네

지나간 해
당신과 함께 놀던
모래산 생각하며
혼자서 서 있네
저 멀리 파도소리

어째서 추억
잊지 못하는가?
당신과 만난
초여름을
다시 그리어본다

빨갛게 익은
복숭아를 가져간
아이가 미워
남의 처가 된 사람
연모하는 못난이

남편이어도
남편이라는 생각
들지가 않네
자기가 만든 환영
사랑을 쫓고 있네

드디어 침묵
조용한 숲 속에서
자랑스러움과
의지가 서로 부딪혀
죽을 것만 같구나

나의 사랑은
하천에 둥실둥실
떠서 다니는
한순간 사라지는
사라지는 물거품

사랑하는 님
여름 풀밭을 같이
거닐어본다
장밋빛 풀 위 햇빛
어여뻐 바라보네

칠석날 밤

모즈메 가즈코

오쓰타는 후다노쓰지札の辻에 있는 친구 집에 놀러 갔다. 벌써 아이가 두 명이나 있는 친구는, 품위 있는 부인처럼 멋진 마루마게 머리를 하고 앞치마를 두르고 있었다.

'이번에 드디어 미쓰코 씨도 결정했다'는 이야기나, '자작[49]이 이번 학교 교우회의 봄나들이에서는 마차에 올라탔다'는 이야기 등, 사이다와 갈분 떡을 먹으며 친구들의 일을 대부분의 화젯거리로 삼았다. 돌아올 때는 햇볕이 강해서 연보라색의 양산을 펴서 가려 보았다. 그렇지만 숙인 목덜미 주변은 완전히 가려지지 않아 조금 따가웠다.

변덕스런 날씨가 계속되는 거리에는 모래 먼지가 몰아쳤다. 뒷 머리카락을 손으로 쓸어 올릴 때마다 까칠까칠해서 왠지 기분이 나빠졌다. 그래서인지 물을 뿌리고 있는 집이 많았다.

"네가 무엇이 부족해서 그러고 있을까 생각해 봤어. 꽤 좋은 집안에서 혼담이 들어오는 것으로 아는데, 나 같은 입장에서 보면 더할 나위 없다고 생각하는데……."

친구는 언젠가는 꼭 한 번 말하려고 벼르고 있던 것을 말한 듯이 잠자코 있었다. 오쓰타는 언젠가 반드시 이 친구로부터 그런 말을 들을 것이란 예상은 하고 있었다. 하지만 그럼에도 갑자기 머리가 멍해지는 듯한 기분이 들어 대답을 할 수가 없었다. 교양이 있어 보이는 젊은 부인의 커다란 마루마게와 붉은 댕기에 시선을 돌렸다.

"글쎄."

---

[49] 자작子爵 : 자작. 5등작五等爵의 넷째. (백작의 아래, 남작의 위)

상관없다는 듯이, 상대방이 듣고 싶어 하는 대답을 고의로 얼버무렸다.

"하지만 욕심을 부리자면 끝이 없어."

그 친구는 진지하게 말했다. 내가 그렇게 욕심쟁이로 비치고 있는 걸까? 이상하게 생각되기도 했고, 한편으로는 서운하게도 생각되었다. 그런 말을 마음속으로 되새기면서 아무 생각 없이 나온 친구의 집을 다시 한 번 뒤돌아보았다.

요즘, 오쓰타가 마음속에 품고 있던 생각이 그때 그 친구가 한 말로 인해 되살아났다. 그것은 여배우가 된 동급생 여자에 대한 소문으로 오쓰타는 하나하나 그 모습을 상상해 보았다. 화려한 유젠치리멘50)의 히토에기누, 가쓰라시타지51), 이름을 새긴 수건, 게다가 자신들은 생각지도 못했던 결혼까지 했다고 한다. 그리고 그녀는 자신의 직업이 무엇보다 즐겁고 재미있다고 말했다. 그녀가 배우를 존경하는 의미로 상さん을 붙여 말하는 것조차 오쓰타에게는 새롭게 들렸다.

'다시는 시집 따위 가지 않을 거야. 또 가고 싶지도 않아. 아침부터 밤까지 한 사람의 기분을 맞추며 살 수는 없어.'

이런 말과 화려한 연예인의 생활 모습을 생생하게 떠올리니 자신의 마음도 왠지 덩달아 혼란스러워졌다.

그녀에 비해 자신은 어떤 삶을 살고 있는가? 어머니와 언니가 자신의 마음도 모르고, 그저 아는 사람 소개로 들어오는 혼담을 계속 받아 좋다 싫다 평을 하고 있는 것을 듣고 있기만 해도 괴로워서 견

---

50) 유젠치리멘友禪縮緬 : 방염 풀을 사용하여 만든 비단 등에 꽃·새·산수 등의 무늬를 화려하게 염색한 치리멘.
51) 가쓰라시타지鬘下地 : 에도 시대에 가부키 배우가 가발을 쓰기 쉽도록 땋은 머리형.

딜 수가 없었다. 어머니에게 어떻게 자신의 마음을 알려야 할까? 하는 생각이 내내 가슴속에서 들끓었다.

오쓰타와 30살이나 나이 차이가 나는 어머니는, 남자의 나이가 오쓰타보다 15살이나 더 많은 것과 그 남자가 재혼이라는 것은 아무렇지도 않게 생각했다. 그의 학창 시절의 방탕했던 생활도, 또 전처가 기생이었던 것도, 집안의 명예와 결혼이라는 아름다운 말로 포장하여 이제 와서는 딴 얼굴을 하고 사진까지 이쪽으로 보내며 어머니를 헷갈리게 하는 남자의 마음도 원망스러웠다. 자신은 대답을 회피하고, 어머니가 어디까지 중매쟁이의 손에 놀아나는지 지켜보고 싶은 생각도 들었다. 그러나 어머니의 마음이, 오쓰타보다 두 살 아래인 작년에 졸업한 여동생의 신랑감을 데릴사위로 들이는 데에 가 있다는 것은 말하지 않아도 알 수 있었다.

오쓰타는 고개를 숙인 채 산 속을 걸어 시내로 나와 전차를 탔다. 전차가 히비야日比谷를 지날 무렵 무슨 모임, 무슨 단체라고 정면에 덕지덕지 내걸려 있는 극장 옆쪽에 타다 버린 몇 대의 마차와 차 중에서 그 여자가 탔다는 갈색으로 칠해진 전차가 오쓰타의 주의를 끌었다.

그 건물 안에서, 예전에 방탕한 생활을 하던 사람이라고는 생각할 수도 없을 만큼 매우 변한 모습의 그 사람이, 연보라와 붉은색으로 치장하고 많은 사람들의 갈채를 한 몸에 받으며 젊은 여성들의 선망의 대상이 되어 있는 걸 보니 괜스레 질투가 났다.

오쓰타의 앞에서 회사원으로 보이는 젊은 사람이 의기양양하게 석간신문을 사서 주식시세가 나와 있는 면을 보고 있다가, 갑자기 호주머니에서 동전지갑을 꺼냈다가 넣었다가 하더니 마구 구겨진 지폐를 펴서 건네고 회수권을 샀다. 더러워진 옷깃과 소맷부리가 한층 더 그를 가난해 보이게 했다. 스루가다이駿河臺에 도착하여 전차에서 내려 고바이초紅梅町에 있는 집으로 왔다. 막 샤워를 마친 여동생은 시마다 마게52) 모양으로 묶은 머리에, 연보랏빛으로 얼룩진 유카타를 입고, 어제 사온 여치에게 오이를 주고 있었다. 감아올린 이요스다레53) 사이로 차가운 바람이 자유로이 거실을 빠져나가 그 곁에 걸려 있던 기후조칭54)의 엷은 푸른빛으로 그려져 있는 가을 풀을 흔들었다.

"어머니는?"

"식사하셔."

여동생은 낮은 목소리로 말했다. 벌레가 금방이라도 울어댈 것 같은 밤에 여동생과 나란히 서 있자니 오늘따라 여동생의 흰 분 냄새가 한층 더 은은히 풍겼다. 오쓰타는 일부러 시선을 외면하려고 하는 여동생을 심술궂게 계속 응시했다.

"머리 모양이 참 예쁘다."

"이상하지 않아? 나는 어색한데 어머니가 묶으라고 하시니까."

"괜찮아. 속발55)보다 훨씬 예뻐. 게다가 어려 보여. 17살 정도로."

갸름한데다 콧날이 오똑 선 얼굴이 머리 스타일과 잘 어우러져 여동생은 오늘따라 유난히 더 예뻐 보였다.

자신이 땀투성이가 된 것도 잊은 채, 무료하게 물이 든 컵을 들고 기둥에 기대서서, 오쓰타는 고개를 숙이고 있는 여동생을 머리끝부터 발끝까지 찬찬히 바라보았다. 가끔 오쓰타가 분을 바르면 세 살

---

52) 시마다마게 : 일본 여성의 전통 머리 모양의 대표적인 것. 주로 미혼 여성들이 틂.
53) 이요스다레伊予簾 : 이요 지방에서 생산되는 조릿대로 엮은 발.
54) 기후조칭岐阜提燈 : 기후현 특산물의 초롱. (백중날이나 여름밤에 닮)
55) 속발 : 메이지 시대 이후 유행한 머리 모양. 트레머리.

위의 언니인 오엔이 아무 말도 없이 오쓰타를 바라보고 있던 일이 종종 있었지만, 언니 자신은 그것을 전혀 눈치 채지 못했다. 특히, 말다툼이라도 하고 난 뒤에는 더욱 그랬다. 그저 눈만 크게 부릅뜨고 손바닥으로 턱을 괴고 미소하나 짓지 않았다. 마음속의 생각과 하고 싶은 말을 모두 눈으로 옮겨놓은 듯한 언니의 예리한 눈초리는 마치 저 아이는 흰 분을 어떻게 저렇게 발랐을까 라고 말하는 듯했다. 그런 언니의 눈이 싫었다.

"예뻐졌네."

그런데 어떤 때는 그런 오쓰타의 모습을 보고 일격을 가하는 듯한 말투로 말하며 자신도 얼굴을 씻으러 가는 일도 있었다.

그런 연유로 지금 자신이 여동생의 외모를 까닭 없이 곰곰이 보게 되었는지도 모른다는 생각에 이상하게 마음이 쓸쓸해졌다. 그렇다고 자신이 결코 추해진 것은 아니었다. 여동생이 이젠 사람들의 눈에 띠는 나이가 되었다고는 생각하지만 여동생을 보는 자신의 눈에 악의가 없었으면 좋겠다고 생각하며 스스로 불안해졌다.

"큰언니로부터 편지가 왔어."

여동생은 마치 기쁜 일이라도 생긴 듯이 편지를 가져다주었다. 아직 여동생의 모습에서는 성숙한 처녀의 모습을 찾아보기 힘들었다. 여동생으로부터 언니의 편지를 전해 받은 채 왠지 오늘 친구 집에 가지 않고 언니 집에 갔더라면 좋았을 것이라고 바로 후회했다. 그러자 갑자기 어두컴컴한 작은 방에 누워 있을 언니의 창백한 얼굴과 커다란 몸이 생각났다. 그러면서 아버지와 어머니도 옆에 안 계시고 형제도 없이 단지 언니 혼자 있다는 사실에 오늘따라 이상하게 가슴이 메여 오는 것 같았다. 처음으로 언니에게 아이가 생겼다는 이야기를 들었을 때 지금까지는 흰 연꽃과 같이 아름답고, 기개가 높다고 생각했던 언니가 갑자기 땅에 떨어진 것 같은 생각이 들었다. 속상해서 울어도 속이 시원하지 않았다. 손 안의 구슬을 형부가 잔혹하게 빼앗아 가버린 것 같아 참을 수 없었다. 깨끗한 종이에 연한 먹물로 쓴 편지를 다 읽고 나서 품안에 넣고 아무 생각 없이 가만히 있었다. 초롱에서 붉은 불꽃송이 두세 개가 빙빙 돌고 있었다.

"언니 샤워는 했어?"

"아니, 아직."

"지금 비어 있어."

"나중에 해도 괜찮아. 그보다 이것 좀 먹어볼래?"

오쓰타는 무거운 소맷자락에 신경을 쓰다가 문득 생각이 난 듯, 빌린 붉은 시오제56)에 수壽라는 글자를 홀치기로 희게 물들인 보자기를 소매에서 꺼냈다. 그리고 그것을 풀어 그 안에 종이로 싼 와플과 모모야마57)를 여동생에게 꺼내주었다.

조금 전까지만 해도 어둡지 않았는데 이젠 어디에서도 밝은 빛을 찾아볼 수 없게 되었다. 바로 눈앞에 있는 정원수도, 닥나무 종이를 통한 어슴푸레한 불빛으로 일일이 보지 않으면 아무것도 보이지 않을 정도로 컴컴해졌다. 초롱이 바람에 흔들릴 때마다, 도라지 풀 두세 그루가 간헐적으로 명료하게 보였다.

그리고 숨 막힐 듯한 더위 속에서도 그윽한 향기가 때때로 풍겨왔다.

---

56) 시오제 塩瀬 : 날실은 빡빡하게 하고 굵은 씨실을 써서 가로줄을 낸 두꺼운 비단.
57) 모모야마桃山 : 일본과자의 한 가지. 흰 팥소에 설탕·달걀노른자·찹쌀 미숫가루 등을 섞어서 구운 것.

밖에서는 벌써 신나이[58]를 선전했다. 이야기를 하면서 때때로 크게 소리를 지르는 소리, 손바닥을 치는 소리, 게다 소리까지 들려왔다. 오쓰타는 왠지 이런 신나이의 유랑에 묘하게 마음이 끌렸다. 눈에 보이지 않는 실루엣처럼 점점 멀리 끌려가는 것 같이 미미하지만 사라지지 않았다. 얼마 전에 사라졌던 이 소리를 다시 들었을 때는 마음을 달랠 길이 없어 괴로웠다. 보이지도 않고, 생각해 낼 수도 없는 아득히 먼 나라의 사람이 그리운 듯한 기분에 빠질 때도 종종 있었다. 이럴 때는 자주 도쿠베에德兵衛를 생각했다. 도쿠베에는 언젠가 본 가부키 극장 미야고자[59]의 소네자키 신쥬[60]의 주인공이었다.

작년10월, 친구와 둘이서 비오는 날 게다를 사러 아사쿠사浅草까지 갔다. 평상시에는 사람들로 붐비는 곳이었지만, 비가 오는 날에는 상점가에서 관음보살까지 용무가 있는 사람만이 지나다닐 정도였다. 두 사람은 입을 맞춘 듯이 관음보살 쪽으로 걸었다. 비에 젖어 깃털에 윤기가 나는 비둘기들이 아무도 콩을 주지 않으니까 건물 안쪽에서 오르내리거나 비가 치지 않는 곳에 모여 있었다. 오쓰타가 콩을 던지자 한순간에 확 달려들어 서로 경쟁하듯 주위에 모여들던 것이 지금도 눈에 선했다.

"어제가 중양절[61]이었네."

---

58) 신나이新內 : 죠루리浄瑠璃의 한 파. 주로 남녀의 정사를 소재로 했으며, 일찍부터 극장을 떠나 연회 자리에서 인형 없이 한 것이 특징임.
59) 메이지~쇼와 초기에 있었던 가부키 극장의 하나.
60) 소네자키 신쥬曾根崎心中 : 원록元禄 16년(1703) 4월, 데다이手代 도쿠베에와 유녀 오하쓰가 소네자키 천신天神의 숲에서 정사한 사건을 각색. 익년 초연初演. 세와모노 죠루리 최초의 작품.
　데다이手代 : 에도 시대 지방행정을 보는 대관 밑에서 세금 징수 등 잡무를 보던 관리.
　세와모노世話物 : 주로 에도 시대의 서민 상을 소재로 한 작품
　죠루리浄瑠璃 : 샤미센의 반주에 특수한 억양과 가락을 붙여 엮어 나가는 이야기의 총칭.

"그래? 어쩐지."

"그래서 국화가 많이 꽂혀 있는 거구나. 국화를 새로 사서 이곳에 꽂혀 있는 것과 바꿔 놓자."

금방이라도 끊어질 듯한 선향[62) 옆에는 시든 국화 몇 송이가 놓여 있었다. 길에 버려져 있는 국화도 있었다.

두 사람은 연극 간판을 보자 순간적으로 들어가고 싶어졌다. 들어서자마자 막 두 번째 공연이 시작되었다. 익숙하지도 않은 연극에 대한 호기심으로 들떠서 끝까지 보았다. 화려한 무대에는 에도 시대의 젊은이 모습인 도쿠베에와 그 당시의 매춘부풍인 오하쓰와의 사랑이 아름다운 색채로 그려졌다. 오쓰타는 단지 오하쓰와 도쿠베에를 위해 울었다. 밖에 나와서도 무대의 일만 자꾸 생각나 정신 나간 사람처럼 비로 질퍽해진 길을 걸어 집으로 발걸음을 재촉했다.

오쓰타는 그 후에 본 쥬베에[63)와 지베에[64)보다 제일 먼저 본 도쿠베에에게 마음이 끌렸다. 오쓰타는 화려하고 아름다운 에도 시대의 젊은이 도쿠베에에게 마음을 빼앗겼다. 자신도 오하쓰와 같이 분장해 보고 싶다는 생각도 들었다. 그런 생각을 하자 꿈과 같이 아름다운 환상이 떠올랐다. 자신의 목적지가 갑자기 밝고 넓게 눈앞에 활짝 펼쳐진 듯이 보였다. 여러 가지 일을 생각하느라 여동생과 함께 먹는 와플의 맛도 전혀 느끼지 못했다. 단지 입을 움직이고 있다는 것 외에는 아무 생각도 없었다. 갑자기 벌레가 머리 위에 있는 바구니에서 윙

---

61) 중양重陽 : 일본의 다섯 명절. 또는 그날.
　　다섯 명절은 人日(1월 7일), 上巳(3월 3일), 端午(5월 5일), 七夕(7월 7일), 重陽(9월 9일).
62) 선향線香 : 향료의 가루를 송진 따위로 개어 가늘고 길게 굳혀 만든 향.
63) 『메이도노히캬쿠冥途の飛脚』의 주인공.
64) 『신쥬카미야지베에心中紙屋治兵衛』의 주인공.

웽하고 울었다.

"어, 울었다."

두 사람은 동시에 말하며 서로 눈이 마주치자 미소 지었다.

지난번에 아사쿠사 상점가에 갔을 때 언니가 도라야키[65]가 먹고
싶다고 한 말을 기억한 오쓰타는 아사쿠사까지 갔다. 도라야키를 사
고난 뒤 양쪽으로 시원스러운 물건을 진열해 놓은 비녀가게와 에조
시[66]가게 앞을 천천히 걸었다. 건너편에서는 가느다란 체크무늬의
유카타 위에 하카타博多에서 만든 좁은 오비를 일부러 작게 가이노구
치로 맨 고운 자태의 게이샤가 호사스런 게다에 양산을 들고, 일곱
살 정도로 보이는 아이의 손을 잡고 가게 쪽으로 걸어가며 아이에게
인형을 좋아하는지 묻는 소리가 들렸다.

붉은색을 칠한 석가모니 여래당 곁에는 많은 사람들이 서 있었는
데, 그 속에서 끊어질 듯하다가 다시 이어지는 퉁소의 오이와케[67] 소
리가 들렸다. 아마 며칠 전부터 있던 소경 노인일 것이라는 생각에
쳐다보지도 않았다. 지나치다 문득, 지금은 극장에서 무엇을 하고 있
을까 생각하며 간판을 보았다. 이토란초[68]도 있었기 때문에, 나중에
여동생도 불러 하녀와 함께 셋이서 와야겠다고 생각했다. 그러면 어
머니도 허락하실 테니까.

야나카谷中에 있는 언니의 집에 도착할 즈음에는 뜨거웠던 태양도

---

65) 도라야키どら焼き : 밀가루 · 계란 · 설탕을 섞은 반죽을 동글동글 납작하게 구워 두 쪽을 맞
   붙인 사이에 팥소를 넣은 일본 과자.
66) 에조시画双紙 : 에도 시대, 항간의 사건 등을 간단히 설명한 인쇄물.
67) 오이와케おいわけ : 일본 민요의 하나. 역참에서 불렀던 애조를 띤 마부노래로, 후에 각지에
   전해져 변화했음.
68) 이토란초此系蘭蝶 : 신나이를 대표하는 곡. 이토와 란초가 주인공.

사라져 그늘이 생기고 있을 무렵이었다. 근처까지 전차를 타고 와서 내린 후 커다란 보자기를 들고 가는 것은 꽤 힘들었다. 깨끗하게 닦은 격자문을 열고 들어가 신발도 신지 않은 채 시멘트 바닥에 서서 부르려고 했지만, 아무런 인기척도 없어 그대로 안내도 기다리지 않고 잽싸게 언니가 자고 있는 방으로 들어갔다.

"언니, 자?"

문을 쓱 열고 언니 곁으로 다가가 앉았다. 머리맡에서 조금 떨어진 곳에 병풍이 쳐진 어두운 방에서, 언니는 삼베 이불을 덮고 그 위에 한 손을 내민 채 새근새근 자고 있었다. 언니는 잠에서 깨자 부리부리한 눈을 뜨며 반가운 듯 빙그레 웃었다. 머리를 감은 뒤 그대로 한 묶음으로 묶은 머리는 핀과 함께 흘러내려 베게에서 다다미에까지 내려와 있었다.

"잘 왔어. 편지는 받았니?"

"응, 어제. 받았으니까 왔지. 외롭지?"

"응."

언니는 쓸쓸한 눈빛으로 고개를 끄덕이며 손으로 눈물을 닦았다. 어쩐지 신경이 예민해져 있는 언니는 편지에 누군가 곁에 없으면 쓸쓸하고, 종종 불안해서 견딜 수 없다고 썼다. 눈앞을 가릴 듯이 가지를 뻗은 석양에 비친 붉은 백일홍은 마치 피처럼 보였다.

"숨 막히게 더워 보이는 꽃이야. 색깔만 봐도 질려버려."

언니는 머리를 내저으며 말했다. 다른 방과 북쪽 경계에는 레이스가 달려 있었고 차가운 바람이 끊임없이 들어왔다.

"형부는?"

"아직 돌아오지 않았어."

"그럼, 더 외롭겠네."

이렇게 말하고 어쩐지 우스워서 웃었다. 주변이 사찰이라서 한적한데다가, 하녀가 한 명 있긴 했지만 대낮에 낮잠이라도 자고 있는지, 아무 소리도 들리지 않아 조용했다. 형부가 좋아해서 정원의 반 정도는 채소밭으로 꾸며져 있었다. 키가 큰 옥수수와 오이, 까치콩, 거기다 바깥쪽에는 서양 콩 같은 붉은 꽃도 피어 있었다.

"도라야키 사 왔어. 그리고 이것도."

오쓰타는 도중에 시선을 멈췄다. 그리고 남색 바탕에 강한 체크무늬가 검게 들어 있는 유카타를 꺼냈다.

"내가 만들었으니 입어 봐, 아주 잘 어울릴 거야."

"어머 너무 예쁘다. 그런데 내게 잘 어울릴까?"

"그럼, 언니는 예쁘니까 잘 어울릴 거야."

예쁘다는 말에 언니는 투명하고 맑은 치아를 드러냈다. 그래도 평상시만큼 예쁘게 보이지는 않았다. 이마와 눈이 예전처럼 선명하다고는 생각되지 않았다. 마치 어두운 그림자가 깔려 있는 것 같았다.

"오늘 밤 자고 갈 거니?"

"응, 이삼 일은 괜찮아. 손님 대접은 하지 마. 무엇이든 먹고 싶은 것이 있으면 내가 만들어 먹을 테니까."

저녁 식사 후에 본도로[69]에 불을 켜고 형부와 나는 언니의 머리맡에 앉았다. 형부는 모기향 밭이 잘 되지 않는 것을 걱정하고 있었다.

"오쓰타, 이번에 내가 죽을 지도 모르니까 지금부터 집에 본도로를

---

[69] 본도로盆灯籠 : 공양을 위하여 켜는 등불.

켜둔 거야. 행동 빠르지?"

언니는 농담 삼아 비아냥거리며 말했다.

"망측해. 언니는 아직 고와."

"그래도 네 형부는 좋은가 보다. 내가 싫다고 하는데도 예쁘다고
계속 켜놓고 있으니까."

계속 켜두세요 라고 형부에게 말했다. 문득 지금까지 조금도 눈치
채지 못했던 붉은색의 유젠과 붉은빛이 없는 모슬린의 히토쓰미[70]
네다섯 장이 언니의 소매 주변에 겹쳐져 놓여 있는 것을 알았다. 레
이스가 달린 턱받이도 있었다. 오쓰타는 태어날 아이는 형부나 언니
중 누구를 닮아도 예쁘게 생겼을 것이라고 생각했다. 형부는 언니의
약 봉투 밑에 있던 종이조각을 집어 오쓰타 앞에 내밀며 말했다.

"오쓰타, 아이의 이름을 둘이서 생각해 보았는데, 이중에서 어떤
게 좋을까?"

종이에는 겐이치, 미치노스케, 도키오, 후미, 스즈, 마사코 등의 이
름들이 써 있었다.

"미야코가 좋겠네요."

"그래? 나는 남자라면 미치노스케, 여자라면 도미코로 하고 싶은
데."

"미치노스케는 어쩐지 좀……. 가벼워 보이잖아요? 겐이치가 좋은
것 같아요."

언니가 끼어들었다.

"그런데 만약 남자아이를 낳으면 나에게 무엇을 사줄 거예요? 다

---

70) 히토쓰미—つ身 : 등솔기 없이 통짜로 지은 유아용 옷.

이아몬드반지? 다이아몬드라도 너무 싼 거 아니에요?"

"그래? 루비 정도로 하려고 하는데."

"어머나, 그래요? 그렇다면 됐어. 받지 않겠어요. 바보 같아. 그 여자에게는 뭘 사주었지요? 다이아몬드가 아니었던가?"

새침해진 언니는 웃고 있는 형부의 얼굴을 노려보며 말했다. 그 눈에는 벌써 눈물이 흐르고 있었다. 이런 하찮은 일에도 일일이 질투하며 시기를 한다.

형부가 사오 년 전에 주색에 빠진 일을 기억하고는 울기 시작한 언니가 왠지 구차하게 생각되어 견딜 수 없었다.

"나 잠깐 근처에서 산책하고 올게. 뭔가 좋은 것이 눈에 띄면 선물로 사올게."

형부는 담배를 물고 오비를 다시 묶고 나갔다. 태풍 같은 거센 바람이 꽤나 넓은 정원에서 휘몰아쳤다. 잔뜩 찌푸린 하늘은 구름으로 뒤덮여 있었고, 풀과 나무들을 넘어뜨릴 듯한 강한 바람이 높은 나무 위를 스쳐 지날 때는 두렵고 무서운 생각까지 들었다. 툇마루에 나와 보니 밖이 너무 컴컴해서 빛이 없는 곳은 한치 앞도 알아볼 수 없었다. 또 초롱불도 자주 깜박거렸다.

"그쪽에 서 있지 말고 이쪽으로 와."

언니는 이렇게 말하며 오쓰타를 앉히고는 말끄러미 옅은 미소를 띠었다.

"그 사람은 어땠어? 거절했니?"

"아니, 아직."

오쓰타는 무뚝뚝하게 말했다.

"그럼 거절도 하지 않고 그대로야? 어머니의 고집을 꺾기는 힘들

거다. 이번에는 단단히 벼르고 계시니까. 그렇다고 해도 거절하는 편이 좋을 것 같아. 남편의 말로는 학생 시절 어떤 여자와 사귀었는데 그 여자가 무슨 일인지는 모르겠지만 면도칼로 스스로 목숨을 끊었다네. 그 이야기를 들으니 나도 싫어졌어. 이 혼사는 성사되면 안 된다고 생각해. 누구나 조건이 좋으니까 한순간 망설일 수는 있겠지만 이번 혼사는 거절하는 편이 좋겠어. 좀 더 괜찮은 곳으로 알아보기로 하자. 내가 찾아볼게."

언니는 대수롭지 않게 동생을 위하는 듯이 말했다.

"아무래도 좋아. 어머니께서 내게는 아직 아무 말씀도 하지 않으셨고. 뭐 말씀하시더라도 상관없지만……."

그런 일로 망설이지 않는다는 식으로, 말을 빨리 끝내고 싶은 듯이 강한 어조로 말했다.

언니도 처음에는 결혼에 찬성했기에 조금은 이상하기도 했다.

"네 형부도 걱정하고 있어. 실은 친구 중에 너를 소개시켜 달라는 사람이 있어. 너도 아는 사람이야. 언젠가 밤에 달구경하러 온 사람인데 기억나니? 에다마메[71]를 너무 좋아한다며 너를 많이 웃겼던 그 사람, 어떠니? 우리는 괜찮다고 생각하는데."

"응……."

"별 반응이 없네."

"……."

"왜 그래?"

언니가 반문했을 때 오쓰타의 안색은 조금 변해 있었다.

---

71) 에다마메枝豆 : 가지째 꺾은 풋콩. 또는 그것을 꼬투리째 삶은 것.

"나."

오쓰타는 말을 머뭇거리다 큰맘 먹고 말했다.

"배우가 되고 싶어."

빠른 속도로 말을 마치고는 이유도 없이 얼굴을 붉혔다.

"네가?"

황당한 듯 언니의 입가에는 냉소의 그림자가 역력히 비쳤다.

그 얼굴로 배우라니 하며 반문하고 싶을 정도로 여동생을 어처구니없게 생각하는 것 같았다.

언니는 동생을 위한다고 하면서도 왜 내가 말한 대로 밀어주지 않는 걸까. 말은 '괜찮다'고 하면서도 마음속의 불쾌감은 감추지 못하는 듯 얼굴과 태도에서 바로 나타났다.

"나 벌써 결심했어. 단지 언제 얘기할까 그것만 생각했어."

여동생은 현기증이 나게 하는 물건으로부터 멀어지려는 듯이 언니의 눈을 피해 얼굴을 돌리면서 부탁하듯이 말했다.

"예전부터 생각해 왔던 일이니?"

"응······."

"그렇다면 왜 좀 더 빨리 말하지 않았니? 그런 사정을 모르니까 나는 너를 위해서라고 생각해서 남편에게 부탁했고, 또 남편은 다른 사람에게 부탁해 놓았는데. 넌 너무 나빠. 지금 와서 그만두라고 말할 수도 없잖니?"

반사적으로 말이 튀어 나왔다.

"응······. 그 일은 정말 미안해. 말하려고 했는데 기회가 없어서 못 했어. 나는 언니만 찬성해 준다면 누가 뭐라고 해도 괜찮아. 어때?"

언니의 표정을 살피며 조심스레 물었다.

도쿠베에의 모습을 떠올리자 왠지 즐거워졌다. 언니에게는 보여주고 싶지 않은 것이었고, 또 언니가 보았다고 해도 결코 재미있어 할 것은 아니라고 생각했다.

"너는 그 여자처럼 되고 싶은 거니?"

언니는 매우 경멸하듯이 말했다. 만약 여동생이 유명해지면 어떨까 하고 생각해 보았다. 왠지 여동생이 유명해지는 것이 싫었다. 역시 나처럼 결혼해야 한다고 생각했다. 그러나 결혼 역시 끝이 보이지 않을 정도로 난감해 보이는 것은 마찬가지였다.

"나는 결코 찬성할 수 없어. 또 형부도 그 일은 절대 반대일 거야. 다시 한 번 생각해 보면 어때?"

"알았어."

오쓰타는 이렇게 대답하면서도 언니에게 다시는 말하지 말아야겠다고 생각했다. 만약 말을 한다고 해도 언니와 자신의 생각에는 먼 거리감이 있을 것이 분명했다.

언니에게는 남편이나 집안일이 나보다 훨씬 더 소중하겠지만, 한 번쯤 말을 해두는 편이 언니에 대한 의리를 지키는 것이라고 생각했다.

"네가 그런 일을 계획해도 나는 결코 동의하지 않겠지만 하여튼 좀 더 잘 생각해 봐. 이 일이 타인의 일이라면 상관없겠지만, 여동생에게서 배우가 되겠다는 말을 들으니 별로 기분이 좋지 않아. 여하튼 그만두면 좋겠어. 그 일이 또 생각대로 술술 잘 풀릴지 어떨지도 모르겠고."

언니는 어떻게 해서든 단념시키려는 어조로 말했다.

"누구나 자신이 생각한 일의 반도 할 수 없어. 나 역시 어떤 생각으로 이 집에 시집왔는지 모르겠다니까."

언니는 이제 웃으면서 자신에게로 화제를 돌렸다.

"시집올 때는 꿈도 많았지."

"하지만 이젠 틀렸어. 그래도 너는 아직 건강하고 자유롭게 얼마든지 미래를 설계할 수 있잖아. 나는 이제 아무것도 할 수 없어. 가끔 남편에게 미래에 대한 얘기를 해 달라고 조르곤 하지."

"그럴 때 형부는 뭐라고 말씀하셔?"

"여자에겐 말해봤자 소용없다고 말해 주지 않아. 계속 그러니까 이젠 나도 듣고 싶지 않아. 무엇을 위해 그렇게 하는가를 생각해 봐. 난 지금부터 미래 따윈 어떻게 되든 생각하고 싶지도 않아. 현상유지 하는 것만으로도 힘드니까."

언니의 창백한 얼굴은 피곤해 보였고, 자포자기 하듯 말하는 입 언저리에는 실망의 빛이 역력했다. 오쓰타는 뭐라고 위로를 해야 할지 적당한 말이 생각나지 않았다. 이대로 언니와 함께 큰 소리를 내며 울고 싶었다. 운다면 언니의 실망이 어느 정도 씻겨 내려갈지도 모른다고 생각했다.

"네가 부럽다."

자유로운 여동생을 부러워하는 듯한 말투였다.

"하지만 나는 언니가 예뻐서 부러운걸."

무의식중에 늘 생각하던 말이 튀어나왔다. 언니는 말없이 미소만 지었지만 그래도 기쁨은 감추지 못했다. 언니를 위로하려면 용모에 대해 칭찬해주면 되었다. 언니는 기모노가 특별히 예뻐 보이는 것도, 머리 묶음 법이 어려워 보이는 것도 전부 자신의 미모가 뛰어나기 때문이라고 생각했다. 바람결에 밭쪽에서 살가닥 살가닥 지껄이며 소리 내어 우는 소리가 귀에 들렸다. 누군가 이별을 하는 것 같았다.

"여보, 예쁘지? 처제도 한번 봐봐."

산책에서 돌아온 형부는 유리병에 들어 있는 금붕어를 언니의 눈앞에 내밀어 보였다. 진홍색이랑 흰색이 반씩 섞여 있는 금붕어가 푸른 수초에 휘감겨 크게 빛나 보였다.

다음날, 어제 저녁 심하게 불던 바람도 잔잔해졌고, 비도 오지 않고 햇볕이 내리 쪼였다. 그 대신 모래가 종일 툇마루에 날아올라 기분이 나빴다. 언니는 오늘은 조금 기분이 좋아졌다며, 저녁때가 되자 샤워를 하려고 일어났다.

"밤에 손톱을 깎으면 부모님의 임종을 지키지 못한대."

언니는 툇마루에서 손톱을 자르고 있는 오쓰타에게 웃으면서 이렇게 말하고는 못하게 말렸다. 언니가 이상한 말을 한다고 생각해서 대답도 하지 않고 있었더니 언니는 개의치 않고 옆에 앉아서 기둥에 기대 하늘을 바라보았다.

"어젯밤은 칠석날이었어. 오늘은 하늘의 강이 잘 보이네, 이리 와서 봐봐."

오쓰타도 기둥을 붙잡고 서서 위를 쳐다봤다. 아주 맑게 트인 하늘 한편에 모였다가 사라지는 작은 붉은색과 청색의 별 사이로, 직녀성인 듯한 은하수가 서쪽까지 하얗고 길게 하늘을 가로지르고 있었다.

헤 다 가 블 러 론

메레지코스키

입센의 희곡 중에 가장 특색 있는 작품으로『헤다 가블러』가 있다.『헤다 가블러』는『유령』에서 볼 수 있는 폭넓은 역사적·사회적 배경은 없지만, 입센의 작품 가운데 근대인의 내적 갈등을 가장 잘 표현한 작품이다. 이 작품에는 헤다 가블러와 같은 성격의 인물들이 모두 등장하고 있다. 이 작품은 동시대의 도덕적인 생활의 다양한 면을 포함한 폭넓은 철학적인 개괄과 동시에 각각의 개성 있는 성격을 잘 그리고 있다. 극중의 다른 인물들은 모두 중심인물을 돋보이게 하기 위해 등장하고 있다. 이것이야말로 진정한 희곡적인 초상이라고 할 수 있다.

여주인공의 성격은 작자인 입센 자신이 가장 잘 알고 있다. 입센은 자신의 마음을 매료시킨 여자처럼 지독한 고통을 견뎌내며, 여주인공 헤다를 아름답게 표현하는 것에 주력한다. 그녀의 얼굴에 드리운 아주 미세한 주름과 또한 옷의 약한 주름까지도 명확하게 묘사하고 있다. 서막의 각주에서는 그녀의 용모를 다음과 같이 그리고 있다.

"나이는 29세. 고상하고, 귀족적인 분위기가 풍기는 용모와 자태. 그다지 희지 않은 피부. 냉정하고 투명한 무감각적인 마음을 잘 표현하고 있는 강철과 같은 회색빛의 눈, 그리 진하지는 않지만 아름다운 밤색 머리카락."

힘겨운 순간에서조차 침착하고 냉정하며, 또한 투명하기까지 한 감각은 여주인공 헤다의 인품에 귀족적인 매력을 더하고 있다.

대학의 문명사文明史 강사인 남편 오루겐 테스만은 중류 사회의 평범한 사람으로, 남편의 초라한 관습과 무능력을 부인인 헤다는 이유도 없이 경멸한다.

그렇다면 어째서 헤다는 테스만과 결혼을 한 것인가?

우선, 첫 번째 이유는 테스만이 다른 누구보다도 견실하고 그런대로 인간답게 보였기 때문이다. 그리고 또 다른 이유로는 삶의 고달픔과 냉담함은 절망을 의식하는 데서 비롯되기 때문에 자신을 소중히 여겨줄 존경할 만한 호인과 함께 사는 것이 오히려 더 자유로울 것이라는 작은 희망이 있었기 때문이다.

테스만은 행복이라는 것에 대해서 극히 평범한 생각을 가진 가정적인 남자이다. 테스만은 이상에 비해 지적 능력이 부족한 사람으로, 비현실적인 인간이 보통 갖고 있는 어수룩한 모순투성이의 의견을 갖고 있는 사람이기도 하다. 그의 언어와 동작은 모두 헤다의 기분을 상하게 한다. 가끔 술에 취해서 하는 그의 이야기들은 대부분 재미없는 내용이다. 술에 취한 테스만은 말을 더듬으면서 "그래", "뭐라고?"라는 단어를 넣지 않으면 말이 이어지지 않는다. 이런 남자가 물질적인 이익 문제, 예를 들면 보수가 좋은 대학교수의 공직에 관한 문제에 봉착했을 때는 아주 교활하고 잔악하기까지 하였다. 따라서 언뜻 보아서는 장래가 어두워 보이지도 않았다.

하지만 테스만이 교수직을 오직 황금의 근원지로만 생각하는 것은 아니었다. 그는 책을 사랑한다. 기록된 문헌의 향기를 맡는 것을 즐기며 새로 구입한 책의 페이지를 넘기는 것에서 육체적인 쾌감을 느끼기도 한다.

극의 서막에서 테스만은 헤다에게 다정다감한 배려와 열정을 진지하게 보인다.

테스만과 헤다는 신혼여행 중일 때 집에 놓아둔 테스만의 소중한 구두를 잃어버리는데, 나중에 그 구두를 테스만의 큰어머니가 가지고 간 것을 알게 된다. 테스만은 아버지가 될지도 모른다는 단순한 생각으로 억누를 수 없는 희열과, 어리석으리만치 건방진 자족감에 빠진다. 자신의 감정을 주체할 수 없어서 하녀를 비롯해 만나는 사람들에게 모두 그의 희열을 알리고 싶어 한다. 테스만은 헤다가 자신을 매우 부정적으로 생각하고 있는 것을 인지하지 못한다.

결혼 전 헤다는 집에서 아버지인 가부라 장군과 함께 게루레르도 레보루그라는, 테스만의 미래의 경쟁자(그도 또한 문명사 강좌의 후보자이다)가 되는 한 명의 청년 학생과 만난다. 레보루그는 헤다를 사랑하게 된다. 하지만 헤다는 레보루그를 실망시킨다. 그 이유는 짐작컨대 헤다가 레보루그에게 관심을 보였기 때문일 것이다. 헤다는 레보루그의 위대한 정신력과 재능을 알고 있다. 레보루그와 어리숙한 테스만은 더할 나위 없이 대조적이다. 자신감에 차 있는 레보루그는, 책은 좋아하지 않지만 인생의 지식을 좋아하는 사람이다. 또한 독창적이고 대담하여, 헤다처럼 자유와 부정을 향해 끝까지 돌진하는 인물이기도 하다. 그리고 레보루그는 중류 사회의 공공연한 적으로서 그런 사회에 대해서 아랑곳하지 않는 사람이기도 하다.

레보루그의 선천적인 독특한 성격이 투쟁하지 못하는 헤다의 마음에 상처를 입히게 된다. 그렇기 때문에 헤다는 레보루그를 사랑할 수 없다.

아무 쓸모없는 재능의 소유자인 『유령』의 오스왈드와 같이 작자는 레보루그를 부덕과 질병의 소유자로 묘사하여, 지식이 얕은 사람들로 하여금 때때로 레보루그를 증오하게 만들기도 한다.

레보루그는 평정한 마음과 자제력이 조금도 없는 사람이다. 그러나 레보루그는 증오와 파멸 또한 수용할 수 있을 것이다. 모든 것에 대한 냉담함과 과도한 고달픔이 레보루그를 절망에 이르게 한다. 레보루그는 주색으로 잊어보려고 하였다. 그는 불량한 유희로 사람들을 조롱하지만 이러한 행동들은 결국에는 자신의 마음만 아프게 한다. 이러한 병적일 만큼 격한 감정이 헤다를 레보루그에게서 멀어지게 한다. 레보루그의 모습이 헤다의 눈에는 부자연스럽고 추악하게 보여 그 후로는 레보루그를 죽음보다도 두려워하게 된다.

헤다가 레보루그와 결혼하고픈 생각이 들지 않은 이유로는, 첫째 자신 안에 범죄자적인 속성이 존재하고, 둘째 자신의 매우 열정적이나 바보스럽고 형편없을 정도인 모습이 레보루그와 많이 닮았기 때문이다.

헤다는 거칠고 추악하며, 볼품없는 힘에 대항할 수 있는 충분한 힘을 자신이 갖고 있다는 것을 모른다. 때문에 헤다는 유일하게 사랑했던 사람인 레보루그를 버리고, 테스만을 경멸하면서도 자신을 자유롭게 해 줄 수 있으리라는 기대감에 허울 좋은 테스만에게 생애를 맡긴다. 그렇지만 이것은 그녀를 멸망으로 이끄는 원인이 된다.

헤다의 행동은 자존심에서 기인한 것이다. 헤다는 자신을 동정하지 않는다. 또한 그녀는 사람들의 비열한 천성을 인정하려 하지 않는다. 그녀는 소극적이면서도 사랑에는 강한 여성이다. 헤다의 단아한 마음은 신앙을 잃어버렸을 당시 인생에 대한 엄청난 반항과 증오로 바뀌게 된다. 결국 그녀의 정열은 다다르기 어려운 '미'에 대한 원수와 같은 사랑으로 변한다. 그녀의 사랑에는 행복이 담겨 있다. 비뚤어지고 지쳐버린, 희망도 없는 정열은 죽을병에 걸린 것과 같은 것이다. 헤다는 '미'를 사랑한다.—지상에서 그런 존재가 있을 것이라는 것을 믿지 않는다.

그러나 모든 것은 우리들이 논하면서 우연히 알게 된 것이지 헤다는 자신의 내적 세계에 대해서 전혀 언급하지 않는다. 그녀는 사람을 경멸하고 비웃으며 사람에게 상처를 입히는 욕구를 자기 자신에게까지 감춘다.

타인의 고통에 쾌감을 느낄 정도로 헤다의 마음은 강경하며 마지막까지 결코 자제력을 잃지 않는다. 지저분하고 하잘 것 없는 파멸의 경계에서도, 달리 그 어떤 '미'도 발견할 수 없던 때도, 그녀는 아름답게 홀로 남아 있었다. '그래, 이런 황량하고 애처로운 '미'로부터는 죽음의 냉정함이 발산된다' 헤다가 가지고 있는 귀족의 정신적인 최고의 품위, 즉 순박함과 적당한 재능이 어우러져 그녀를 멀리하기 어려운 마력을 불러일으킨다.

멸망의 늪으로부터 레보루그를 구한 선량하고 온순한 아내인 테아는 불행한 사람에게 있어서 수호천사이자 동료이며 간병인이기도 하다. 테아는 어머니와 같은 인내와 온순함으로 레보루그를 다정하게 위로하고 그의 방탕함을 병이라고 생각하여 무절제를 극복하게 한다. "지금 한 걸음 더 나가야 해요. 지금 한 번 더 노력이 필요해요"라는 말로 마침내 레보루그를 구해낸다.

레보루그가 책을 출판하여, 사상계에서 대호평을 받고 있는 문명사 강의를 테스만이 아니라 레보루그가 점령했다는 소문이 전해진다. 명성은 레보루그를 기다리고 있었다. 예전의 학교 친구이며 경쟁자인 레보루그의 갑작스러운 성공을 테스만이 듣는 일은 헤다가 말한 대로 벼락이 떨어진 것과 같다.

극이 시작될 때, 레보루그는 신간 문명사 제2권을 출판하려고 원고를 가지고 고향을 떠난다. 이번 책은 그가 쓴 책들 중에서도 가장 훌륭한 것으로, 적에 대한 승리와 위대한 명예를 그에게 안겨다 줄 만한 책이다. 그러나 테아는 환자인 레보루그가 건강을 되찾았다고는 믿지 않는다. 그녀는 걱정스런 나머지 레보루그를 감시하고 만일의 경우 유혹으로부터 그를 구해내려고 뒤따라 시내로 나온다. 그리고 레보루그가 있는 곳을 찾아 헤매 다니다가 우연히도 자신의 학교 친구인 헤다의 집에서 레보루그와 만난다.

한편 테아는 레보루그를 감동시킨 일에 대해 헤다에게 다음과 같이 이야기한다.

테아 : "그 사람은 예전에 갖고 있던 습관을 전부 버렸어요. 그것은 제가 그렇게 하라고 레보루그를 심하게 다그쳐서가 아니에요. 저는 도저히 그렇게 말할 수 없었어요. 아마도 제가 그런 습관을 싫어하는 것을 레보루그가 알아챈 것이 분명해요."
헤다 : (살짝 웃음를 감추면서) "당신이었군요. 레보루그를 소문대로 올바른 길로 인도한 것은. 그렇지요? 테아 씨."

연약한 테아는 헤다보다 큰 힘을 발휘했다. 레보루그의 고집 앞에서도 위축되지 않고, 단지 온순하게 생명을 다해, 테아는 할 수 있는 모든 방법으로 사랑의 충동에 몸을 맡겼다. 헤다는 레보루그를 질투하지도 않고, 지금은 사모하지도 않는다. 단지 테아보다 자신이 약하다는 생각이 그녀의 마음을 흔들어 놓았다.

자신의 파멸에 번민하고 있는 헤다는 타인의 영광을 못마땅하게 생각한다. 지금까지 긴 시간 눌러 왔던 인생에 대한 반항심과 인류를 증오하는 마음이 저항할 수 없는 파괴적인 본능으로 바뀐다. 어떠한 장애물도, 비록 신성한 것이라고 할지라도 지금은 헤다를 멈출 수가 없다. 헤다는 아무것도 동경하지 않으며 어떠한 욕구도 느끼지 못한다. 그녀는 죄악을 사심 없이 저지르면서 자기 자신을 깨끗이 잊는다. 또한 큰 고통을 느끼는 타인의 파멸을 지켜보며 쾌감을 느끼고 쾌락을 위해 더 큰 악을 저지른다. 헤다의 '미'는 말할 것도 없이 지독한 것이다. 그리고 그 '미'는 점점 강해져 가끔은 엄청나게 파괴적인 '미'처럼 보인다. 헤다는 '미'와 허위로 인해 자신에게 가까이 다가서는 사람 모두를 그물처럼 칭칭 휘감는다.

무리한 강요로 헤다는 유순한 테아의 신용을 얻는다. 그리고 마침내 테아의 자백을 받아낸다. 테아는 헤다를 두려워한다. 무슨 일을 당하지 않을까 해서 긴장하고 있던 차에 키스를 받았을 때는 파랗게 질린다. 하지만 테아는 헤다의 '미'라는, 점점 가까이 다가서는 공포와 탄상의 족쇄에 걸려 의지와 마력에 저항할 힘이 없어진다. 헤다가 자신의 산 재물에 대해 간절한 온정을 가지고 있다고 말한 것은 전혀 거짓이 아니다. 하지만 그녀를 애무하면서 헤다는 파멸을 계획한다. 병에 걸린 아이처럼 그녀를 취급하고 "여보"라고 부르거나 부드러운 갈색 머리카락을 쓰다듬으면서 상대의 귀에 죄스런 말, 소위 테아와 레보루그의 파멸을 위해 준비한 유혹적이며 역의적인 충고를 속삭인다. 그래서 테아는 헤다의 손바닥 위에서 유순한 무기가 되어 그녀를 존경한다. 그녀에 대한 공포가 커감에 따라서 정복의 강도도 한층 강해진다.

계략대로 테아를 얻은 헤다는 이번에는 레보루그에게 달려든다. 헤다는 레보루그에게 옛일을 회상시킨 후 현재의 새로운 친구와의 관계를 묻는다. 레보루그는 헤다에 대한 생각이 조금도 변하지 않았다는 것, 그녀와―마찬가지로 괴로워하고 있다는 것, 그녀를―단지 그녀만을 사랑한다는 것을 자백한다. 레보루그에게 자백을 받은 헤다는 보다 대담하게 행동한다.

레보루그도 자신이 올바른 길로 완전히 돌아섰다는 것을 믿지 못한다. 테스만의 친구로 헤다를 동경하는 한 사람이기도 한 판사 블랙의 집에서 열리는 독신자들의 술과 카드를 즐기는 모임에, 헤다는 레보루그를 초대한다. 그는 자신을 믿을 수가 없어서 초대를 거절한다. 단 한 잔의 술에 모든 자제력을 잃고, 다시 마시기 시작하면 둘째 잔의 유혹에 저항할 수 없게 된다는 것을 레보루그는 잘 알고 있었기 때문이다. 헤다는 테아의 눈앞에서 그를 우롱하고 자존심을 자극한다. 헤다가 유혹하는 미소를 띠며 와인 잔을 레보루그에게 건네자 그는 술을 전부 마셔버린다.

테아가 레보루그를 만류하려고 애를 쓰지만, 이것이야말로 테아의 파멸을 증명하는 것이다. 갑자기 레보루그는 수호천사의 말을 거스르기 시작한다. 자신의 약함과 궁색함이 노출되는 것은 레보루그에게는 고통스러운 일이다. 레보루그는 테아의 만류에도 불구하고 두 번째 술잔을 든다. 그리고 세 잔째! 테아는 레보루그를 위해서 고민하다 헤다에게 미친 듯이 호소한다. 헤다는 비웃는 듯한 미소를 지으면서 테아를 위로한다.

드디어 술은 효과를 보이기 시작한 듯이 악마는 레보루그 안에서 눈을 떠 헤다의 도전을 받아들인다. 더 이상 자신의 격한 감정을 두려워하지 않으며 도리어 정복했다고 믿는다.

어느 날 밤 레보루그는 미소를 지으며, 자신은 변했고 유혹에 넘어가지 않았다고 테아와 헤다에게 단언한다. 자신이 다시 강해져서 악

습관으로부터 벗어난 이상 이제 어떠한 수호천사도 필요하지 않다고 말한다.

레보루그를 잃어버렸다고 생각하는 테아에게 헤다는 조롱하듯이 말한다.

헤다 : "테아 씨 마음대로 의심하세요. 하지만 저는 의심하지 않아요. 저도 아는 사실이니까요……."

테아 : "당신은 제게 뭔가를 감추고 있군요. 헤다 씨."

헤다 : "네. 아시는 그대로입니다. 저는 일생의 한 번이라도 좋으니까 사람의 운명을 자유롭게 해 주고 싶어요."

테아 : "하지만 당신은 이제까지 그렇게 하시지 않았어요?"

헤다 : "아니오, 저는 그런 일을 단 한 번도 해 본 적이 없어요."

테아 : "하지만 당신의 남편 분은?"

헤다 : "남편을 자유롭게 해 준다는 것은 대단히 어려운 일이에요. 당신은 잘 모르는 것 같네요. 저는 정말 가난해요……. 테아 씨는 이렇게 부자인데." (테아를 와락 껴안는다)

헤다는 어린시절 하얀 비단결 같은 테아의 머리카락이 탐이 나 태워 버리겠다고 위협해서 테아가 두려움에 떠는 것을 보며 즐거워하던 때를 떠올린다. 그녀는 테아를 안으며 다정하게 속삭인다.

헤다 : "나, 테아의 머리카락을 태우고 있는 것 같아."

테아는 외친다.

테아 : "놓아주세요. 제발 놓아주세요. 저는 헤다 씨가 무서워요. 헤다 씨."

그러나 헤다는 테아를 안정시켜서 식탁 앞에 앉히고 "바보"라고 한다. 더 이상 헤다의 허위와 승리를 감출 필요가 없다고 생각하자 테아를 멸시한다.

테아의 예감은 망상이 아니었다.

다음날 판사 블랙과 테스만은 지난밤 있었던 일을 두 사람에게 보고한다. 레보루그는 자신의 원고를 발췌해서 큰 목소리로 읽고 엄청 마셔댔다. 새벽녘이 되어 레보루그는 이전에 관계가 있던 창녀 다이아나의 집으로 향하던 중, 술에 많이 취해서 주머니 속의 원고를 떨어뜨리고 만다. 레보루그의 원고를 주운 테스만은 레보루그가 다시 떨어뜨리지 않을까 걱정이 되어 그에게 건네지 않는다.

레보루그가 찾아간 다이아나의 집에서는 부끄러운 상황이 펼쳐진다. 레보루그는 누군가 자신의 원고를 훔쳐갔다고 생각하여 남녀를 불문하고 죄를 묻는다. 결국에는 남녀 모두 뒤엉킨 싸움판이 된다. 그때 경찰들이 들어온다. 그리고 레보루그는 경찰의 귀를 때린 일로 고발된다.

테스만과 둘만 남게 되자 헤다는 테스만에게 레보루그의 원고를 건네달라고 한다. 사소한 언쟁 끝에 테스만은 헤다에게 원고를 건넨다. 원고를 받은 헤다는 방의 자물쇠를 닫아버린다. 헤다는 꿈을 이루게 되자, 한 사람의 운명을 지배하는 힘을 느낀다. 테아는 이런 사실에 대해서 아무것도 몰랐다.

등장한 레보루그는 테아에게 원고를 잃어버렸다고 말할 용기가 없어서 찢어버렸다고 말한다. 이로 인해 두 사람은 영원히 헤어져야만 한다. 불쌍한 테아는 이러한 레보루그의 행동이 생명체를 죽이는 일과 같다고 생각한다. 테아가 정성을 다한, 두 사람의 아이를 죽인 것이다.

"두 사람의 아이"라는 말은 헤다의 영혼에 깊은 충격을 준다.

레보루그와 헤다, 두 사람만 남게 되자, 헤다는 더 이상 테아와 레보루그에 대한 경멸의 마음을 감추지 못한다.

"인간의 운명을 그 손에 쥐다니…… 우둔한 바보인 주제에."

헤다는 테아에 대해 말한다. 기력을 다 쓴 헤다가 그녀를 용서할 수 없는 것은 이런 점 때문이다. 헤다는 테아의 실패를 기뻐한다. 모든 사실을 알고 있으면서도 레보루그가 두 사람의 아이를 죽이지 않은 일, 아니 죽이는 것보다 더 나쁜 일―타락한 여자들과 함께 있으면서 원고를 어딘가에서 잃어버린 일에 대해 모조리 그들에게 말하게 한다.

"어머, 하지만 그런 일은 한 권의 책에 한정된 게 아니야."

헤다는 말한다.

"하지만 테아의 순결한 영혼이 그 책 안에 베어 있어."

레보루그는 외친다. 다시는 자신을 극복할 수 없을 것 같다고 생각한 그는 자신의 생애를 마치려고 결심한다. 헤다는 레보루그에게 "기념이에요"라고 말하고 자신의 총을 건넨다.

그렇지만 이와 같은 순간조차 '미'적 의식은 그녀를 그냥 두지 않는다.

그녀의 마지막이자 유일한 유언은 이렇다.

"게루레르도 레보루그. 있잖아요, 들어봐요. 어째서 당신은 결말을 아름답게 맺지 못하는지⋯⋯."

그는 놀라서 반문한다.

"아름답게⋯⋯?"

"네, 아름답게 말이에요. 당신의 생애에서 단 한 번뿐이잖아요. 그럼 안녕히 계세요. 두 번 다시 돌아오지 말아요."

선물에 대한 답례를 하고, 그는 다시 정중하게 인사한다.

"아름답게 말이에요. 게루레르도 레보루그, 맹세해 주세요."

레보루그가 나가자 그녀는 테스만이 소중하게 간직하라고 하며 그녀에게 맡긴 원고를 꺼내서 난로 가까이에 있는 의자에 앉는다.

"지금 당신의 아이를 죽이고 있어요. 예쁜 머리카락을 가진 테아 씨."

그녀는 이렇게 말하고 "당신의 아이−게루레르도 레보루그의 아이"라고 속삭이면서 원고를 한 페이지 한 페이지 찢어서 불 속에 던진다. 그리고 마지막에는 나머지 부분을 한꺼번에 던진다.

"난 지금 태우고 있는 거야. 당신의 아이를 태우고 있어."

이 무서운 광경은 북쪽의 어느 전설을 암시하고 있다. 우리들은 현실 생활에서 일탈한다. 헤다의 모습은 널리 알려져 공감대를 가질 것이다. 헤다의 눈에는 창백하고 일그러진 용모와 강렬하고 음란한 표정이 숨 쉬고 있다. 두려울 정도로 아름다운 불꽃을 번쩍이며 원고가 탈 때 헤다는 아이를 죽인 여신 메디아, 아니면 스칸디나비아의 전설로 내려오는 괴력을 가진 이상한 마술사처럼 보였을지도 모른다. 그러나 이것이 소름끼치는 무서운 범죄임에도 불구하고−(의심스럽지만) 이것은 아마도 두려움에서 기인한 것일 것이다−우리들의 마음은 알 수 없는 '미'에 대한 불가사의한 기분에 이끌리듯 헤다에게 매료되어 간다.

테스만이 안심하고 맡긴 원고에 대해 헤다에게 물어봤을 때 그녀는 차분하게 "원고는 태워 버렸습니다"라고 대답한다. 그녀는 이렇게 된 이상 더는 가여운 남편을 두려워하지 않는다. 이때 돌연 짓궂은 생각이 그녀를 엄습하여 무의식적으로 남편을 기만하게 된다. 단지 사람을 조롱하기 위해─속이기 위한 거짓. 속인다는 것은 악을 저지르는 것과 마찬가지의 쾌감을 헤다에게 안겨주기 때문이다. 헤다에게 있어 허위란 어떠한 부끄러움도 아니어서, 그녀는 아무 거리낌 없이 거짓말을 한다. 헤다는 혼란스러워져서 진리의 척도를 잃고 더 이상 자신이 누구인지 모르게 됨으로써 무의식적으로 거짓말을 하게 된다. 헤다의 무의식적인 허위는, 귀엽지만 위험한 고양이 과의 짐승인 표범에게 운동과 같은 무의식적인 '미'가 자연적이듯이, 헤다에게도 자연적인 것이다. 따라서 헤다는 독악하고 교활한 미소로 사람들을 비웃는다. 그러한 악의와 기지의 섬광은 아주 거친 검은 화강암으로 만들어진 기념표의 차가운 섬광을 상기하게 한다. 우는 것을 잊은 사람은 이렇게 웃기만 한다.

헤다는 자연스레 나오는 웃음을 참으며, 남편에게 레보루그의 원고를 태운 것은 당신에 대한 사랑 때문이며 문명사 강좌의 위험한 경쟁자로부터 훌륭하게 구해 주려고 생각했기 때문이라고 말한다. 테스만은 이런 사소한 말다툼을 할 때에도 금방 헤다에게 설득될 정도로 자존심이 강하고, 속이 좁은 사람이다. 세상에서 둘도 없는 자신의 친구이자 가장 위험한 경쟁자의 파멸을 예상하고는 냉소적인 희열을 감추지 못하고 인간적인 품위를 모두 잃어버린 사람이다.

봐라, 이 사람을! 만인의 존경을 받고 인생을 진심으로 환희하고 사랑하는 테스만은 인생을 부정하고 인류를 증오하며, 또한 죄가 있는 허위로 가득 찬 헤다보다도 도덕적인 정조 면에서는 더욱 비열한 인간이다. 남편의 파렴치를 안주로 하여 스스로 환락의 술잔을 다 마셔버린 헤다는, 테아와 레보루그의 창조물, 두 사람의 아이인 원고를 태울 때 회임의 고통을 처음으로 느꼈다고 테스만에게 말한다. 마침내 테스만은 극적으로 그의 본성을 나타낸다.

이때 우리들은 비로소 오늘날의 세속적인 도덕의 모든 주의와 신앙을 초월하여 가정적인 본능 속에 잠재하고 있는 동물적인 이기의 심연을 알게 된다. 테스만은 아버지가 될 사람으로서, 또한 선량한 일가의 가장으로서 다른 여성과의 사이에서 아이가 생긴 적은 한 번도 없다. 테스만은 자신의 아이만 살 수 있도록 정해진 것을 정말로 기뻐했다. 부분적인 도덕의 이 선량한 대표자의 희열은, 실로 생존경쟁에 승리를 얻은 남성의 환락이다. 그는 큰 기쁨을 억제하지 못하고 하녀 벨루자에게조차 모두 이야기하게 된다. 헤다는 이제 비웃을 힘이 없을 정도로 남편의 범용함과 하잘것없는 성격에 반항한다. 더 이상 남편을 얼마나 싫어하는지 숨기려고 하지 않는다. 그녀는 선천적인 침착함조차 잃어버린다. 그녀는 절망한 나머지 양손을 꼭 쥐고 말한다.

헤다 : "아, 나는 죽을 거야. 죽어버릴 거야."
테스만 : "어? 헤다, 뭐야 무슨 일이야."
헤다 : (냉정하게 정신을 차리고) "바보 같아. 당신."
테스만 : "바보라니, 내가 너무 좋아하니까 그런 거지? 아님, 그럼 뭐야? 벨루자에게 말하지 않는 편이 좋았다고 말하고 싶은 거지."

대화의 마지막에서야 겨우 테스만은 자신의 태도가 얼마나 위엄이 결핍되어 있었던가를 깨닫는다. 실제로 그렇게까지는 아니더라도 최소한 남자로서의 체면을 차렸어야 했다는 것을 상기한다. 그는 평상시처럼 무관심한 분위기로 되돌아와 가엾게 파멸한 친구를 생각하며 슬퍼한다.

"아, 신이시여, 그 원고는 당신의 상상입니다. 정말로 가엾은 게루레르도에게는 더욱이 무서운 타격이기도 합니다."

판사 블랙이 테스만의 집에서 레보루그가 자살한 사실을 보고할 때 헤다는 침착하게 이야기를 듣고 나서 "그렇게 빨리 말입니까?"라고 말한다. 그리고 블랙에게 자살에 대해 상세히 물어본다.

블랙 : "그 사람은 가슴에 총을 쐈습니다."
헤다 : "가슴에요?"
블랙 : "예, 말씀드린 대로입니다."
헤다 : "그럼 얼굴이에요?"
블랙 : "아니오, 사모님. 가슴입니다."
헤다 : "아, 가슴이어서 다행이네요."
블랙 : "뭐라고요? 뭐라고 말씀하셨습니까?"
헤다 : (피하는 듯) "아니오. 아무것도 아닙니다."

헤다는 그녀를 자주 괴롭히던 공포에서 벗어나 구제받았다기보다는 거의 환희에 가까운 탄식을 하며 외친다.

"이것으로 드디어 일이 끝났어."

자신의 희열을 나타내는데 어떠한 수치도 모르던 테스만은, 헤다와 단둘이 되었을 때 더 이상 놀라움을 감추지 않고 외친다.

테스만 : "어떻게 된 거야, 헤다. 무슨 일이야?"
헤다 : "아름다운 일을 행한 사람이 있다고 하더라고요."

그 후 헤다는 계속 냉정한 자세로 판사와 다정하게 이야기한다. 거의 정신없이 외친다.

"아아, 얼마나 구세주인가. 사람이 중요한 일을 이 세상에서 자유스럽게 행할 수 있다는 것을 안다는 것은 상상할 수 없을 만큼 위대한 '미'의 그림자가 비추는 일이라 생각한다."

그리고 모든 비난과, 놀란 머리의 동요, 질문에 대한 답으로써, 그녀는 '미'를 만난 즐거움에 도취되어서 제대로 대답하지 못한다.

"나는 단지 게루레르도 레보루그가 남자다웠던 것만 알고 있습니다. 레보루그는 자신의 의지에 따라 생활한 것입니다. 그는 자신의 의지와 힘으로 그 젊은 나이에 인생의 즐거움을 포기한 것입니다. 여기에 '미'의 그림자가 드리워진 것입니다."

판사 블랙은 헤다와 단둘이 되자 테아에 대한 연민 때문에 레보루그의 자살에 관한 사실을 전부 밝힐 수 없었던 것을 이야기한다. 그의 죽음은 헤다가 생각한 것처럼 아름답지 않았으며 그가 자살한 장소도 자신의 방이 아니고 가수인 다이아나의 방이었다. 죽기 전에 그는 다이아나를 도적으로 몰며 훔친 아이를 달라고 닦달했다. 그리고 탄환은 그의 가슴이 아니라 위를 뚫고 지나갔다. 이 말을 들은 헤다는 토할 것 같은 혐오스런 목소리로 크게 소리 지른다.

"아아, 어떻게 하지요. 그러면 그 사람도 어쩔 수 없었네요. 왜 내가 만나는 사람은 저주받은 듯이 모두 어처구니없는 바보가 되는 거지요."

이것이야말로 그녀가 내지르는 마지막 절망의 목소리였다. 헤다는 '미'를 믿는 것을 그만두어야 하고, 동시에 삶을 포기해야만 한다.

판사 블랙은 그녀가 이 사건의 연루자인 것, 어떻든 간에 자신의 생각대로 그녀를 연루자로 할 수 있다는 것을 말한다. 경찰관은 레보루그가 자살에 사용한 권총을 꺼낸다. 블랙은 총이 헤다의 것이라는 것을 안다. 블랙은 "왜 권총을 레보루그에게 건네었습니까?"라는 질문에 대해서 대답이 필요하다고 헤다에게 설명한다. 그리고 노판사는 마케아벨리식의 술책으로 권총의 주인을 알고 있는 것은 자신뿐이며, 이러한 사실을 폭로하거나 비밀을 감추는 것은 자신에게 달려 있다고 설명하고 헤다를 안심시킨다.

그때서야 헤다는 자신이 자신의 그물에 걸린 것을 알아차린다. 판사는 긴 시간 참고 비밀로 하고 있던, 자신의 사랑에 대해 흡족한 대답을 해 준다면 침묵을 지키겠다고 헤다에게 속삭인다. 결국 헤다 가블러는 자신의 죄의 판결에 대한 공포와 불성실에 대한 공포로부터 도망치려다가 교활하고 호색적인 노인에게 걸려들어 버린다.

헤다 : (그를 바라보면서) "저는 당신의 지시에 따라 움직이게 되었군요. 이제부터 저를 벌하든지 사랑하든지 당신의 생각대로 할 수 있게 되었네요."

블랙 : (거의 들을 수 없을 정도로 속삭이며) "귀여운 헤다, 그렇습니다. 나는 결코 나의 지위를 남용할 생각이 없습니다."

헤다 : "그렇게 말해도 결국 당신 맘대로 저를 움직일 수 있잖아요.

당신 생각대로 되어버렸어요. 이제 자유도 아무것도 아니야—저는— 자유가 아니야—(그녀는 거칠게 일어나며)—아니, 저는 참을 수가 없어 요. 죽는다고 해도."

그리고 헤다는 걱정스러운 얼굴로, 테아와 함께 검게 탄 잿더미 속 에서 레보루그의 원고를 긁어모으고 있는 남편을 잠시 비웃으며 칸 막이가 되어 있는 다음 방으로 간다. 이윽고 거친 무도곡의 피아노 소리가 들린다. 갑작스런 일로 놀란 사람들에게 테스만은 친척 중 한 사람이 죽어서 집안이 상중인 것을 주지시킨다. 그리고 레보루그의 일도 상기하라고 부탁한다.

헤다 : (문 앞 휘장 사이로 얼굴을 내밀며) "아, 그리고 줄리아 백모 말이 야. 물론 줄리아 백모도 생각해야지. 그러니 다른 사람들도 좀 기다 려 줘요. 두 번 다시 당신들을 귀찮게 하지 않을 테니까." (그리고 문 앞 장막을 드리운다)

실내에서는 그다지 중요하지 않은 이야기가 계속 이어진다. 테스 만은 늘 그랬듯이 바보처럼 굴고 있다. 그는 매일 밤 테아를 도와 레 보루그의 책을 정리하려고 생각하고 있으니, 와서 헤다의 상대를 해 달라고 판사 블랙에게 부탁한다.

블랙이 그의 제의를 수락하자, 문 앞 휘장의 그림자로부터 헤다는 또박또박한 목소리로 익살스럽게 대답한다. 그러더니 갑자기 말을 멈춘다. 곧이어 권총이 폭발하는 소리가 들린다. 모두 놀라서 뛰어온 다. 사람들이 문 앞 휘장을 들어 올리자 흔들의자 위에 누워 있는 헤다의 시체가 발견된다. 그녀는 권총으로 자살했다. 판사 블랙은 거의 실신하여 의자에 몸을 묻고 신음하면서 "주여, 우리들을 보호하시고 가엾게 여기시옵소서! 이런 일이 일어날 줄이야…… 어떻게 해야 합니까?"라고 외친다.

헤다 가블러는 번민의 순간에도 살기 위해 냉혹하게 사람을 경멸하고, 동시에 자신을 증오하며 자살한다. 헤다는 자신이 용기가 없어서 죽는다고 말했다. 그녀는 자신을 "겁쟁이"라고 말했다. 그러나 이러한 말은 매우 부적절하다고 할 수 있다. 그녀는 의지도 있었으며 힘도 있었다. 하지만 의지에 대한 어떠한 지주가 없어 성취할 수 없었으며 아주 작은 장애조차도 극복할 수가 없었다. 출입구를 찾지 못한 힘은 거꾸로 되돌아와 자신을 파멸시키게 된다.

헤다의 영혼은 신앙이 없이는 살 수 없었다. 결국 그녀는 신앙을 잃었다. 만약 헤다가 명성에 따라 삶과 죽음을 관장할 신을 찾았더라면 여장부나 순교자가 되었을 것이다. 그녀는 신앙의 요구를 전혀 버리지 못했다. 헤다는 신앙이 없는 공허한 고통을 참아낼 수가 없었다. 그녀는 당시의 세속적인 견해와 자신을 조화시키지 못했다. 여자는 신앙적 요구에 확실히 남자보다도 집요하다. 만약 이러한 성격으로 내적 세력을 행동으로 이끌어내지 못한다면 그때 그것은 범죄를 유도하게 된다. 헤다는 부정적인 이론가들이 아직까지 침입하지 못한 허무주의에 빠져, 모든 인간과 존재에 대한 증오로 의식적인 자멸 상태에 이르게 된다.

헤다는 우리들 앞에서 희망 없는 '미'로써 살아온 때처럼 역시 욕심도 없이 냉혹하게 생을 마감했다. 우리들은 헤다의 잔인함이나 그녀의 도덕적인 허무주의에 대해 그녀를 심판하려는 생각은 전혀 없다. 우리들은 똑같은 생활을 더 이상 지속할 수 없는 것을 안다.

마지막으로 태양이 하늘에서 사라져 별 하나도 빛나지 않고, 오래 전부터 신들이 죽어 새로운 신들이 태어나지 않는 오늘, 몽롱하고 희미한 가운데 거역할 수 없는 운명으로 태어난 인간의 비극을 우리들은 생각한다.

제1조 : 본사는 여류문학의 발달을 도모하고, 각자의 천부적인 재능을 발휘하여 훗날 여류 천재를 만들어 내는 것을 목적으로 한다.

제2조 : 본사를 세이토사라 칭한다.

제3조 : 본사 사무소를 혼고구 고마고메 하야시초 9번 모즈메 가즈코 집으로 한다.

제4조 : 본사 구성원은 찬조원, 사원, 객원으로 되어 있다.

제5조 : 본사의 목적에 찬동하는 여류문학자, 장래 문학자가 되고자 하는 사람 및 문학을 좋아하는 여성은 인종을 불문하고 사원으로 한다. 본사의 목적에 부합되는 여류문단의 대가를 찬조원으로 한다. 본사의 목적에 찬동하는 남자로서 사원의 존경을 받기에 충분하다고 인정되는 사람에 한하여 객원으로 한다.

제6조 : 본사의 목적을 달성하기 위해 아래의 사업을 한다.
1. 매월 1회 기관 잡지 『세이토』를 발간할 것. 『세이토』는 사원 및 찬조원의 창작, 평론, 그 외 객원의 비평 등도 게재할 것.
2. 매월 1회 사원의 수양 및 연구회를 열 것, 단 찬조원의 출석은 임의에 맡긴다.
3. 매년 1회 대회를 열 것. 대회에는 찬조원 및 객원을 초대하고, 강화講話를 요청할 수 있다.
4. 비 주기적으로 여행 행사를 개최할 것.

제7조 : 사원은 사비 30전을 매월 납부할 것. 사비는 매월 회의 및 대회 비용과 사원, 찬조원, 객원에게 보내는 『세이토』 기증비로 쓰인다.

제8조 : 잡지 『세이토』 발간의 경비는 발기인의 지출에 의하며, 기타 유지비는 사원, 찬조원, 객원 그 외의 기부에 의한다.

제9조 : 간부는 편집계, 서무계, 회계계로 구성된다.

제10조 : 계원은 4명으로 하고, 2명은 매년 교대한다. 처음에는 발기인 등이 여기에 해당된다.

제11조 : 계원은 사원의 선거에 의해 뽑는다.

제12조 : 계원은 재선 가능하다.

발기인

나카노 하쓰코中野初子/야스모치 요시코保持研子/기우치 데이코木内錠子/히라쓰카 라이초平塚明子/모즈메 가즈코物集和子 5인

찬조원

하세가와 시구레長谷川時雨/오카다 야치요岡田八千代/가토 가즈코加藤簿子/요사노 아키코与謝野晶子/구니기타 하루오國木田治子/고가네이 기미코小金井喜美子/모리 시게코森しげ子 7인

사원

이와노 기요코岩野清子/도자와 하쓰코戸澤はつ子/지노 마사코茅野雅子/오지마 기쿠코尾島菊子/오무라 가요코大村かよ子/오다케 마사코大竹雅子/가토 미도리加藤みどり/간자키 쓰네코神崎恒子/다하라 유코田原祐子/다무라 도시코田村とし子/우에다 기미코上田君子/노가미 야에코野上八重子/야마모토 류코山本龍子/아쿠네 도시코阿久根俊子/아라키 이쿠코荒木郁子/사쿠마 도키코佐久間時子/미즈노 센코水野仙子/스기모토 마사오杉本正生 18인

창간호 멤버

● 요사노 아키코(与謝野晶子, 1878~1942)

아키코는 1878년 오사카 사카이시의 유명한 전통과자가게 스루가야駿河屋를 운영하는 호소시치鳳宗七의 딸로 태어났다. 어려서부터 한학을 공부하고, 샤미센과 거문고를 배웠다. 사카이 여학교 시절에는 『겐지모노가타리源

氏物語』를 읽는 등 고전문학과 당대의 문학도 즐겨 읽어 문학적 소양을 높였다. 1899년 신시사新詩社의 발간인이자 가인歌人인 요사노 뎃칸与謝野鉄幹을 알게 된다. 1900년『묘죠明星』에 단가를 발표하고 다음해 도쿄로 상경하여, 8월에는 관능미 넘치는 내용의『헝클어진 머리みだれ髪』를 발표하였다. 그해 가을 뎃칸과 결혼한다. 1904년 잡지『묘죠』에 전쟁터로 떠나가는 동생을 생각하며 지은 시『너는 죽지 말아라君死に給ふこと勿(カ)れ』를 발표하여, 논쟁의 불씨가 된다. 규수문학회 강사시절 라이초의 부탁으로 1911년『세이토』에 「부질없는 말そぞろのごと」을 기고한다. 아키코는『세이토』에 시 31편, 단가 20수를 발표할 만큼 세이토에 대한 열의를 보여주었다. 수입 없는 남편을 위해 열심히 생활전선에 뛰어들었던 맹렬한 여성이었다. 어려운 생활 가운데에서도 아키코가 지은 단가는 무려 5만 수에 이른다. 또한 고전문학『겐지모노가타리』를 현대어로 번역하였으며 1921년에는 분카학원文化學院을 세워 교육에도 힘썼다. 또한 평론활동을 통한 여성운동 등 폭넓은 분야에서 적극적인 활동을 펼쳤다.

● 모리 시게(森しげ, 1880~1936)

모리 시게는 작가 모리 오가이森鴎外의 두 번째 부인으로, 시게에게도 두 번째 결혼이었다. 당시 모리 오가이는 40세, 시게는 22세로 둘의 나이는 무려 18세나 차이가 났다. 오가이의 어머니가 결혼을 주선한 것이지만, 그럼에도 일어나는 시어머니와의 갈등은 모두를 힘들게 하였다. 오가이의『한나절半日』에는 이들 고부간의 갈등이 묘사되어 있다. 오가이의 도움으로 시게는 『스바루スバル』와『세이토』에 소설을 집필하였다. 시게의 소설은 여성의 심리에 대해서 자세히 묘사하고 있다. 1909년『스바루』에 발표한 「파란波瀾」은 고쿠라小倉에서의 시게와 오가이의 신혼생활을 묘사한 소설이다. 도미코는 벌써 40대인 남편의 아이를 빨리 낳아 아내의 자리를 확고히 하고 싶다고 생각한다. 그러나 남편이 피임을 하고 있는 것을 눈치 챈 아내는 자신을 노리갯감으로 여기는 것인지도 모른다는 생각에 굴욕감이 들어 격노한다. 이런 아내에게 남편은 "당신은 애써 생포한 소중한 미술품이기 때문에 임신, 출산, 육아 때문에 여성의 아름다움을 잃어버리지 않게 보전하기 위해서이다"라고 말한다. 이러한 남편을 비판하는 형태를 띠고 있는 이 소설은 젠더를 강하게 부각시키고 있다. 이 외에 시게의 첫 결혼생활을 묘사한 창작집 『아다바나あだ花』(1910년)가 있다.

● 야스모치 요시(保持研, 1885~1947)

하쿠우白雨는 야스모치 요시의 필명으로, 요시코研子, 요시코淑子, 요시코妍子라고도 적었다. 1885년 11월 20일 에이메현 하루시愛媛県治市의 하급사족 출신인 양친 사이에서 태어났다. 어릴 적 세균에 감염되어 왼쪽 눈을 실명하였다. 1902년 현립 이마하루今治고등여학교를 졸업한 후, 1904년 요시코가 19세가 되던 해 일본여자대학 국문학부에 진학한다. 재학 중 결핵이 발병하여, 결핵요양시설 난코인南湖院에 입원, 여기에서 입원 중이던 히라쓰카 라이초平塚らいてう의 언니 다카孝를 만나 라이초를 알게 되고, 하이쿠를 통해 친밀한 사이가 된다. 1910년 쾌유하여 다시 학교에 복학, 히라쓰카 집에 기숙하며 1911년 8년 만에 대학을 졸업하게 된다. 라이초에게 『세이토』 발간에 대한 제의를 받고 흔쾌히 승낙하여, 세이토사에서 실무적인 측면에서의 적극적인 활동을 하는 동시에 단가, 하이쿠, 극평, 소품을 지어 발표하여 문학적인 면에서도 눈부신 실력을 발휘하였다. 결핵요양원에서 만난 오노 히가시小野東와 연애 끝에 결혼하지만, 두 사람사이에 아이는 없었다. 요시코는 남편 히가시가 밖에서 나아온 남자아이를 입양하여 키웠다. 1947년 5월 악성종양으로 사망한다.

● 다무라 도시코(田村とし子, 1884~1945)

다무라 도시코는 소설가로, 본명은 사토 도시佐藤とし이다. 도쿄 아사쿠사

출신으로 부립 제1고등여학교를 나와, 일본여자대학교 국문과를 중퇴하였다. 18세 때는 소설가를 지망하여 소설가 고다 로한幸田露伴의 제자로 들어갔으며 배우로써 무대에 선 적도 있다. 1909년 같은 로한의 제자이자 소설가인 다무라 쇼교田村松魚와 결혼한다. 1911년 오사카아사히신문의 현상소설에서 남편이 경제적 생활고 해결을 위해 강제로 쓰게 한 「단념あきらめ」이 일등으로 당선되었다. 같은 해 『세이토』에 첫 성경험을 한 여성의 내면을 그린 「생혈生血」을 투고하였으며, 동지에는 두 편의 단편을 남겼다. 1938년 상하이로 건너가 상해의 일본대사관의 위탁 중국어잡지인 『여성女声』을 발행하였다. 출판사의 어려움을 타파하기 위해 고군분투하다가 1945년 4월 과로로 죽었다. 1958년에는 다무라 도시코 문학상이 만들어졌다. 도시코의 문학은 허무와 관능의 퇴폐미를 탐미적 수법으로 그려 그 독창성을 인정받았지만 근저를 이룬 것은 진정한 페미니즘이라 할 수 있다.

● 히라쓰카 라이초(平塚らいてう, 1886~1971)

본명은 히라쓰카 하루平塚明이다. 1886년 2월 10일 메이지 정부의 관료인 아버지와 의사집안의 어머니 사이에서 태어났다. 일본여자대학교 영문과를 진학하려던 라이초는 아버지의 반대로 가정과에 입학하였다. 한때 참선에 몰입하기도 하고, 규수문학회의 강사를 하기도 했다. 소설가 모리타 소헤이森田草平와의 시오하라사건塩原事件으로 세상에 널리 알려지게 된다. 이쿠다 쇼코生田長江에게 여류문학잡지의 제의를 받고 1911년 9월 『세이토』를 창간한다. 창간호에 라이초らいてう라는 필명으로 「원시 여성은 태양이었다元始女性は太陽であつた」를 발표하였다. 같은 책에 「세상의 여성들에게世の婦人たちに」, 「신여성新しい女」, 「개인으로서의 생활과 성으로서의 생활 사이의 투쟁에 대해서個人としての生活と性としての生活との間の争闘について」 등 여성자아의 각성, 신여성, 성에 대한 자기주장 등 많은 여성론을 정력적으로 남겼다. 1914년 화가지망생 오쿠무라 히로시奧村博와 법률상의 결혼서류를 거부하여, 두 아이

를 자기의 호적에 입적시키기도 하였다. 1915년 세이토의 편집을 이토 노에伊藤野枝에게 넘겼다. 1920년 3월에 이치가와 후사에市川房枝와 신부인협회를 결성하여 부인 참정운동을 전개하였다. 패전 이후 세계평화주의자가 되어 기지도 군비도 없는 일본을 주장하였으며 또한 베트남전쟁 반대, 일미안전보장조약 폐기 등을 외쳤다. 1971년 5월, 85세의 나이로 사망하기까지 그녀는 일본여성운동에 없어서는 안 될 중요한 인물이었다.

● 구니기타 하루코(国木田治子, 1879~1962)

소설가. 본명은 하루이고, 예전 성旧姓은 나쓰모토榎本이다. 하루코는 도쿄 간다에서 1872년 8월 7일, 화가이자 사관학교 조교수인 아버지 나쓰모토 마사타다榎本正忠와 어머니 메이米의 여섯 자매 중 첫째 딸로 태어났다. 9세 때 후지미富士見소학교를 졸업했다. 1898년에는 구니키다 돗보와 결혼, 다음 해에 큰딸 사다코貞子를 출산하였다. 돗보와의 결혼 생활은 경제적으로 안정적이지 못했다. 1902년 돗보가 긴지가호近事画報사에 들어가자 생활은 안정을 되찾은 듯싶었지만, 1906년 경영을 맡게 된 돗보는 경영미숙으로 파산하게 되고, 하루코는 4명의 아이들을 데리고 미치코시三越에서 근무하며 어려운 생활을 이어갔다.

돗보의 긴지가호사 시절, 남편의 권유로 소설 「사다짱貞ちゃん」을 발표하였다. 그 외에 「우수愁ひ」, 「파산破産」, 「모델モデル」 등을 발표하였다. 하루코와 세이토의 관계는 돗보가 요양시설에 있을 무렵 야스모치 요시保持研를 알게 된 것이 계기가 되어, 야스모치가 직접 하루코를 찾아가 세이토의 찬조원으로서 협력을 부탁하면서 시작되었다고 한다.

● 아라키 이쿠코(荒木郁子, 1890~1943)

이쿠코는 아버지 아라키 규타로荒木久太郎와 어머니 후쿠福 사이에서 셋째 딸로 태어났다. 규타로는 다마나군玉名郡 출신으로 여관 교쿠메이관玉名館을 경영하였는데 이쿠코도 아버지의 뒤를 이어서 여관을 경영하였다. 교쿠메이관에는 아버지와 아는 구마모토熊本 고향사람과 중국의 혁명가들도 드나들었다. 그러다가 일본여자대학 졸업식에 참석하고자 야스모치 요시가 이쿠코의 여관에 머물게 된다. 이로 인해『세이토』의 창간호에 같이 참가하게 되었다. 이쿠코는『세이토』에 소설 6편, 희곡 2편을 게재했다.

『세이토』4호에 연하남과 유부녀의 불륜을 테마로 한 소설「편지手紙」를 게재하여 세이토는 처음으로 발금 처분을 받는다. 이로 인해 혼코에 있던 모즈메 가즈코의 사무실에서 소림사少林寺로 이전하게 된다.

『세이토』의 휴간 이후에는 세이토의 여성들을 돌보기도 하고, 신부인협회 발회식에도 적극적으로 참석하였다. 말년에는 술로 세월을 보내고, 여관을 그만두고 작은 식당을 경영하는 등 생활에 어려움을 겪다가 1943년 심장마비로 생을 마쳤다.

● 모즈메 가즈코(物集和子, 1888~1979)

본명은 가즈和로 후지나미 가즈藤浪和, 후지오카 가즈에藤岡一枝라는 필명이 있다. 도쿄제국대학교수이자, 국어학자인 모즈메 다카미物集高見에게서 태어났다. 다카미는『광문고広文庫』,『군서색인群書索引』의 편집장을 지내기도 하였다. 아토미고등여학교跡見高等女学校를 졸업한 후, 나쓰메 소세키의 문하에서 사사받았으며 1910년『호토토기스ホトトギス』에「비녀かんざし」를 발표하는 등 문학적 소양을 두루 갖춘 여성이었다. 도쿄아사히신문에 난 요시코와 가즈코의 기사를 본 라이초는 요시코에게 잡지발간에 대한 제의를 했지만, 요시코는 사정이 여의치 않아 동생 가즈코를 소개한다. 이리하여 가즈코의 집에서 세이토의 발기인모임을 처음으로 가지게 된다. 그 후 세이토의 편집실을 가즈코의 집으로 하게 된다. 가즈코는『세이토』에「칠석날 밤七夕の夜」,「하룻밤一夜」등 6편의 소설을 투고했다. 같은 책 2권 4호가 발금 처분을 받자 아버지의 격노를 사게 되고, 어머니의 죽음을 이유로 가즈코는 퇴사

를 하게 된다. 그 후, 게이오대학 의학부 교수인 후지나미 고이치藤浪剛一와 결혼, 이후 작품은 발표하지 않았다.

● 본지 세이토는 지금 축복의 울음소리를 내고 태어났습니다. 이에 본사의 취지에 뜻을 같이 해 주신 찬조원 및 모든 사원들의 협조와 뜨거운 열정에 깊은 감사를 표합니다.

● 세이토의 발간은 여자를 위해, 각자의 천부적인 재능을 충분히 발휘하기 위해, 자신을 해방시키기 위한 최종 목표 아래, 우리 모두 최선을 다해 연구한 결과물을 발표하는 장으로 만드는 것을 목적으로 합니다. 그렇기 때문에 잡지를 위한 잡지가 아니라, 어디까지나 우리들을 위한 잡지로 만들고 싶습니다.

● 우리 사원들은 맡겨진 아이를 돌보는 것이 아니라, 내 자식으로 건전하게 성장시켜 기대한 만큼의 성과물을 얻길 바랍니다.

● 본사의 사업을 지속시키고, 발전을 도모하기 위해서는 경제적인 독립을 확고히 할 필요가 있다고 생각합니다. 그러니 액수의 적고 많음을 불문하고 운영을 위해 뜻있는 여러 자매들의 기부를 부탁드립니다.

● 사원들은 9월부터 매월 15일까지 회비 30전을 세이토사로 보내 주십시오.

● 사원들의 수양 겸 연구회는 9월 2일(토요일) 오후 1시부터 세이토사 본부(物集和子 : 모즈메 가즈코 씨 자택)에서 개최하기로 했습니다. 바쁘시더라도 참석해 주시면 감사하겠습니다.

● 사원들의 원고는 언제라도 좋습니다. 세이토사로 보내 주십시오.

● 지노 마사코芽野雅子 씨의 단가短歌는 이번 호에 게제하려고 했습니다만, 남편의 병환으로 다음 호로 넘깁니다.

●『헤다 가블러』에 관한 합평과 나카노 기우치中野木内의 글도 페이지 사정상 다음 호로 넘깁니다.

● 본사 찬조원 구니기타 하루코国木田治子 씨는 자택(아카사카구 다마치 7-1)에서 이달 16일부터 쇼케쓰코류松月古流 이케바나(꽃꽂이)와 나게이레바나[72], 그리고 오모테 센케류千家表流의 다도를 쇼케쓰코류의 이에모토이신 후지시로안 우치세藤城庵打瀨 옹의 지도 아래 개최하게 되었습니다.

● 본사 찬조원 요사노 아키코与謝野晶子, 구니기타 하루코 씨 두 분은 특별히 세이토사의 발전을 위해 매호 집필해 주시기로 하셨습니다.

● 다시 한 번 말씀드립니다만, 세이토는 Blue stocking의 번역어입니다.

---

[72] 나게이레바나投入花 : 꽃병 입구가 좁고 길이가 긴 항아리나 꽃병에 꽃을 꽂는 꽃꽂이. 또는 기교를 부리지 않고 아무렇게나 던져 넣은 것 같이 자연스럽게 꽂은 꽃꽂이.

※ 원문은 오른쪽부터 시작합니다.

小兒科一般

一嬰兒の健康診斷及哺育法

一嬰兒の諸病及小兒皮膚病

東京日本橋區数寄屋町（吳服橋外）

ドクトル
メデチーネ 長井岩雄

小兒科養生院

電話本局百八十番

원문 141

詩と劇

九月一日發行
特價一部拾一錢
郵税壹錢五厘

ナヲモツデ
夫人の「ノラ」
と松井須磨子
女更の「ノラ」
の型

◎文藝協會私演劇場にては本月中旬イブセンの「人形の家」上場と決せり
◎本號は六名家のノラ觀を以て附録と爲すノラには「人形の家」の女主人公なり

本欄

◎憎われが寝室の睡より（小説）　　　　　小川未明
◎おどりの眼（詩）　　　　　　　　　　　人見東明
◎盆おどりの家（脚曲）　　　　　　　　　伸木貞一
◎理想と理想の窓（脚曲）　　　　　　　　池田銀次郎譯
◎二○の（脚曲）　　　　　　　　　　　　夏川寄島譯
◎三人姉妹（脚曲）　　　　　　　　　　　秦豊吉
◎梵（脚曲）　　　　　　　　　　　　　　佐藤惣之助
◎ところの秋（脚曲）　　　　　　　　　　福田夕咲映
◎劇作壇の新傾向（評論）　　　　　　　　秋田雨雀

その他
暮島芥子
鳳芳子
完治お
ぼろ器
紋氏等
十數篇
あり

附録

◎人形の家について　　　　　　　　　　　坪内逍遙
◎イブセン夫人の力　　　　　　　　　　　松居松葉
◎代劇の背景と氣分　　　　　　　　　　　土肥春曙
◎近代明ある道の開拓　　　　　　　　　　東儀鐵笛
◎審獨三女優のノラの性格研究　　　　　　中村春雨
◎「ノラ」の性格研究　　　　　　　　　　島村抱月

◎怪奇と平凡とは吾れ等の顧ふ所に非らず吾れ等はたゞ平凡に怪しく横たはる異常の姿を發見していみじき消息と新らしき藝術とを得んと顧ふのみ◎

前號よりはり本號每志歌を寄せて短本歌をの寄せるを掲載むの號で

斯道唯一の演劇雜誌

歌舞伎

（九月一日發行）　第三百三十五號

毎月一回一日發行
一冊二十五錢郵税一錢五厘

六册前金郵税共一圓五十錢
十二册同二圓八十錢

歌舞伎發行所
電話下谷二四八三六　振替口座東京一八一〇六
本郷區駒込湯島切通坂町發賣所

心 の 花

第十五卷　九月號　第九號

定價一部十三錢税一　半年前金七十五錢　一年前金一圓四十錢

東京日本橋區　竹柏會出版部　本石町一ノ一
振替東京四三〇〇番

萬年筆ありや

机の上にてもよし原稿は之に
如くなしレターも妙なり海に
山に折々の野遊びにペン書き
の書葉書は舞に風流兒オペラ
バックの中に萬年筆なきは現
代のアトモスフヰアを呼暖す
る姿とは云はれじ

オリオン
オノト

金武毀八拾錢
郵税金拾武錢
自金六厘
至金六十五厘

丸善株式會社
東京 ◉ 大阪 ◉ 京都

雜誌規定

- 毎月一回一日發行
- 定價一冊金貳拾五錢 ――郵税並金五厘――
- 原稿〆切期日は毎月十五日限とす、
- 前金購讀料（四ヶ月分）壹圓（六ヶ月分）壹圓五拾錢（八ヶ月分）貳圓（十ヶ月分）貳圓五拾錢（一ヶ年分）參圓
- 廣告料（一頁）拾五圓（半頁）八圓
- 廣告は總て卷尾のこと、但し申込の順序に依る。
- 振替貯金（東京口座一一六〇）に拂込まれたし
- 郵券代用は一錢切手に限る（但し一割增のこと）

明治四十四年八月二十五日印刷
明治四十四年九月　一日發行

禁　轉　載

東京本鄉區駒込林町九番地
　　青鞜社內
編輯兼
發行人　中野　初

東京市神田區美土代町二丁目一番地
印刷人　島　達太郎

東京市神田區美土代町二丁目一番地
印刷所　三秀舍

發行所
東京本鄉區駒込
林町九番地
　青鞜社
（電話下谷五七七〇）
振替東京口座壹六〇番

發賣所
東京市神田區
錦輝館三拾場
東京堂
電話本局〔三三〕三八

編輯室より

◉本誌寄籍は此前に率出度初發を放つて生れ出ました。
これ一偏に本社の主意に御贊成下さつた、教助員及社員
婦の御熱心なる御助力と其面目な合うと、むとの碩き御決
心とに依る處と深謝致します。
◉香緒に女子のために、各自天賦の才能を十余に發揮せ
しむる爲に、自己を解放せむとする最終の目的のもとに
相手携して、大に修養研究し、其結果を發表する微樹と
したいと云ふ事が本來の目前でありますから縦認の爲の
雑誌でなく、どこ迄も私共の爲の雑誌でありたいと存じ
ます。
◉私共社員は預けられたる子として、之を世話するので
はなく、我が子として健全な同し其の空し
くならないことを希望いたします。
◉本社の卒業を永積し、其發展を計るには經濟上の獨立
な經閣を必要を惑じますので、多少に拘らず基本
金の中に有志諸姉の御寄附を御願ひ致したいと存じま
す。
◉社員は九月より毎月十五日迄に會費三十錢青鞜社宛に
御送り下さい。
◉社員の修養研究台は九月二日(土曜日)の午後一時よ

り舊藝社本鄉(平塚氏宅)に於て開催いたしますから萬
障御繰せの上御用席下さい。
◉社員の原稿は何時でも宜敷から青鞜社宛に御送下さ
い。
◉茅野雅子氏の短歌は本號に掲載の筈でしたが御主人御
病氣の爲次號にゆづります。
◉社員のヘッタガブラ合評及中野木内の作物も頁數の都
合上次號に讓じます。
◉本社の贊助員岡本田治子氏は赤坂 區田町七丁目一番地
なる御私宅に於て本月より一六の日に松月古流生花 投入
花及千家家流の茶の湯を松月古流家 元藤塚應打瀨翁補助
の下に指南せらるゝ由。
◉本社贊助員與謝野晶子、岡本田治子の兩氏は特別に青
鞜發展の爲め毎號御穀僕下さる筈で御願います。
◉念の爲に云つて置きますがお青鞜社に Elter, stockdus の譯
語。

四、時に旅行を催すこと。

第七條 社員は社費凡三拾錢か毎月納附すべし。社費は
毎月會並に大會の費用と社員、贊助員、客員への雜誌
「青鞜」寄贈費とに當るものとす。

第八條 雜誌「青鞜」發刊の經費は發起人の支出により、
其維持は社員、贊助員、客員其の他の寄附による。

第九條 幹部は編輯係、庶務係、會計係よりなる。

第十條 係員は四人とし、半數づ〻一年毎に變代す。最
初は發起人等是に當る。

第十一條 係員は社員の選擧によるものとす。

第十二條 係員は再選することを得。

發起人 （いろは順）

中野初子　保持研子
木内錠子　平塚明子
物集和子

名簿 （いろは順）

贊助員

長谷川時雨　岡田八千代
加藤籌子　與謝野晶子
國木田治子　小金井喜美子
森しげ子

豫　告

青鞜社同人譯
ポオ散文集詩

青鞜社出版

社員

若野清子　戸澤はつ子
茅野雅子　尾島菊子
大村かよ子　大竹雅子
加藤みどり　神崎道子
田原祐子　田村とし子
上田君子　野上八重子
山本龍子　阿久根俊子
荒木郁子　佐久間時子
水野仙子　杉本正生

青鞜社概則

第一條　本社は女流文學の發達を計り、各自天賦の特性を發揮せしめ、他日女流の天才を生まむ事を目的とす。

第二條　本社を青鞜社と稱す。

第三條　本社事務所を本郷區駒込林町九番地　物集方に置く。

第四條　本社に、社員贊助員客員よりなる。

第五條　本社の目的に贊同したる女流文學者、將來女流文學者たらんとする者及び文學愛好の女子は人種を問はず社員とす。本社の目的に贊同せられたる女流文學の大家を贊助員とす。本社の目的に贊同して社員の尊敬するに足ると認めたる人に限り客員とし、本社の目的に贊同したる男子とす。

第六條　本社の目的を達する爲め左の事業をなす。

一、毎月一囘機關雜誌青鞜を發刊すること。青鞜は社員及び贊助員の創作、評論、其他客員の批評等も揭載することあるべし。

二、毎月一囘社員の修養及び研究會を開くこと、但し贊助員の出席隨意たるべし。

三、毎年一囘大會を開くこと、大會には贊助員客員な招待し、講話を請ふことあるべし。

滅にまで達してゐる。

　ヘ、夕私共の前に其望みなき美を以て生きてゐた時のやうに矢張り欲情もなく、冷酷に死んでゐる。私共は彼女の残忍に對して、其道徳的虚無主義に對して、彼女を審かうと云ふ心持は全くない。只私共は今の如き生活を此上繼續することの不可能なるを思ふのだ。私共はかの最後の日光が空に消えて、星の一つも輝き出ない時、古き神々が死んでしかも新しい神々がまだ生れない時に現はれる、朧気な薄明の中に生死すべく運命附けられた、をれらの人間の悲劇を思ふ。――完――

の屍を發見する彼女は顳顬を擊つて自殺した。判事ブラックは殆ど失神して椅子に身を沈めて、只もう喘ぎながらかう云つたばかり、「主よ我等を護り且憐れみ給へ！こんなことになるとは、どうしてまあ。

ヘッダ・ガブラーは煩悶の瞬間に於ても生きてゐたやうに冷酷に、靜栗に、人をさげすみ己れを惡みながら自殺した。ヘッダは自分に勇氣がない、だから死ぬと言ふ、彼女は「臆病者」とすら自分を呼ぶ。併しこの言葉は全く不適當である。彼女には意志もあり、力もあつた。只此意志に何の支柱もない 爲め何事も決して爲し塗げられず。極めて些細な障碍にも打克つことが出來ない。出口を見開けないため力がはね返り、それみづからを破壞する。ヘッダの魂は信仰なしに生きることの出來ないものである。しかも其信仰は失はれた。

若しヘッダが其の名に依つて生死することの出來る神を見出すならば、女丈夫ともなり、或は殉教者ともなつたであらう。彼女は信仰上の要求を全然築て去ることが出來ない、彼女は信仰なき空虛の苦痛に堪へることが出來ない。女は其時代の俗流の見解に自分を一致させることも出來ない。女は其信仰と信仰の要求に於て確に男子よりも執拗なものである、若し斯う云ふ性格であつて其內的勢力が動作に導かれなつかたならば、其時それは犯罪に導かれるのは止むを得ない。ヘッダは絶對否定の理論家達がまだ透入したことのない虛無主義の或點まで、總ての人間と總ての存在に對する憎惡、そして最後には靜かな意識的な自

ても何でもない、――私――自由ぢやない！（彼女は荒々しく起つて、）――いや、私はこんなことは我慢が出來ない、私は我慢が出來ない、死んだつて。」

それから彼女はなやましげに、しかもテーヤと一緒に黒くなつた書類の中からレェボルグの原稿を寄せ集めにかゝつてゐる夫を一寸冷笑して、犀口帷でしきられてゐる次ぎの室にゆく。やがてそれからピアノの荒々しい舞踏曲が聞える。人々は皆思はずぞつとするテスマンは親類の一人が死んだので、家は喪中だと云ふことを注意する。そしてレェボルグのことも思ひ出してくれと頼む。

ヘッダ（犀口帷の間から面を突出して）ああ、それから、ジュリア伯母さんのこともねえ、さあ、勿論シュリア伯母さんのことも思出さなくては、それから其外の皆のことも。さあ、一寸御待ち下さい。もう二度と貴方がたの御邪魔はしませんから。」

（そして犀口帷を垂れる。）

室内ではさまで重要でもない話が續く。テスマンはいつもの馬鹿を擴げてゐる。自分は毎晩テーアの手傳をしてレェボルグの書物を蘇めやうと思ふから、來て、ヘッダの相手をしてやつて呉れと判事ブラックに頼む。この提議をブラックは快諾する犀口帷の陰から、ヘッダははつきりした調子で戯談交りにそれに答へる。そして不意にやむ。と拳銃の爆發する音が聞える。皆吃驚して跳ね上る。人々は犀口帷を押し明けて、褥椅の上に横はるヘッダ

――129――

160 세이토

も絶たねばならない。

判事ブラックは彼女が此の事件の連累者であると云ふこと、ともかくも自分の思ひ次第で彼女を連累者にすることが出來ると云ふことを知つてゐる。レエボルグが自殺に使用した拳銃を見出した。そしてブラックはヘッダのものだと云ふことを知つてゐる。彼は裁判上の辭問に可能になると、「何故拳銃をレエボルグに與へたか」と云ふ間ひに對する返答の必要なることを彼女に說ききかせる。それから此老判事はマキャベリ式の術策をもつて拳銃の持主を知つてゐるのは自分一人で、それを警察に知らせやうと自分の一存できまるのだと說いてヘッダを窘める。そこで彼女は自分で自分の罪の判決に對する恐怖と不面目に對する恐怖を遁れる爲に、此校猾な好色な老人につかまつてしまつた。かくてヘッダガブラーは自分の愛に好き返事をしてくれるならば沈默を守ると云ふことを彼女に囁く。判事は長い間、甚へ恐んで秘してゐた自分の愛に好き返事をしてくれるならば沈默を守ると云ふことを彼女に囁く。

ヘッダ（彼を見詰めて）「それで私は貴方の自由になるものですね、してこれから私を罰しやうと、愛しやうと貴方の思ひ通りに出來るのね。」

ブラック（殆ど聞きとれぬ位に囁いて）「可愛いヘッダさん、吃度です、私は決して自分の地位を亂用しやうとは思はんから。」

ヘッダ「それでも、私は矢張り貴方の自由になるものね、貴方の思通りになつて、もう自由

「ああ、何て言ふ救ひでせう、人はまだ自由な貴いことを此の世の中で行へると云ふことを知るのは。それには何だか思ひがけない美の影が映しますわ。」

そしてあらゆる非難や、驚かされた頭の動揺や、質問に對する答として、彼女は此美に出逢った悦樂に恍惚として、これだけのことしか答へない。

「私は只ゲルレルド、レェボルグが男らしかったことばかり存じてゐます、あの人は御自分の意見に從つて生活したのですもの。あの人はお自分の意志と力とであの若さに人生の宴を見棄てたのです。ゝに美の影がさすのです。」

判事ブラックとヘッダと二人になった時、彼はテーアに對する憐憫からレェボルグの自殺に關して全部事實をあかすことが出來なかったのだと云ふことを話す。彼の死はヘッダの思つたやうに美しくはない、其自殺した所も彼自身の室ではなくて、歌女のダイアナの私室であった。死ぬ前、彼は歌女を盜賊よばはりして盜んだ子供を出せと迫つた。そして彈丸は彼の胸でなく胃を貫いた。するとヘッダは嘔氣を催すやうな嫌惡を以て聲高に叫ぶ。

「ああ、どうしませう。それぢやあの人も駄目だったわ！何故私の出遇ふものは呪はれてもしたやうに皆んな、皆んな、馬鹿々々しく、そして野鄙にばかりならなくちやならないのでせう。」

これこそ彼女が最後の絶望の叫びだ。ヘッダは美を信ずることを絶つと同時に生きること

ヘッダ「胸ですか？」

ブラック「たうです申上げた通り。」

ヘッダ「ちや、顕露ではないのですか。」

ブラック「いゝや、奥さん、胸です。」

ヘッダ「ああ、胸でもまあよかつたわ。」

ブラック「何です？何をおつしやるんです！」

ヘッダ（さけるやうに）「いゝえ、なに、何でもありません。」

扨て、かの屢悩まされた恐怖を脱し、彼女は救ひと云ふよりも殆ど歡びの咲息を以て、

「これで、とうと罪が出來た！」と叫ぶ。

彼女と二人きりになつたとき、自分の羞耻を發表するに何等の恥辱をも感じなかつたテ

スマンはもう鷺を隠さうともせずに叫ぶ。

「どうしたんだ、ヘッダ！そりや何のこつた。」

ヘッダ「美しいことをした人があると云ふのです。」

それから後、ヘッダは不断の冷静と、扣へ勝にも似ず、判事と親しげに物語つて、殆と

夢中に叫ふ。

テスマン「え？ヘッダ。何に？何んだつて？」

ヘッダ（冷かに、氣を取直して）「馬鹿々々しいわ、貴方。」

テスマン「馬鹿な！俺があんまり喜んでゐるからだらう。ぢや、なんだ、ベルザに話さないでもよかつたと云ふんだね。」

併し此會話のお仕舞に來てやつとのこと彼は自分の態度がどんなに威嚴を缺いてゐたかを朧氣ながら氣付きかけた。そこで俄に實際になれないまでもせめて男としての外貌を取繕はねばならぬと云ふことを思ひ出す。彼は平常の無關心な風に返つて、氣の毒な破滅した友達の上を悲しんでゐる。

「いや、いや、神よ！だがあの原稿は、あの原稿は！お前の想像以上さ、實際氣の毒なグルルルドにとつてはもつと恐ろしい打撃なんだ。」

判事ブラツクがテスマンの家にレエボルグが自殺の報知を齎した時、ヘッダは之れを落付いて聞きとつて、しかもそんなに早くですか。」と云ふ。そして自殺の詳細をブラツクに訊ねる。好奇心は彼女を壓倒する。自分を愛した彼の最後にどんな「美」があつたかききたい。

ブラツク、「あの人は胸を撃つたのです。」

— 125 —

164 세이토

想しては譲笑的喜悦を包み切れず、忽ち人間の品位を全く失つて仕舞ふ。見よ此人を！萬人の尊敬を受け、人生を赤心から歡びもし愛しもして居るテスマンはこの時、人生を否定し、人類を憎む、罪ある虚僞のヘッダよりも道德的情操に關して何に、いやらしい人間だ。夫の破廉恥を耻にして、みづからの歡樂の洒杯を滓までも飮みほしたさにヘッダはテーアとレェボルグの創造物——全く二人の子供であるあの原稿を燒いてゐた時、懷如の苦痛を始めて感じたと云ふことをテスマンに語る。是に於てテスマンは極度にその本性を現す、この時私共は忽然として今日の俗流道德に於ける一切の主義や、一切の信仰を超越して此家庭的本能の中に潜在する動物的利己の深淵を考へさせられる。テスマンは父親になりかけの人として、又善良な一家の首長として、他人の子供は一人としてゐない、只自分の子供ばかりが住むやうに定められてゐると云ふことを眞に悦んでゐる。部分的道德の此善良な代表者の喜悦は實に生存競爭に於て勝利を得た男性の歡樂である。彼は此大悦樂を抑へきれないで、下女のベルザにさへすつかり話さないではゐられない。そしてヘッダはもう嘲笑ふ力もない位、夫の凡庸な、取るに足らぬ性格に反抗した。夫をどんなに忌はしく思つてゐるかを隠さうともしない、そして直に生來の自若をさへ失つて仕舞ふ。彼女は絶望のあまり兩手を緊と握つて、

「あゝ、私は死んで仕舞ふ。私は死んで仕舞ふから！」

多分此恐ろしさの爲でともあらうか――私共の情は解剖し難き美の不可思議な心持によつて彼女の方へと引かれてゆく。

テスマンが安心して頂けたかの原稿のことをヘッダに訊ねた時、彼女は落着いて燒いて仕舞ひましたと答へる。かうなつては最早氣の毒な夫をも恐れて居ない。併し突然皮肉な心持が彼女を襲つて、全く目的なしに僞らせる。只人をからかふ爲に――僞る爲の僞、なぜならば彼女を罵つて、全く目的なしに僞らせる。只人をからかふ爲に――僞る爲の僞、なぜならば彼女を罵つて、ならば僞ることは惡をなすと同様に、自然に、心配氣もなく僞る。彼女に取つては盧僞は何等の恥辱でもないかのやうに、手輕に、自然に、心配氣もなく僞る。彼女は混亂して、眞理の尺度を失ひ、最早自分で自分が分らなくなつて居るので無意識に無意識の盧僞はかの猫扇の綺麗な、しかも危險な獸、豹に於て運動の無意識の美が自然であるやうに彼女に於ても自然なのだ。だから彼女は毒惡な、すれつからしの微笑を以て人々を嘲笑ふ。其惡意と機智の閃光は荒れ果た黑花崗石の紀念標の冷たい閃光を思はせる。泣くことを忘れてから久しくなる人は斯うした笑ひ方ばかりする。

ヘッダは自ら浮んで來る笑を抑へて、夫にレェボルグの原稿を燒いたのは貴方に對する愛の爲で、文明史の講座に於ける其危險な競爭者から見事に救つて上げやうと思つてゐると云ふことを話す。鳥渡云ひ爭つたばかりすぐヘッダに説き伏せられるほど彼は自足心の強い、狹量な人である、そして自分のこの上もない友達で、一番危險な競爭者の破滅を豫

彼は驚いて其問を繰返す。

「美しい?」

「えゝ、美しい。貴方の生涯の中で只一度のことですもの!‥ぢやさとゞなら、さあ殺入い。

二度とは決してお歸りなさるな。」

贈物の禮を彼が云ふと、彼女は叉雅重に繰り返す。

「美しくですよ、ゲルレルト、レエボルグ、誓つてね!」

彼が出て行くと彼女はテスマンが大事にして置くやうにと彼女に預けた原稿を抽出しから取出して、爐に近い椅子に腰かけた。そして「今、私は貴方の子供を焼いて居るのよ、倚麗な髪の毛のテーアさん。貴女の子供―をしてゲルレルト、レエボルグの子供。」と呟きながら、書物を一頁叉一頁と火中に投げ込む。それから後の裂りを一度に皆投げ込む。

「今私は焼いて居る、貴女の子供を焼いて居る。」

此怕る可き光景は北方の或傳説を暗示して居る。私共は現實の生活から脱して仕舞ふ。

ヘッダの像は擴大され、次第々々に巨大な平衡を取つて行く。芥白い、歪んだ容貌と、烈しい淫樂の表情ある目を持て、恐しい美観の焔を閃かすとき、彼女は稚子を殺す女神メデか、叉スカンデイナツィアの傳説による怪力、不可思議な魔術師の一人と見えたかも知れない。併し此ぞつとするやうな恐ろしい犯罪にも拘はらず―或は(疑はしいけれども。)

원문 167

はレェボルグが生物を虐殺したやうなものだ。彼女の眞心の總ての委ねたもの即ち彼は二人の子供を虐殺したのだ。「二人の子供」と云ふ此言葉がヘッダの魂に深い打撃を與へた。

レェボルグと二人殘つてから彼女はもうテーアと彼に對する輕侮の念を隱してはをかない。「人間の運命をあの手で握るなんて、あのお目出度いお馬鹿ちゃんの癖に。」と彼女のことを云ふ。力に渇へて居るヘッダが彼女を救すことの出來ないのは此點だ。それでもテーアの失敗をあの手で握るなんて。彼女は何事も承知の上でありながら、又レェボルグに二人の子供を殺しもするのだ。彼女は何事も承知の上でありながら、又レェボルグに二人の子供を殺さなかつた罪、いや殺すよりもまだ悪い——墮落した女達に交つて何處かでそれを失つた事に就て悉皆話させた。「あら、でも要するにそれは一冊の書物に限らないわ。」とヘッダは云ふ。

「でもテーアの純潔な魂が其本の中にはいつて居た。」とレェボルグは叫ぶ。そして再び自分に克つ事は出來さうもないと知つて、彼は自分の生涯に終局を置かうと決心した。ヘッダは彼に「紀念として」と斷つて自分のピストルを贈る。

併し此様な瞬間でさへ美の思想は彼女を棄てない。彼女の最後の只一つの遺言はこれである。

「ケルレルド、レェボルグ、ね、聽いて頂戴。何とか、貴方、美しい仕方で仕末をつけることは出來なくて？」

「離して下さい。離して下さい。私は貴方が恐ろしいの。ヘッダさん。」

併しヘッダさんは彼女を落付かして食卓の前に座らせてお馬鹿ちゃんと呼ぶ。もう自分の虚偽と勝利とを隠すことさへ不必要と考へた程テーアを侮つて居るのだ。

テーアの豫覺は妄想ではなかつた。翌朝、判事ブラックとテスマンは昨夜の出來事を二人に報告する。レェボルグは自分の原稿の抜萃を聲高に讀んで盛に飲んだ。明け方になつて彼は以前關係のあつたダイアナと云ふ賤婦の許へ行つた。彼は惡官醉つて居たので其途中ポケットの中の原稿を落して仕舞つた。テスマンはそれを取上げて交落すかも知れないと云ふ心配から彼に返してやることを拒んだ。ダイアナの庭へ行くと又恥づ可き舞臺が次いて來た。レェボルグは男女入り亂れての無遠慮な鬪爭となり、其異只中に警察隊が踏込んだ。レェボルグは警官の耳を擦つて告發されたところだと。

夫と二人さりになるとヘッダはレェボルグの原稿を渡せと云ふ。烏渡躊ひはしたが、テスマンは其要求を入れる。ヘッダは原稿を受取つて錠をかけて仕舞ふ。途と彼女は望みを遂げて、一人の人間の運命を支配する力を自らに感じた。テーアは之に關する何事も知らない。レェボルグは登場する。彼はテーアに原稿を失くしたと話す勇氣がなくて、引裂いて仕舞つたと云ふ。熟れにせよ二人は永久に別れねばならない。氣の毒なテーアにとつてはこれ

と云ふ。テーアは彼が失はれたことを信じた。ヘッダは戯談らしく彼女に断らいふ。

「テーア。貴方は勝手にお疑ひなさるがいゝわ、けれど私は受合ってよ。さあ今にわかるから……」

……「テーア。貴方は何か私に隠してゐらっしゃるのね、ヘッダさん。」

ヘッダ「えゝ、御察しの通りよ。私、生涯の中一度でいゝから人一人の運命を自由にして見たいの。」

テーア「でも貴方はもうこれ迄になさつたのぢやないの？」

ヘッダ「いゝえ、私はそんなことは只の一度だつてしたことは有りませんわ。」

テーア「でもあの貴方の御主人は？」

ヘッダ「主人を自由にすることなんぞ大變ですわ！　あゝ、貴君には少しも分らないのね、私はほんとに貧乏なのよ！　して貴方はあんなにお金持て、(テーアを烈しく抱き緊める。)

ヘッダは嘗て二人がまだ娘であつた學校時代に見ても慄に降る程の、白い絹のやうなテーアの髪の毛を焼くと云つては其怖がるを見て、笑ひ興じた時のことを思ひ出す。そこて今彼女はテーアを抱きながら優しく囁く。

「私、貴女の髪の毛を焼いて居るやうな氣がしてよ。」

テーアはかう叫ぶ。

------ 119 ------

170 세이토

すると云ふことを自狀する。そしてヘッダはいよいよ大膽に振舞ふ。

レェボルグ自身とても正しい道に自分がすつかり立ち返つたものとは信じて居ない。テスマンの友達でヘッダの憧憬者の一人の判事ブラックの家で、獨身連中の酒やカルタの會がある。連中はレェボルグを招待して仲間入りさせやうとする。彼は自分を信頼することが出來ないのでそれを斷はる。たつた一つの酒杯が、自制力の總てを奪び、誘惑に抵抗することが全く出來なくなるに十分だと云ふことを彼は知つて居るので、一度飲み始めると二度は決して止められない。ヘッダはテーアの眼前で、彼を愚弄し、其自尊心を刺戟し、誘惑的に微笑を堪へてポンチの杯を手渡しする。彼は澤までもとそれを飲み干す。

テーアは彼を止めやうと力める、してこれこそもう明らかに彼女の破滅を證明するものである。忽然として彼は自分の守護者に反抗した。自分の弱さと不如意さを知ることは彼にとつて苦痛だ。彼はテーアに關はず二杯目を飲む。そして三杯目！テーアは彼の爲に死ぬばかり苦悶して、ヘッダに訴へる、ヘッダは只嘲笑して、さげすむやうな微笑を浮べながら彼女をいたはる。

惡魔はエボルグの中に醒めてヘッダの挑みに應へる。酒は利目を現し、もうそれからは自分の激情を恐れない、彼は自分の激情を恐れない、彼はそれを征服して仕舞つたと信じて居る。もうそれからは自分の激情を恐れない、誘惑に打克つたと云ふことを微笑を浮べてテーアとヘッダに斷言する。そして再び強くなり、惡習慣からも脱した上はもうどんな守護だつて不必要だ

或晩彼は來て、自分は變つた、誘惑に打克つたと云ふことを微笑を浮べてテーアとヘッダに斷言する。そして再び強くなり、惡習慣からも脱した上はもうどんな守護だつて不必要だ

する罪に依つて得られる快感の為に、惡の為の惡をする。彼女の美は云ひやうもなく恐ろ
しくなり、しかもなほ増して時に恐ろしい破壊的元素の美のやうに見える。ヘッダは其美と
虚偽とによつて自分に近附く者共を皆網にでも入れたやうにくる〳〵と絡むのである。
無理押付けてはあつたが彼女は柔順なテーアの信用を得るヘッダの自白を巻上げる。キッス
ーアの方ではヘッダが恐ろしい、どうかされやしないかと心もしどろもどろになつて、キッス
された時は苦くなる。それでもヘッダの美はひたと面しては恐怖と嘆賞の織にかゝつてその
意志と魔力に杭する力はない。ヘッダは自分の生贄に對し切なる温情を有つてゐるとぶふ
ことを話した時は全く嘘を云つてゐるのではなかつた。そして彼女を愛撫しながら、ヘッダ
は其破滅を計嵩する。病氣の子供でも扱ふやうに彼女を扱ひ、「あんた」と言はしたり、其柔
いブロンドの髪毛を撫でたりしながら、とは云へ彼女は相手の耳に罪な言葉、即ちテーア
の破滅となり又レエボルグの破滅となるやうに豫定されて居る誘惑的なそして逆意的な忠
告を囁く。そしてテーアはヘッダの掌中の柔順な武器となつて彼女を登敬する。彼女の恐怖
苦を唆すに從つて、其服征の度も一層増してゆく。
思ふ壼にテーアを入れたヘッダは今度レエボルグに取りかゝる。彼女はまづ彼に昔を思出
させて、今の新しき友達との仲を訊ねる。彼は彼女即ちヘッダに闘しては少しも變らないと
云ふこと、彼女と、――同じやうに苦しんで居ると云ふこと、彼女をのみ愛
の大なるに従つて、

172 세이토

ら救ひ出さうとひそかに市に出て來た。そして其在所を探し廻つたが、偶然にも自分の學校友達のヘッダの家で彼に落合つた。

さてテーアがレェボルグを感化した事に就てヘッダに語つたところは斯うである。

「あの方は惡習先の習慣は棄て\仕舞ひました。それは私が斯うとあの方に强て迫つた故ではありません。さう云ふ事は私には決して出來ませんの。只あゝ云ふ習慣を私が嫌ふのに氣が付いてあの方が棄てたのに相違ありません。」

ヘッダ(微かな嘲笑を隱して。)それでは貴女だつたのね、噂の通り。正しい道にあの方を連れ出したのは、ね、テーアさん!

氣弱なテーアはヘッダより大な力を顯はした。彼の强惜の前にも挫縮せず、只單純に温順に其使命を果し、そしてヘッダには出來ない仕方で愛の衝動に身を任せた。ヘッダはレェボルグを妬みもしなければ今は慊しいとさへ思つて居た。自分の滅亡に悶えて居たヘッダは他人の光榮にはよりも自分が弱いと云ふ考へてあつた。只彼女の心を亂したのはテーア堪へられない。今が今迄長い間抑へに抑へて居た入生に對する反抗心と人類に對する憎惡の念とは破壞性の抵抗すべからざる本能に身を代へた。どんな障得物もだとへ神理なものであらうともう今は止めることが出來ない。彼女は何ものにも憧憬しない、何等の欲求も有たない、彼女は罪惡を私心なく犯し、自分を全然忘れて大苦痛につき、他人の破滅を目撃

——— 116 ———

物の美も見出されない時でも彼女は獨り美しく殘つて居る、よし此荒涼な、慘ましい美か
らは死の冷たさが發散するとも。

彼女が有つて居る精神的貴族の最高品位即ち純朴と、中庸とは結び付いて全性質に遠ざ
け難き魔力を與へて居る。

滅亡の境からレエボルグを救つた善良なそしておとなしい細君はテーア、エルブステッド
で、テーアは此不幸な人に取つては守護の天使で、同時に又同窓でもあり、介抱人でもあ
る。彼女は忍耐と溫順と母親のやうな心遣ひとを以て彼を勞り、放蕩を疾病だと思つて其
無法な、無節制に打克つた。今一歩必要である、今一骨折る必要がある、と、そして遂に
エボルグは惡皆救はれたのであらう。彼は書物を出版し、思想界に於て大好評を受ける文
明史の講座はテスマンでなくて彼に占められるであらうと云ふやうな風聞さへ傳はる。名
聲は彼を待つて居る。テスマンに取つては此昔の學校友達で、そして競爭者である彼の不
意の成功を聞くことはヘッダが云つた通り霹靂だ。

劇が開ける時、丁度レエボルグは新刊の文明史第二卷で今度又出版しやうとして居る原
稿を携へて田舍から出て來た。此書物は彼の書いたものゝ中でも一番好いもので、敵に對
する勝利と、偉大な名譽とを彼に齎すものなのである。倂しテーアは此病人が健康を全く
回復したとは信じてゐない。彼女は心配の餘り、彼を監督し、いざと云ふ場合には誘惑か

――― 115 ―――

174 세이토

氣になれなかつたのは彼女の中に犯罪的分子が餘りに多く、性質が餘りに熱情的であり、其馬鹿々々しさと、滅茶苦茶さ加減がレエボルグと餘りに多く似通ひ過ぎて居たからでもあらう、彼女は粗慢な醜惡な、そして不格好な力に對抗するに十分な力を有つて居ることを知らない。だから彼女は自分が愛することの出來た唯一人のレエボルグを喪て、輕蔑はしては居るが、併し自分の自由になる見掛け倒しの價値なきテスマンに生涯を委ねて、彼女の滅亡の原因である此愛の虐殺を犯したのである。斯様に其行勤は自尊心から出て居る。

ヘッダ自分をも憫れまない。ヘッダは人の賤しい天性を許す罪も出來なければ許さうとも思はない。控目な、併し愛に強い、其の氣高い情は、信仰を失つた時、それ自らを燒き盡して、人生に對する反抗と憎惡とに轉じ、其最後の情熱は達し難き美に對する焔なる愛となる。此愛には幸と云ふものが絶えてない。邪な、疲れ果た、そして望のない情熱──死病のやうなものである。ヘッダは美を愛した、──しかも地上に於ける其存在の可能を信じて居ない。

併し總てこれは私共がほんの偶然の論及から知つたのでヘッダは彼女自身の内的世界に就ては全く語らない。彼女は人に對する輕蔑の念や、人を嘲笑し、人を損傷せむとする欲求などを自分自身にさへ隱す。

他人の苦痛が快感を與へる程其心は硬く、そして拗けて居たが、最後まで彼女は決して自制力を失はない。取るに足らぬ、むさ苦しいものゝ只中に、或は敗滅の境にあつて他に何

───── 115 ─────

はヘッダを愛した。そして彼女は彼を失望させた。其理由は思ふに彼女が彼に對して冷淡でなかつたからであらう。彼女は彼が有つて居たる偉大な精神力と才能とを知つて居た。此レェボルグと彼のお目出度い、物臭なテスマンとは實に申分のない好對照である。彼は彼自身たる可き力を有つて居る、彼は書物は愛さないけれども人生の知識を愛する、彼は獨創的で大膽てヘッダの如く自由と否定には至極の境地にまで突進する。彼は中流社會の公然たる歡て社會からも亦無賴漢のやうに見做される。

しかもなほヘッダは彼を愛する事が出來ない。レェボルグの性格の或特性がヘッダの美に對する生來の筆はれぬ本能を傷ける。

何等の出目を見出せない才能の力がゴーッスに於けるオスワルドの如く、又レェボルグの中にも、同じ種類の不德と疾病とを發展させるので、それは時として知識の低い人達が彼に對して懷く憎惡の念に正常の理由を與へる。

彼には少しの平靜もなければ、自制もない。彼は憎惡と破滅とを或は容れることも出來やう、併しあらゆるものに對する冷淡と、過度の困憊とが彼を絶望に途つた。彼は酒色に忘却を求める。彼は惡戯をして市のあらゆる有德な凡俗共を態と脅かして見て、後では自ら心に慚ぢた。此病的敏感の激發が彼からヘッダを引離した。是等のことがヘッダには不自然とも醜惡とも見えるので、もう此樣な醜いことは死よりも恐れて居る。或は又彼と結婚する

————113————

盾だらけな意見を有つて居る。彼の言語、動作は悪くヘッダの氣を損うた。彼は稀に辭ひもしたけれどまづ大低は不利な、面白からぬ位設に置かれて居る。彼は途切れ、途切れてなければ、混亂して、甚く吃驚した風に「マア」とか「ナンテ」とか入れなければ只の一句も云はれない。此様な男で有りながら物質上の利益問題、報酬の好い大學教授の公職に關する問題に對した時、彼は狡猾になり、抜目なくなり、邪惡になつて、決して一見して想像したやうな愚物でもなければ又望みのないものでもない。伴してテスマンとても教授の職を只黄金の源とばかりも見て居ない。彼は書物其物の爲めに等しく書物を愛する、記録所の香を吸ふのを喜ぶ、そして新に購入したる書物の頁を切る事にさへ肉的快感を誘ひ出す。序幕に於て、彼は優しい心遣ひと熱心とを以て、眞劍にヘッダに見せたのは伯母さんが彼の本宅から持つて來て呉れた、二人の新婚旅行中、家に殘してあつた古上靴であつた。自分はやがて父親になるかも知れないと云ふ單純な考へが彼の内心に抑へきれぬ喜悦と、愚にも亦高慢な自足心とを起した。彼は酷へ切れないで逢ふ人毎に、下女をも間はず其喜悦を知らせたく思ふ。テスマンはヘッダが絕對に自分に反對して居る事を碻に認めるに足る丈けの眼を有つて居ない。

結婚前、ヘッダは其父、ガブラー將軍の家でゲルレルト、レェボルグと云ふテスマンの未來の競爭者（彼も亦文明史の講塵の候補者である）なる一青年學生に會つた。レェボルグ

「年齢二十九歳、氣高い、貴族的な處のある容貌、風采。餘り白からぬ皮膚。冷靜な、透明な無感覺な惨をよく表して居る鋼鐵のやうな灰色の眼、餘り濃くはないが、綺麗な栗色の髮の毛。」

激した瞬間でさへ自若として居る此冷靜な透明な無感覺はヘッダの人品に貴族的な魅力を賦與して居る。

大學の文明史の講師である夫、ヨルゲン、テスマンは中流社會の凡庸の權化で、其取るに足らぬ、平凡な粗俗と無能力とは妻が何の理由もなく只無意識に、不可杭的に、共天性の全力を舉げて輕蔑する處で有つた。

それなら何故彼女は彼と結婚なんかしたのであらう？

先づ第一の理由としては、彼は他の誰れよりも堅實で、そしてまだしもの人のやうに思はれたからである。それと又困憊と、冷淡と、靜かな意識的の絕望とからでは有るが、恐らく又、學者振つた仕方で自分を大事にして吳れるこの尊敬す可き好人物と一緒に暮すことは他の誰れと伴にするよりも詰りは自由に相違あるまいと云ふやうなう多少の希望も有つたのであらう。

彼は幸福と云ふ事に就ては極めて有振れた考へを持つて居る極家庭的な夫てある。彼は理想の豐富からでなく寧ろ智力の缺乏に基する非實際的の人間の常として、お目出度い、予

ヘッダ、ガブラー論

メレジコウスキー

イブセンの劇の内で他の特色あるものとして、ヘッダ、ガブラーはゴースッに於て見る様な廣い歴史的な又社會的な基礎はもつて居ないけれども、近代人の内的葛藤を描く事に就て、作者は未だ嘗てこれ程の程度に達したことはなかつた、劇全體はヘッダ、ガブラーなる中心人物に集まつて居る。同時代の道德的生活のあらゆる方面を含むこの廣さ、哲學的概活は、同時に一個の個人的性格を有つて居る。劇中の他の人物は皆中心人物を際立たせる爲に寄り集まつて居る。是こそ眞の戯曲的肖像である。

女主人公の像は作者自身によく分つて居た。即ち彼は自分の心を悲いた女のやうに、又其の爲には慘ましい苦痛にも堪へたやうに彼女を美しく、注意して描いて居る。其顏の極々少さな皺でも、着物の鳥渡した襞までも明晰と彼は見届けた。序幕の註に書いてある彼女の容貌は斯うである。

——— 110 ———

「おゑん、奇麗だらふ、邸ちやんみて下さい。」

散歩から歸つた兄さんが、ギヤマンに入れた金魚を姉さんの目の前にさしつけるやうにして見せた。眞紅なのや、白い班の入つたのが、青い藻に絡んで、大きく光つて見えた。

翌る日は昨夜の嵐にも似ず、雨もふらずによく照つた。その代り砂は一日様に舞ひ上つて、氣持惡く思はせた。姉さんは今日は少し氣分が好いと云つて、夕方行水を使ふと起きてみた。而して様側で爪を切つてゐるお蔦に、

「夜る爪を切ると親の死に目に逢はないとさ、およしなさいよ」と笑つてとめた。姉さんが妙な罪を云ふと思つて返事もせずにゐると、おゑんはそれには一向頓着せず、

「昨夜は七夕さまだつたつてね、今日は明瞭と見えるよ天の川が、來てごらん。」と坐つて柱に倚りかゝつて上を見た。お蔦も立つて柱に摑まつて上を見た。撒き散らしたやうに、蒼く澄み切つた空一面に、小さく輝いてゐる紅や青の星の間に、それかと思ふ銀河が、白くづうつと西の方迄續いて空を橫切つて居た。──完──

「でもそう〳〵は行かないものね、でも貴女はまだ齡が極つてゐないし、好き自由て、未來は長し何うにてもなれるわ。私はもう奈何しようにも今更らならないでせう。だからせめて未來のいい話でも聞かなくつちや、時々良人に未來の話をして呉れつて頼むのさ。」

「そんな時には兄さんは何と御在つて。」

「女なんぞに云つたつて分りやしないつて、云やしないわ、だからもう聞かないの。考へるとね、何の爲めに斯うやつてゐるかと思つてよ。之から未來だつて奈何成行くものか、考へたくもないわ。今更て澤山なやうな氣がしてよ。」

若白い貌は、疲れが出たらしく薄紅くなつて、捨鉢に云つた口許には、失望の色が讀まれる。お蔦は何と云つて慰めていいか、その言葉に困つた。此の儘姉さんと一緒に、大きな聲を出して泣きたい、泣いたら姉さんの失望の幾分かと洗はれて了ふかと思はれるから。

「蔦ちやんはいゝわ」とつく〳〵自由な妹を羨むやうな口吻をした。

「だつて姉さんは奇麗だから羨やましいわ。」

つひ日頃の思が口に出た。おゑんは只笑つて居たが、それでも嬉しさは隱されなかつた。着物が特別好きなのも、髪の結び方の難しいのも、皆姉さんの慰めは姉さんの貌だらふ。姉さんの美貌がさせるんだらふと思つた。風の間〳〵に、畑の方てガチャ〳〵が喧しく鳴き立てるのが耳につく。誰が離したんだらふ。

ない、矢張り私と同じやうに家を持つべきだと思つた時、其様子は奈何にも取り付き端の

ない程冷たいものだつた。

「私としては決つして賛成をする事は出來ないわ、又良人でもそれは大反對よ、もう一度

考へ直したら、」

「さう、」と素直に首肯いたが、妹さんにはもう話さない、誰へも云つてよき、ちよいと心と言

分の心とには遠い隔りが出來てゐる、姉には良人や家の方が、自分より遙かに貴いものに

なつてゐるのだから。只その前に一度云つて置けば、姉へ對しての義理は濟んだやうなも

のだと諦らめた。

「貴女が其様事を思ひ立つても、私は決つして止めやしないけれども、何しろもつとよく

考へてね、之が他人でもなら面白い事だと云つて賛成もするけれど、妹が俳優になると云

ふと一寸いゝ氣持はしないはね、奈何しても止めたくなるよ、それが又思ひ通りにそう

らく行くものか奈何かも考へなければね。」と何處迄も思ひ切らせないでは置かないと云

ふ調子で云つた。

「誰でも自分の思つた事の半分も行かないものよ。私だつてどんなにかいゝ心算で此家へ

來たか分りやしない。」ともう笑ひ乍ら、何日の間にか自分の方に話を引張つて、

「來る時は大した考へて來たものよ。」

て自分の云ふなりにならないんだらう。

「結構ね。」と云つた許りで、心の不愉快さは蔭そうとしても、顔にも態度にもつひ顕はれた。

「私もう遠から決心してたの、只何日お話しようかとそれ許り考へてたのよ。」と妹は目眩しい物でも避けるやうに、姉の目から顔を避け乍ら頬むやうに云つた。

「ぢやァ遠からなの、」

「え〻。」

「そんなら何故もつと早く云はなかつたの、其様罪は知らないから私しや貴女の爲許し思つて、良人にも頼んだし、良人から他家にも貴女の事を頼みはったり、極が悪いわ、今更ら止すとも云へまいぢやありませんか。」と口をついて出た。

「え〻全くそれは済まなかつたのよ、申上げやうと思つても遠い云ふ機がなかつたもんですから、ねぇ、姉さんさへ賛成して下されば私謡が何と云つてもいいわ、奈何てせう。」徳兵衛の様子を思ひ浮べて、何だか楽しいやうな氣がした。姉には見せたくないもので、又見たとて決つして面白いものではないと思つた。

「貴女は彼の女のやうになりたいの、」と姉は少なからず侮蔑の口調で云つた。其の癖、もし妹の名が高くなつたら甚麼だらふとも考へてみた、何故か妹に其様名を上げて芸ひたく

だけど之は止した方がよくつてよ、而してもつと外のいゝ處にするといゝわ、私が目つけて上げてよ。」と無雜作に、其の癖妹の爲めを思ふやうな口吻で云ふ。

「其樣事は奈何だつていゝのよ、私にはまだ何とも仰在らないし、仰在つた處で大丈夫よ。其樣事は迷はされやしません、と云つてひたいやうな、力強いやうな云い方をした。

姉さんも初じめは贊成して置き乍らと少しは可笑しくもある。

「良人でも心配してるのよ。質はね友達て貴女を是非つて人があるの、知つてるでせう。何日かお月見の晩に來た人、枝豆が莫迦に好きだつて貴女大變に笑つた、あの人よ、奈何？

私達はいゝと思ふのよ。」

「そう、」

「まァ冷淡ね。」

「えゝ。」

「何故？」と聞き返した時は、もう少し氣色を損じてゐるのが見えた。

「私、」とお蔦は云ひ淀んだが、思ひ切つて、

「女優にならふかと思ふのよ。」と早口に云つて了つて、謂もなく顔を紅くした。

「まァ蔦ちやんが──」と呆れたやうな目をした姉の口許には、あり〴〵と冷笑の影が見えた。其顔で女優、ときゝ返して遣りたい程に、妹の心が生意氣に思はれる。何故無言つ

─────105─────

184 세이토

妬んだりして、兄さんの四五年前にした道樂を云つちや、今初じまつたやうに泣いてゐる姉さんを如何にも詰らなく思はれて住方が無い。

「僕は一寸其處等を散歩して來よう、何かいゝものがあつたらお土產を持つて來ますよ。」と兄さんは萬を嚙へたなりて、帶を卷き返し乍ら出て行つた。

野分みたいな風の吹き方で、可成廣い庭を風が自由に往來した。どんより曇つた空は、雲が蔽ひ被さるやうに低く、草でも木でも薙き倒してもするやうな强い風が、高い木の上を渡る時は恐ろしいやうに思はれた。椽側に出てみると眞暗で、一間先も光の屆かない處は只暗かつた。燈籠の火が屢々消えた。

「其樣處に立つて居ないで此方へお入りよ。まじ！～薄笑ひしなが

ら、

「あの方は奈何して、斷つたの」

「否。あのまんま」と堅くなつた。

「ぢやァ斷りも奈何もしない、母さんには奈何しても思ひ切れないのかしら、餘程此度のには御執心とみえるわね、だけど止した方が好くつてよ、真人の話ぢやね、學生の時分にある女と關係して、その女が何かの事で剃刀で死んで了つたんだつて、それを聞いてから可厭になつて了つたわ。之はだめだと思つてね、でも一寸聞きがいゝから誰でも迷はされてよ。

――― 101 ―――

さいと云った風に兄を見て云った。不意と今迄少しも氣が付かなかった、紅入り友禪だの、紅なしだのメリンスの一つ身が、生モスの裏がついて、此の中に重ねてあった。レースのついた涎掛けさへ置いてある。お蔦は生れる子は兄さんに似ても、姉さんに似ても、器量好しだと思った。兄さんは姉さんの薬壜の下になった紙切れをとると、お蔦の前に出して、

「蔦ちゃん、子供の名を先日二人して考へたんですがね、此の中で何れがいゝてせう。」

紙には、謙一、道之助、時雄、富美、鈴、雅子と書いてあった。

「雅子がいゝわ。」

「終うですか、僕は男なら道之助、女なら富美子と極めてるんだがなァ。」

「道之助は可厭よ、安っぽくって、謙一の方が好いわ。」と姉さんが横から出て、

「ねぇ。もし男の子だったら何を買って被下るの、ダイヤの指輪？ダイヤでも安過ぎるわ。」

「そうさね、ルビー位にして贈くさ。」

「おや然う？ならもう澤山、頂戴しませんよ、馬鹿〳〵しい、あの女の時は何を買って、烏渡、ダイヤぢやなかったわね。」と眞氣になって姉さんは笑ってる兄さんの顔を睨むやうにして云った。其の目にはもう泪が溜ってゐる。此様詰らない事にでも、一々嫉んだり、

――――103――――

186 세이토

「私が縫ふから着て頂だい、乾度好く似合つてよ。」

「意氣だことねぇ。私には似合ふかしら」

「普通よ、姉さんは意氣が好きぢやありませんか。」

容貌自慢の姉は透き通るやうな齒をみせた。それでも平常程寄麗には見えなかつた。眉と目との間が奈何も何日ものやうに鮮かとは思はれない、暗い影がかゝつてゐるやうに思はれる。

「今夜は泊つてもいゝの」

「えゝ二三日はいゝのよ、だから御馳走をしませうね、何でも食べたいと思つて袋入るものをこしらへてよ。」

夕ごはん後は盆燈籠に火を入れて、兄さんと二人は姉さんの枕元に座つた。兄さんは蚊遣りの烟がよく出ないのを氣にしてゐた。

「蔦ちやん、此度忍が死ぬかもしれないから宅ぢや盆燈籠を今から點けてるのさ、早いでせう。」と笑談らしく脈踪を云つた。

「厭な、でも寄麗でいゝぢやありませんか。」

「だから兄さんは好きなのさ、私が脈だつてのに寄麗だつちや點けてるの、」澤山おつけな

「好く來たわね、手紙が届いて、」

「え、昨日、だから來たのよ、淋しいでせう。」

「あゝ。」と頷くと心細そうな目をして、一寸手で涙を拭いた。何彼につけて神經の昂ぶつてゐる姉は、誰かしら傍に居なければ寂しいのと、種々不快な事を思ひ廻すので堪らないと書いて寄越した。直ぐ目の前に殺さるやうな枝を延した百日紅は、その毒々しい迄に紅い花を、照り返す夕日に浴して、血を見るやうに思はせた。

「暑苦しい花ね、色を見てもうんざりして了ふ。」と姉さんは首を振り乍ら云ふ。次の間との北の境は、レースが掛けてあつて、それから絶えず冷たい風が流れ込むでゐた。

「兄さんは、」

「まだ歸らないの。」

「ぢやァ餘計淋しいわね。」と云ふと何となく可笑しくなつて笑つた。降りがお寺になつてゐて、一人の女中が晝寢でもしてゐるのか、物の音一つしなかつた。兄さんが好きで庭も半分は畑のやうになつてゐて、丈の高い唐黍や胡瓜や鶯豆や、外に西洋の豆らしい紅い花も墓に咲いて居た。

「どら燒を買つて來てよ、それから之も。」

お篤は途中で目に止つた、藍色の地に荒い格子が黑て出てゐる浴衣を出した。

188 세이토

は少し宛足を悠るめて歩いた。何ふから、細かい破れ格子の浴衣に、狭い白博多の帯をわざと小さく貝の口に結んだ、姿のいゝ此處等の藝妓が、下駄と森とを整澤なのにして、七つ許りの子の手を引いて、

「お人形さんが好いの、」と云ひ乍ら店の方へ行つた。

丹塗りの薬師堂の傍には、人が多勢立つてゐて、其の間から遠隔れ〴〵に尺八の退分が聞えてゐた。大分何日も居る老人の盲目だらうと見ないで過ぎて、今は何をしてゐるだらふと双香板を見た。此糸蘭蝶とあつたので、双姝を誘つて、女中と三人で來よう、其の方が母も快く出して呉れるから。

谷中の姉さんの家へ着いた頃は、若い日もやゝ藤が出來てゐた頃だつた。電車に乗つて近道を取って來たものゝ、大きな包を持っては可成難儀に思はれた。洗つたやうな格子戸を啓けて、穿竆一つない三和土の内に立つて聲を懸けやうと思つたが、森として丸で人氣もないやうに思はれるので、其儘案内も待たずに、ズン〴〵姉の寝てゐる部屋に入つた。

「姉さんお休み。」と聲を懸けて、裏戸をツッと開けると、ペタリと姉の傍に寄つて座つた。枕元を少し離れて、屏風で暗くしてあるへやに、おえんは廂の掛布團の上に片手を出して、スヤ〳〵寝入つて居たが、目覺とく、バチッとその黒目勝な目を開けると、莞爾した。洗髪を一寸束ねた慵の髪は、ピンと一緒に悠く解けて、括り枕から畳へ逆流れてゐた。

〳つた豆蔻が何本となく上つてゐた。道に捨て〳あるのもあつた。氣紛れに芝居の看板を見て、二人は入る氣になつた。入るとすぐにもう此度は二番目てすと歌へてゐた。華やかな舞臺に、れない芝居に、妙にせか〳と落ち着かない心持て、絶えず見てゐた。華やかな舞臺に、元禄の若衆姿の德兵衞と、その頃の遊女風のお初との戀は、美しい色彩にいろどられて、お蔦は只お初德兵衞の爲めに泣いた。出てからも舞臺の事ばかり考へられて、氣の投げた人のやうになつて、雨のぬかるむ道を宅へと急いだ。

それから見た忠兵衞より、治兵衞より一番初じめに見た德兵衞に心を動かされた。お蔦の心は華美な元禄姿の德兵衞の上によく行つた。それを思ふと夢のやうな美しい幻が浮かぶ。自分の行先が──と思はないてもなかつた。それを思ふと夢のやうな美しい幻が浮かぶ。自分の行先が急に明るく、廣くズッと前に擴げたやうに思はれた。種々の事を考へ乍ら妹と一緒に食べたワッフルには、何の味もなく、只口を動かしてゐると云ふより外には何てもなかつた。

不意にキリ〳〵と頭の上の蟲籠でないた。

「あら鳴いた」と二人一時に云つて目を見合すとほ〳笑んだ。

仲見世のどら燒が食べたい、と、この前行つた時に姉さんが云つたのを思ひ出して、お蔦は淺草迄行つた。それを買ふと、又兩側の凉しそうな品を並べた簪屋や、畫双紙やの前て

表の方ではもう新内を流して來たのが、話をしながら時々申譯のやうに、高音を引いた
り、一を打つたりして、その下駄音近聞えて來る。お蔦には、何だか此の新内の流しが、
妙に心の底に沁染み渡るやうに思はれる。段々と遠く、目に見えない糸でも引いてゆくや
うに、幽かに〳〵はては消えるともなく、何日の間にか消えて了ふこの音を聞く度びに、
遣る瀬ないやうな思ひに悩まされた。見もしらぬ、思ひもしらぬ、遠い人の世が戀しいや
うな、氣に迫まられる事が度々あつた。そう云ふ時にはよく德兵衞の上を思つた。德兵衞
とは何日か見た宮戸座の骨根崎心中の中の人であつた。卆常の人込みに引更へて、雨のふる日は、
の下駄を買ひに、雨の降るのに淺草迄行つた。眞の用のある人しか通らない程だつた。
仲見世から觀音さまへかけて、雨で殊に羽色が艶々しくなつた鳩が、誰も豆を撒きてがな
いので、お堂に上つたり、雨のかへらない處に塊つて居たのが、お蔦が豆を投ると一時に
バツと寄つて、重なるやうにお蔦のぐるりを圍んだのが、今でも目に殘つた。

「昨日は九月のお節句だつたのね。」

「そう、奈何して。」

「だつて違慶に澤山豆菊が上つてゐますもの、之を持つて來ては此處に上つて居るのと最
り替へて行くんてせう。」と友達は敎へた。お線香の絶え〴〵になつてゐる傍には、萎れか

———— 93 ————

親身と云へば只一人の姉と云ふ事さへ、今日は妙に胸をふさがれるやうな心がする。初め姉さんに子供が出來たと聞いた時、今迄は白蓮のやうに美しいもの、氣高いものと思つてゐた姉さんが、急に地に落ちて了つたやうに思はれて、自分が泣いても退付かないやうな、手の内の玉を兄さんからもぎとられたやうで、兄さんが如何にも殘酷なやうに思はれてならなかつた。薄い光りの元で、薄墨で書いた手紙を讀み終ると、其の懷中に入れて、何を見るともなく凝乎としてゐた。提灯の紅い房が二つ三つくる〳〵と廻つた。

「姉さん行水は、」

「まだ。」

「そう、今あいてるわ。」

「まア後でもよくつてよ、それよりか紅ちゃん之でも食べようよ。」と袂の重みで思ひ出した、借りて來た紅い鹽瀬に、蕾と絞りで白く染め抜いた手帛沙をほどくと、ソップルと桃山を包んだ紙をあけた。

先刻迄はまだ薄明く思はれたのが、もう何處にも明るい影は見出せなくなつて、直ぐ目の前の横込みも、一々吉野紙を通した朧ろげな灯でなければ見えない程になつた。提灯の廻る度びに、思ひ出したやうに桔竹草の紅いのが、二三本明瞭と現はれる。而して其暑菅しいやうな、其の癖齒かな匂ひが折々した。

192 세이토

えた。

お篤は自分の汗ばんだのも忘れて、柱に倚りかかつて、手持無沙汰に、水を遣つたコップを持つた儘俯向いてる妹を、しげ〴〵と裳から爪先迄見てゐた。好くお篤が白粉を塗けてともぬると、三つ違の姉のおゑんが、何とも云はずに憮然と見て居る事が度々あつたが、それを何の事とも氣が付かずに居た。殊にいさかいでもした後は猶更らみた。只さへ大きい目を瞋つて、掌であごを支へて、笑貌一つせず、心の内の思ひと云ふ思ひを、皆んな目へ移して了つたやうな、鋭い見方をされると、此度彼の娘は白粉を彼癋風に塗ける、彼癋紅のさし方をする、と思はれやしまいかと可厭だつた。それでも見て居乍ら、時には、「綺麗になつた事、」と打拾るやうな云ひ方をして、妙に心淋しかつた。それでも自分が決して醜くなつたのではない。妹がそろ〴〵人の目に立つやうな年になつたのだらふとは考へるけれど、妹を見る目に險しい光りがなければいゝと、自分乍ら危ぶされた。」

それが今妹の貌を故無く染々見る役になつたかと、自分も貌を洗ひに行く事どもある。

「あつ姉さんから御手紙が來てゝよ。」と妹はいゝ事を思ひ出したやうに立つて行つた。まだ其の後付きには何の嬌態もなかつた。妹に手渡たされた姉の手紙を見ない内から、今日友達の家へなんぞ行かずに、姉の方へ行けば好かつたと直ぐに後悔した。すると成る可く薄暗くした六疊に寝てゐる姉の蒼白い貌と、大儀そうな體を思ふにつけ、父もなく母もなく

貧らしい若い人が、得意らしく〳〵夕刊を買つて相場欄を見て居たが、軈てポケットから襞日を出したり入れたりした揚句、皺だらけの紙幣を延し乍ら渡して、回數券を買つたのが、其のカラーやカフスの汚れと一緒に、平常より一層貧乏臭くお篤の目に映つた。

駿河臺下で降車て、紅梅町の家へ踊ると、丁度行水が濟んだ許しの妹は、珍らしく島田に結つて、藤色のやうな絞りの浴衣で、昨日買つて來たきり〳〵すに新らしい揭瓜を入れてやつて居た。伊豫簾も捲き上げて、冷たい風は思ひの儘坐敷を吹き拔けて、其の傍に釣るした岐阜提灯の水色に秋草を描いたのを卸してゐた。

「母さまは。」

「今御飯よ。」

と低い小さい聲て妹は云ふ。妹と並んで虫が今にも鳴くかと立つて居ると、今日は白粉も塗けたらしく、仄かに其の匂ひがした。お篤は故意と傍を向くやうにする妹の貌を、意地惡く凝乎と見詰めた。

「島田が好く出來てねぇ。」

「變てせう、見つともないと思つたけれど、母さんが結へ〳〵と御在るから。」

「結構ぢやありませんか、束髮より餘程いゝわ、それに若く見えるし、せい〳〵十七位よ。」と染々云つた。綱面に中高な貌が、遠藤髮には好く映つて、今夜許しは妹が奇麗に見

人生活の有様を、匼々と思ひ浮べて、自分の胸も、何だか一緒に亂れて行くやうに思はれた。それに競べて、自分はまあ何と云ふ暮し方をして居るんだらう、母とても、姉とても、自分の心を不知ずに、只人より云つて來る縁談を受け次いで、好いの悪いのと取沙汰をして居るのが、聞くさへ辛く思はれてならない。母に奈何して自分の心が分つて堪るものか、と云ふやうな考へが始終胸に湧く。お蔦とは三十も違ふ母には、年が十五も違ふ弟や、再婚と云ふ事は何とも思はれなかつた。學生時代の放蕩も、先妻の藝妓だつた事も、家の名譽と、結婚と云ふ美しい字に包んで了つて、今更ら新らしいやうな貌をして、寫眞迄寄越して、母を迷はせる男の心が憎らしかつた。自分は好いとも悪いとも云はず、母が何の位迄仲人口に乗るかを見て居たいやうな氣もした。母の心は、二つ違ひの去年卒業した妹の養子を迎へる爲めとは、云はずとも分る。

お蔦は俯向き勝に、人の軒を歩いて居たが、軈て山内へ來て電車にのつた。車が日比谷を通る時、何々御連中と正面に澤山貼り出してある劇場の櫓手に、鶯茶か乗てゝあつた馬車や車の内で、其の女が乗ると云ふ、草色に塗つた車が孫にお蔦の注意を集めた。彼の建物の中で、曾て自分が遊んだ一人が、其の人とは思はれないやうな變り方で、花形として薄紫に紅に、装を凝らして、幾多の人の賞讃を買ひ、幾多の若い女の嫉みの的となつて居るかと思ふと、的もない幽かな嫉ましい氣に馳けられた。自分の日の前の、會社

を云はふと思つて居た事を、漸つと云つて了つたと云ふ風で、扣目な女は尖れ丈云ふと黙つ

て了つた。お篤は乾度、何日かは此の女の口から、斯う云ふ言葉を聞かされるだらふと豫

期してゐた事に、今急にバッタリと出逢したやうな気がして、一寸返事に詰つたが、品の

佳い若奥様らしい、大きな丸髷と紅いてがらとに目をやり乍ら、

「何故でせう、」とつけもないやうに、其の獅其の返辞とも聞かれるやうな言葉を故意と

はぐらかすやうな調子で云つた。

「だつて慾を云つたら際限が無いでせう。」と其の女は眞面目に云つた。其様に慾張りに思

はれてゐるのかしら、と可笑しくも思ふし、口惜しくも考へた。其様事を胸の内で繰り返

し乍ら、何の気なしに、出て來た友達の家をもう一度振り向いて見た。

此の頃のお篤の心にある考へが、丁度其の女の口から聞いた事で、一層煽り立てられる

やうに思つた事があつた。それは女優になつた同級の女の噂で、お篤は一々其の様子を想

像してみた。華派な友禪のやうな縮緬の單衣、襲下地、名を染め抜いた手拭、假りにも自

分達が思はなかつた、其上に気樂だと云つた、其の女の口から俳優をさん付けにすると云ふ

ものて、其の女の口から俳優をさん付けにすると云ふ気も出ないわ。朝か

には耳新らしく聞えた。もう一生お嫁になんぞ嫁かないのよ。又行く気も出ないわ。朝か

ら喧差一人の人の機嫌許りは取つて居られやしないんですもの。と云ふ言葉や、華派な醬

七夕の夜

物集和子

お蔦は私の辻の友達の家へ遊びに行つて、彼の方はもうお子さんが二人あるの、大慇に老けて見えるの、お内儀さん染みて、意気な丸髷に前掛なんぞ掛けて被入るの、此度段々例の光子さんもお極りなすつたんですつて。子爵とかで、学校の校友會の此の春の時には、馬車でお乗り込みなすつたとか云ふ、大分は友達の所で持ち切つて、サイダや葛餅を食べて歸りには、夕日が強く薄紫の日傘で遮へ切つても、傾けた襟の邊りは何となく暑かつた。

お天氣の續いた町は、砂埃に煽られて、後毛を掻き上げる度びにザラ〳〵と氣味悪く思はれる。水を撒いてる家が多かつた。而してお丁ひには、

「貴女は何が不足で然うやつて被入るかと思つてよ、隨分住いお家からお望みだと云ふぢやありませんか、私なんか考へたら申分か無いやうに思ふんだけれど、」と何日か一遍それ

------ 92 ------

夫あれど夫し思はず自からの作りし戀の幻を追ふ

かくて遂に沈默の森に君と我れ誇と意地に胸あはで死ぬ

我戀はよどみに浮ぶうたかたの且つ消えてゆく刹那々々に

思ふ君と夏野を行きぬ薔薇色の草に入る日を美しと見て

磯のひる

磯のひる砂に射返る日輪の光りに眼閉ぢて佇む

去にし年君と遊びし砂山に我一人立ち浪の音きく

如何なれば物思ふ子となりにけり君と相見し初夏の頃

赤らみし桃盗む子は憎みつゝ人妻をしも慕ふと云ふ人

浦子。いのです。貴女の外に誰も、もう救つて呉る人はありません。

浦子。貴方の苦しい時には、私が救ふのです。私文が……

晴雄。さうだ、質に貴女切りだ。

浦子。分りました。私に任せてね、私がみんな庇つて上げますわ。

晴雄。有難う。貴女は僕の救主だ。

浦子。安神してね。貴方の喜は私の喜です。

晴雄。浦子さん。（喜びに激したやうに、身體を振る）僕は安心が出來ました。

浦子。さ一緒に歩きませう。……夫は私の眞心を唱いて呉れました。人の眞程力の強い

のはありません。

浦子。さうですわ。眞質は最後の勝利ですわ。

（帯諧を混ふ華美な音樂と共に幕）

— 89 —

200　세이토

いと僕は苦しくつて堪らない。

浦子。そんな事を仰つちや不可ません。私は貴方を苦めに來たのぢやありません、私は、貴方がそんなに苦しみなさるのなら來てはならないのだわ。私が戀してゐる人の苦しむことは鳥渡でもしてはならないのですから。私踏りますわ。

晴雄。待つて下さい、僕に許すと一言仰有つてから歸つて下さい。

浦子。許すつ、許すつて、私に對して萬一もそんな考へて機佐るのなら全然、打樂つて下さい、私は貴方を僞つたり、欺いたりするやうなことは一生涯ありませんわ。

晴雄。異個ですか。

浦子。私はお目にかかつた丈て満足してゐます。其上に思ふ事も云つて了つたし……

晴雄。浦子さん。

浦子。はい。

晴雄。僕の云ふ語を信じて少し聞いては下さいませんか。

浦子。聞きませう。

晴雄。僕は、美子さんと此山へ來たのです、樂しい生活をする心算で、世間の煩さから離れて、眞の生活は淋しい山の中にあるのだと思ひましたから。（間）けれど其れは悲しい終を告げました、そして僕は好い教訓を受けました。貴女の美くしい御心に遜りた

83

ん。それから、此花束を特に貴方に、納めて頂戴からと思つてゐるのです。――これは、私に取つて紀念の深い人から贈られたのです。――ね、受けては下さいませんか。

晴雄。僕は喜んで戴きます。

浦子。（晴雄に花束を一つ渡す。）眞面目であつたと、も一度云ひますよ。私は、眞面目に貴方を戀してゐたといふ事を、貴方一人丈けに私の口から御話したいのですわ。今迄私は、一度もそういふ事を申上げた事はない、隨分御一緒に散歩もしました、お話も致しました。けれど、私が貴方を戀してゐるとは打明けた事はありませんでしたわね。と云ふのは、お互の間はもう定められてゐると思つてゐましたから、私達は一生涯、一緒に住む間柄の出來る間柄だといふ意がありましたし、世間でも、又、私達の親達でも、認めて居て呉れましたからですわ。けれども事實は、全く違つてゐました、私の考へてゐた事や、樂んで居た事はみんな、夢でした、夢でした。親達の定めた間柄は、私達若者の爲めにはならなかつたのです。私は恨みに來たのぢやないから、もう、くどくしい事は云ひますまい。たゞ貴方に云ふのは、貴方を戀してゐた女があつた。而して今も戀してゐる、といふ事を、判然と御報せしたかつたのです。

晴雄。僕は、もう何と云つてよいか解らない。唯、自分から出た事が自分に戻るといふ事を知りました。僕は何でも宜い、浦子さん何卒僕を貴女の思ふ存分にして下さい、てな

時雄。浦子さん。（元氣なくうなだれる）

浦子。嬉しい。私嬉しい。

晴雄。（落窪て浦子さん貴女どうして、此所へ被來しつた。こんなに淋しい山の中に、

浦子。貴方を探して、

晴雄。僕を……

浦子。貴方を訪ねて長い間、睡りもせず、休みもせず……

晴雄。（予を振つて）許して下さい。貴方が此の山に來るのにどれ程苦しい思をなさつたとい
ふ事はもうよく解ります。浦子さん何卒許して下さい。（怖るゝやうに僕の云太事
を一々信じて下さい。僕は今眞心から貴女に謝ります。許して下さい、

浦子。私に……貴方が私に謝る。こんな事はありません。許して下さい、
ばそれで滿足ですの。而して少しお話をする時間を與へて下さりやもう、私現世に何
も望みませんわ。（見廻して美子の居らゐに不審を持つ）私少し此所に居てもよろしいのですか。

晴雄。えゝ何時迄も、……貴女が一分時でも、餘計に居て下されば僕は幸福なのです。
さ、御話なさる事がお有りなら何でも聞きます、聞いてから僕は全然お話をします。

浦子。私三日の間、毫とも休まないで來ましたの、一分でも休まずに、一分でも睡らずに。
輕はずみな考で此所迄來たのではないといふ事を承知して頂戴かなければなりませ

家を離れたのも、皆、自分以外の或者が、自分に紹介をするので、その云ふがまゝに従つて來たのかも知れない。噫々自分には奈何しても、さうとしか、思へない。夢の中で知らない人を見た。又、浦子さんの聲も聞いた。知らない人達の訓示を受けた。何處ても彼でも煙のやうだ。憧々登つて來た新らしい生活、波のやうに逝つて了つた。取返のつかない遠い國へ行つて了つた。けれどこれは偶然ではない。決して、偶然ぢやない。（自分自身が恨むやうに考へて見れば自分が造つて來た仕事だ。知らず、知らずの間に自分が造つて來た仕事だ。その過去が姿を變へて、今眼の前に現れたのだ、淺ましい、淺ましい自分の手には何もない。蘊り掴んでゐるものは何もない。空手だ、空手だ。（いらゝした樣）空手だ。

晴雄頭をかきむしりながら、四邊を歩き廻る。此時、浦子活々した様子にて花束を兩手に持ち上手から登場、けれども晴雄は氣附かぬ體

浦子。　晴雄様。　晴雄様。

晴雄。　空手だ。　自分の淺果敢な姿が現れてくる、怖ろしい。

浦子。　晴雄様。

晴雄。　（烈く跼いたやうに聲のする方を向く）あつ。

浦子。　（急いで近よらうとして蹈みしめる）晴雄様、あゝ私は漸くお目にかゝれました。

晴雄。　よく解りました。お互に此山へ來ようと相談の出來上つた頃は子供でした。僕が貴

方を知らなかつたやうに、貴女も僕を知らなかつたのだ。

美子。　さうよ、二人の考へが淺かつたのですわね。

晴雄。（いらいらして堪らといふ風に行きつ、戻りつしながら）僕が惡かつた。もう今更、愚痴の渡し

つこしても仕方がないから、これで別れませう。

美子。　それが一番いゝわ。そして二人のためにそれが一番辛な逝方ですわ。

晴雄。（鋭く熱しこ）上調子な笑と、築鈍な世渡りとは僕は嫌です。僕の世界は、つゝましい

小鳥のやうなもの許り住むところです。貴女は異ふ世界の人です。

美子。　異ふ世界の人……さうです。貴方の仰有る通りですわ。

晴雄。　ぢや僕は御送りしませんが宜う厶いますか。

美子。　えゝ何卒も其のまゝにして下さい、さよなら。

晴雄。　御機嫌よう。

美子退場。晴機歐したさゝ美子の後た見送る。暫時沈歐

晴雄。（ぐつたり足下の木根に腰を掛る）二十二年の長い生涯を送つて來た自分、いくらか世間の色

は見分けらるゝと思つては居たが、何も彼も解らない、解つたと思つたのは自分丈の

想像であつた。何も解らない。夢の中を浮いてゐたやうなものだ。此山に登つたのも

晴雄。　取違した……

美子。　自分の心のまゝに人を連れて來たり、左様ならをしたり。何て面白い戲れでせう。

晴雄。　私は夫れを取り逃しましたわ。

晴雄。　捕へる氣はありませんか。

美子。　もう駄目。いえ〳〵さうでもない、私は其の爲めに此の山を下りるのですの、人はみんな判然して居ますわ。自分の思ふやうに働いて、自分の思ふやうに樂しんでゐます。私は人の亭けてゐる幸福は眞面目によつて得られるものだといふ事を知りました。幾度引返さうと思つたでせう。（間）私が貴方と一緒に此の山に來る途すから、幾度歸らうと思ひましたでせう。けれど貴方にお氣の毒だといふやうな、二人の爲めに役にたゝない遠慮から貴方の後を跟いて來ました。折角樂しまねばならない、一人無謀を、私はむざ〳〵詰らないものにして了ひました。さ、もう私は眼が醒めたのですから、明るい町に踊ります。世間のさんざんにあざぐり込んで面白い事をして、自分のために樂しみますわ。私、今日から自分のために生きるのですもの、而して種々な聲や姿を見ますわ。私には電車の軋る音だつて、豆腐屋のラッパだつて、それから子供の泣聲だつて、……夕方集まつてくる澤山の物晋は、私を晴々しい氣持にしてくれます。行きませう、烈しい街の聲の聞える處迄。

88

れは、今始めて氣附いたといふ譯ではないのです。知りながらも私の好奇心は私の許を打つて臭れきました。自分を振り向いて考へる力よりも、好奇心の方が強かつたのです。

晴雄。（稍々館が鋼つたといふ風に）ぢや貴女は、好奇心て僕の後をつけて窺察しつたのですか。

美子。好奇心て……さあそんなものですね。私は貴方の世間から離れた一人切りの淋しい處を、氣分を、拜見したかつたのですわ。それからも一つは、私の周圍を包んでゐる世間の種々のうるさいものから鳥渡離れて見やうといふ氣になりました。

晴雄。ぢや貴女は、戯れに戀を窺さつたのですね。貴女は戀を糚はうて、而して僕は、その糚に欺された僕を、弄みなさつたのですね。好奇心と、鳥渡した氣持とで貴女は、此の弱い、小さい僕を貴女は、小猫が鞠をころがすやうに、ぢやれて見なさつたのですね。

美子。そうね、今の立場から考へると、そうも云へますわ、そう仰有つても私一言もありません、けれど私……それ程判然しなかつた丈け悔しいのです。私が小猫て、貴方が鞠。私は英遮だ、幸福な事をしながら知らずに了つた。たとへ三日にしろ四日にしろ、貴方の仰有る小猫であつたら私はどれ程幸福者でしたらう。私は面白い遊戯を取り逃したのですわ。

晴雄。（同）けれどもう駄目です。

원문 207

美子。私も今考へて居ますの。

晴雄。僕は不思議な夢に出遇つたやうな氣がする。

美子。私は神様から、よいお訓示を受けたやうに思ひますの。

晴雄。訓示……さう、さうも云へる、さうかも知れません。

美子。てね、私に踊らうと思ひますの、どうしても私は、家に踊らなければならないのですわ。

晴雄。今神様にお約束した許りだのに。

美子。今日といふ今日は、私判然と自分の心を見ました。偽りのない自分は此山に居られないのです。

晴雄。たつた今誓つた言葉を貴女は、よもお忘れにはなりますまい。

美子。忘れはしません。確に誓ひました。

晴雄。それでも貴女踊らうと仰有るのですか。

美子。えゝ私踊ります、神様を偽るより、自分を偽つた方が恐ろしい事ですわ、自分を偽るのは神様を偽るのです、して見れば、私今迄二重の偽りをして居ました。何といふ怖ろしい事でせう…　…と云ふのは、私は山の生活といふ事は好まないのです。適して居ないのです。尤もそ方と二人つ切りの淋しい生活、私はどうも厭なのです。

第 三 場

第一場と同じ背景——其儘の椽であるから、美子も晴雄も第一場の終りのまゝの姿で
——薄暗い闇の色である。

晴雄。（放心してゐる人の眼の前に、羽虫でも飛んで來たので何がなしに我に返つたといふやうな氣持）何だか睡
　いやうな……妙な氣分だ。

美子。（第一場に現れた時より稍々疲れした姿勢と興奮の熱分を持つ）睡りはしなかつたのだ、確に睡はし
　ない。（同）だから變ぢやないのだ。

晴雄。（晴れやらぬ面で）どうも可笑しい、夢でないとすると。（考へ込む）確に睡はし

美子。確にさうだ、神様の試、試。さうに違ない、あゝさうなら私は恐うして居られな
　い、私は自分を偽つて居たのだ此の怖ろしい試には思へられない、然し夢であつたの
　かも知れない。（半信半疑の體）

晴雄。どうも變だ。（間）夢であつたのなら、醒めなきやならない、それとも今が醒めた時な
　のか、（四邊を見廻し美子のゐるを始めて氣附いたやうに）美子さん、私は今睡つてゐましたら
　か、それとも、此所に誰れか見えましたでせうか。

い――淋しい――淋しい、私はたつた獨つきりよ。

第二の侍女。さ、もつと御飲りなさい、これをすつかり飲むと、氣が晴々しますの、召飲れ。

守也。貴女美子を御存じなのですか、御存じなら居る處を知せて下さい。

浦子。此の山の中に、

守也。何方へ行つたら過へませう。

浦子。眞面目な心でお探しなさい、私のやうに此の山中を訪ねて御覧なさい。私は、胸の中の血が疲れて勤かなくなつても、私の行く前にどんな大きな石があつても、自分で途を造らへながら歩きますわ、陽の山の此所です。私の探す山へ入つてから挫けるなんてそんな筈はない、私は自分で自分の足を撫でてながら歩きますの。

百合媛。(兩手に百合の花束を持ち立ち上り)浦子どの、汝の途は開けて居りますぞ、汝の心の糸は、今静かに解けましたぞ。さ、此の花を雨手に持つて姿のあとを、ついてお出でなされ。

浦子。（兩手に花束を持ち高く捧げて、斉に填えぬやうな容子）有難うムいます。

（花束を浦子に渡さ）天は眞を取りあげて下さるのぢや。

（ダークチェンジ）

――――― 79 ―――――

お氣を鎭りなさいませ。

浦子。（一口飮みて）おやつ此所は勝の山ですわね、勝の山ですわね。美子さん。美子さあん。
（第三の侍女の肩に手をかけ）ね美子さん私は恨みはしないわ、又そんな誹はないけれども ね、貴女自分に自分を僞つては被來しやらないでせうね、自分を僞るといふ事は、一番怖ろしい事ですわ。

守也。貴女、もしか美子を御承知で被在るのですか、此の山に居る私の妻を御承知ですか。

浦子。（守也の語には恰かも心付かぬやうに貴女ね人の心を弄ぶなんていふ事はなさりはしますまいね、私の友人の貴女が、萬一そんな事をなさつたら私は許して殺けません。萬一不幸にも私の思つた事が事實なら私は、戀人の爲めに戰ひませう、それから貴女といふ私の友人の爲めに、美子さん。戰ひませう。貴女の怖ろしい、厭な意地と、私の眞の心とどつちが勝つか……疲れて、疲れて、羽のしほれる迄。翼のビシ〳〵に折れる迄。

第三の侍女。烈く荒んで彼來る〴〵側により〳〵ていたわるさ、これをお飮りなさい、而して氣を確りと。

浦子。有難う。甘しいわ、樂しい笑い私目しいの、ほら〳〵來ました黑い鳥が、私を連れに來た。私を連れに、なつた獨つきりの私は小さくなつて、下向いて步きませう。潛し

———— 73 ————

らませう。〔ツト立上り守也の顔を熟と見て〕貴方ね、神様から與へられた翼を奥様の被在る庭へ投げて上げる氣はありませんか、え、山の奥でも海の底でも、貴方の思てる方へ奥様の爲めに、強い翼を遣るといふ氣はなくつて。女の心は美しいものですわ、少くとも男より劣つてはゐませんもの。だから其の人を迎へる爲めに貴方貴方眞面目な心におなりなさい。今のまゝの貴方が續くと、萬一女がめさめた時に、貴方の立場がなくなりますよ。貴方が奥様を探し當てたにしたところで、貴方は不幸な一生を送らねばなりません〔調子滑時に就けていく〕。けれど私もわからない、どつちが眞面目なのでせう。どつちが奥なのでせう。私にはけじめがつかなくなつた。私は貴の聟の肩かない國は無いと思つて居りました。私の聟の肩かない國はないと思つたけれど……。黒い鳥よ、黒い鳥よ、私を連れて行つて呉れ。汝の好きな國へ、〔間〕さうぢやない〳〵。私は行く所があるんだ。私はお嫁にゆくの山を越さ、川を渡り、三日も四日も歩き廻つてね、お母様、お母様、私と一共に被來しやいませんか、私はお母様を賞いてお山へ来ましたの、お母様、あら御母様、〔悲しさうな聟〕お母様よ。

第二の侍女。〔酒子の劔に泉い酒を持ち来り飲ませる〕さあ召し傚ませ。これを召すと、氣分は全然癒りますの、そして頭の重いのも苦しいのも、みんな忘れたやうになります。さ、

（親て狂ほしさうに）それで私は、其の鳥のおいでといふ方に誇り歩いて來ましたの、けれども晴雄様は見えません。晴雄様に遇ふ事は、出來をせんでしたオヤツ。（急に何か聞たうな容姿。）晴雄様、晴雄様。（三三歩行って立ち止り）貴方のお名は慕しうムいます。其の聲は、私の耳に世界の音樂といふ音樂から撰り取った一番佳い音よりも氣高く、懐しいのでムいます。（年なげに）あゝ愚目、駄目（間）オヽ麽や。麽や、物の聲の聞えぬ國へ行きたいつ。音のない國へ。何んにも思はないで、何んにも聞えないで、眠り許のやうな國へ。

第二の侍女。尋ねる方を早く見つけて上げ度いものでムりますわ。守也。何處に彼來る方か知らないが、惡う氣狂しく逆なつて訪ね廻つてゐる優しい方を尋いて行くといふ人も隨分ひどい方だ。

第三の侍女。訊いて見ればほんに氣の毒な方だ……人の心程自由にならぬものは、ありませぬ。

浦子。（第三の侍女の側に寄り云はすまいと手で仰へるやうにして）何の、何の人の心程自由なものはありませぬ。眞が人の心に喰みつひた時、世の中のどんな强い力だとて叶ふものですか、人の心は容ゆく鳥のやうに自由でムいます。神様から頂戴いた美くしい、心といふ鳥に、眞といふ强い翼をつけて、世の中を飛び廻つて御覽なさい、どれ程面白い事でム

百合姫。それは宜う來られました……。然し、妻女を訪れて……

守也。申上げるのもお懺かしい次第でムりますが私の妻は突然居なくなりました、

百合姫。で此山に來られたのかや、

守也。左様でムります。した處、歩き疲れて咽喉が大變に渇きました。それで幸ひ泉がみ

つかりましたので掬はうとして居りました。

百合姫。いや〳〵そのやうな心配は要らぬ。（間）ぢやが此の婦人は。

守也、一向に存じませぬ。

浦子。晴雄様。貴方は何故私を訪いてきぼりになさいましたか晴雄様、貴方は何故行つて終

ひなさつたのです。え、私は貴方の名を呼びながら三日三夜歩き廻りました。けれど、

咨はありませんでしたの。長い山の旅の間、私の木の葉のさゝやきと、蟲の歌しを聞

いた丈けです。過ふもの〳〵私の髴に一言も返事をしては呉れませんでした。青い社

の衰腿は冷めたうムいました。そう、私の身の周囲には、知らない人許りですね。

百合姫。（浦子に）汝の名は。

浦子。（哀しげに）うち子。

百合姫。此所へはどうして來られたのかや。

浦子。黒い鳥が翼を擴げて私の頭の上を、そっと包んで守つて居て呉れました。（至宝鑑）

第二の侍女。如何な人達か早う遇つて慰めてやりたいものでムります。

百合姫。ほんにさうぢや。

第二の侍女。互に探し合うて居た人々だと宣しうムいます。

百合姫。(花束の一つを遣へ上げ左手に置き) 此の花束をやつても能いやうな人達であれば好いな う。

第二の侍女。嗤かし喜ぶ事でムりませう。何に致しても早う参られゝばよい、何といふ待遠な事でムりませう。

第一の侍女、第三の侍女、浦子、守也の四人下手より登場。

浦子。いゝ、いゝ、懐しく輝いてゐる眼は、穢れのない小女の氣を現子に充分である。けれど、小さい顔を掩ふ暗い影は、羽のわれた、突さうな小鳥のやうに、ぢつとして浦子の身體に噴みついてゐる。え、何處に、え、何處に、(悲しいやうな笑で四邊を見廻す。)

守也。(訝しさうに、浦子の容態を見ながら、侍女等と並で來る○あの泉は、飲んではならぬのださうで

第二の侍女。其のお咎めはありませぬ。近う寄つて、汝の名前を申し上げたが宣からう。

浦子。晴雄様。晴雄様。え何處へ、

守也。妻を訪ねて此山迄來つたものでムります。守也と申しまする。

---- 74 ----

원문 215

第一の侍女。盗んで居りました。

第三の侍女。何て莫迦な男でムりませう。

第三の侍女。だとて口の端にも入らぬものを。知らいて、俗人がいくら掬ふたとて、手の底は愚か、一滴致した事でムりませう。

第一の侍女。眞然そうらしうムりました。

第二の侍女。ほんに太い奴原。つかまへて、戒しめてやってもムります。何と憎い男でムいます。

第三の侍女。（第三の侍女に）左様なこと仰せられますな。知らないで致したと思へば可降し

第三の侍女。うムります。その女子と、その男とが逆の者であれ試幸ひ、見つけてやって二人とも會せて喜ばしてやりたいものでムります。

百合姫。ほんにさうじゃ（問）何か仔細あつてこの山に來た者共かも知れぬ。探して遣りた

百合姫。いものぢゃ。

第一の侍女。では私がめつけて參ります、

第三の侍女。私は其の女子をめつけて參りますゆえ、（第一の侍女に）次は男をめつけてお出でなされませ。

百合姫。早ければ未だ其の邊に居るるであらう。

第一の侍女。直ぐに連れて參ります。

第三の侍女。御兒を漿り參ります。

————— 73 —————

第三の侍女。ちらと見ましたから近ひ駈けて参り、其方へ行つてはならぬと確と申付て置きました。その時、其の女子は手を合せて申しますに、『隠さないで何卒命せて下さいませ』と怨う申して居りました。

百合姫。連の者を見失つたのかも知れぬ。

第三の侍女。私は知りませぬ。たゞそちらへ行つてはならぬと怨う申しまゝ直ぐに此方へ参りました故。

第二の侍女。して何方へ行つたかや。

第三の侍女。その女子はどんな風姿でした。

第三の侍女。暗い女でした。美しい聲は、何の窈めか烈く懐へ、奥深い眼は、釣上つて

（同）大變に襲れて居りました。

第二の侍女。未だ其邊に居るでムりませうね。

第一の侍女。果て、それては、その女子の連らしい者に遇ひました。

第二の侍女。えつ何處で。

第三の侍女。男でムりますか。

第一の侍女。先程、姫様の泉のお酒を掬うて居るものがありました。それは見知らぬ男でムりまする。

第三の侍女。（冷笑的に）あの泉の酒を………

――― 72 ―――

ませう。

第一の侍女。而して、あの泉の酒をお手づからお掬ひなされましては……

百合姫。面白い、おもひつきぢやなう。

第一の侍女。その折には、私がもう面白い、それは〳〵誰れも知らない變つたお話をいた
　　　しまする。

第二の侍女。それならば私は、それは〳〵面白い、誰れも聞いたことのない音樂を奏でま
　　　する。

　　　　　　共豊き三人侍女、全く無邪氣に手を拍つ聲甲。

第三の侍女。申上げまする。

百合姫。何ぢや。

第三の侍女。只今私は見なれぬ女子に出遇ひました。（怖るゝやうに）髮を逆て、聲さへ慄は
　　　して、何やら人の名を呼んで居りました。

第一の侍女。まあ、それは何處にてムります。

第二の侍女。どんな風姿して。

第三の侍女。姫様のお居室の前を右へ通つて往きました。

百合姫。それで………

はないかや。

第一の侍女。(夢のやうな、おつとりした色の鬢物、似よりの帶。)　おた退窟事でムりますゝ

第二の侍女。(第一の侍女と同じ鬢物。)昨日の雨に引かへて今日は又何といふ晴々したお天氣で拜見

（四）今日の花束は大變にお美しく出來ました、ほんに我々共許りて拜見

致すのは惜しいやうに思へます。

第一の侍女。して呑の高い事……

第二の侍女。今朝咲き揃つたの許りを染めたせいかも知れませぬが、此様に呑りの高い事

は稀でムります。

百合姫。色もよいわ。

第一の侍女。此様に、好ら出來ましたのを私共許りて拜見致すのは、誠に惜しいやうに思

ひまする。(何か思び出しだやうに)姫様、今宵は十五夜のこと、この雲摸様では、雨など

にはなりさうにもムりませぬ。久し振りて皆の者をお召しになりましては如何でムり

ます。面白いお話を致しまする、

第二の侍女。してお好みの曲でも奏でさせましたら

百合姫。面白からう。

第二の侍女。久し振りのお酒盛を此の廣い庭でなされましたならば一層與深いことでムり

美子。（晴雄の飼に近寄りながら）あー何だか狐にてもつまゝれて居るやうだ、私どう考へたつて

そんな夢のやうな氣にはなれない。

晴雄。（美子の痴語には氣づかぬ體、唯、意役の爲めにわく／＼して居る）僕は何て幸福者なのだらう。

美子、晴雄の兩人、上手に向ひて跪く。

静かな音楽と共に、舞甍段々暗くなる（ダークチェンヂ）

第　二　場

百合姫の居室。何世粗かを經たかと思はれるやうな古い窓、淡高でめいゝろしく
ない窗附。上手床。竜に珍奇な塑物掛物など澗院に配置されてゐる。正面は古風な検窓
――午前十時頃であるから、樹木を透した陽の姿が小さい窓の庭に、倚りかゝつてゐる。
――一段下つた所に侍女帯の控へる場所がある、同じく下手に出入口がある。
此場は幻影なのであるから、総ての色、音などに、餘りけばくくしくならぬやうに。

百合姫。（最も容姿の窺しい女性。百合模様の衣服、同じ帯、髪を下げ、少し上手寄に正面に座る。左手に脇息、百合
の花束一、右手に百合の花、紙、白赤のリボンなど花束を造るに必要な品々が置かれてある。）何か面白い話

も僕では不足ないのですか、僕ちや物足らないのですか、え。

美子。さういふ譯ぢやないのですが……此所は隨分暗いわね。

晴雄。未だ陽が上らないからでせう。（同）もう直ぐに明るくなります。吃度、こんな薄暗い雲は私達の眼の届かない處へ行つて了ひます。だから貴女の浮かない氣持を此の雲にお預けなさい、悲しい事や、厭な事はみんな、此の雲にお預けなさい、而して二人で祈りませう――此の山に來る日、美くしい旅につく日、あの夕暮方に二人は祈つたぢやありませんか――神様は私達小さいものゝ願を聞いて下さる方です。僞のない言葉は、例も神様のお喜になる事です。さ美子さん。

（太陽、あかく〳〵と華やかな裳で上手に現る）

晴雄。あらつ奇麗つ。少つとも僕は知りませんでした。美子さん、何時あの奇麗な太陽は上つたのです。え、まあーあの美くしい陽の色、貴女のお心のやうに光り輝いて居るぢやありませんか、二人丈の爲めに陽は山を照すのです。二人の希望と幸福とが彼の空に輝いて居るのです。ね、丁度其のやうぢやありませんか。（嬉しさに狂う許り）美子さん、二人の幸福な影に向つて親の歌を歌ひませう。厭な國から遁れて來た二人の爲めに親の歌をうたひませう、陽に向つて、さ美子さん、祝ひの歌を、而して幸な祈を、

光のない、跡のない、町の響の聞えない、暗い社の中なんかに、若さといふ幸福を埋めてお了ひなさるのですか。

晴雄。私達は此の暗い社に咲く美くしい百合だとは思ひませんか、静かに人知れず咲いてゐる百合は幸福なものです。ソロモンの榮華の極の時にだって、此の花のやうな幸福はないと云ふぢやありませんか、それ程、幸福者の百合と、私達とは同じなのです。人は見ない、知らない、けれど張切つた美くしい滿足の情は迚も現世の人の味へない程度に私達の周圍を包んでゐます。ね美子さん、(間)それに付けても其の滿足を與へて下さつた貴女に感謝をせねばならない。

美子。そんなに仰有ると私困ります。踊れなくなるぢやありませんか。

晴雄。(烈しい嫉の色)えつ。踊るつ。

美子。(稍安心したやうに、輕く笑ひながら)何だ、そんな事、子供のやうぢやありませんか小さいしか病氣にでもなるとしたら……、何だか大變に心細くなるのよ、こんな山の中で若

晴雄。子供か譯の解ない人の云ふ事ぢやありませんか。そんな心配なら私が獨りでします、萬一も貴女が病氣にでもなるやうな事があれば、其時こそ、どんなにしても看護をします。鳥渡だつて苦しい思や、悲しい氣持なんかさせるものですか、……それと

〈堪らない。あらゆる女性の中で特に、貴女を、美しい貴女を與へ給はつた神様に、感謝の辭を捧げなくてはならない。（跪いて禮拜をしようとして）それようも貴女に、

（美子の顔を取つて見入る）

美子。（少し五月蠅さうな気味で）私は奈何も貴方のやうに幸福を感じる事が出來ません。と云ふのは山の生活〔問〕私には如何にも住み慣れないせいか、歩き馴れないせいか、慧へられさうにもありませんの。

晴雄。そりや、僕だつて山の中にや住み慣れては居ない、けれど夫れはお互に前以つて覺悟があつたんぢやありませんか、なに、これ許りの事で挫けちや詰らない、こんな小さな罪で考へるやうぢや仕方がない、さ、お互に戀の力といふものを、しつかり掴んで居ませう。而したら何も染じる事も、くよくよする罪もないといふものです。ね、左様ぢやありませんか。

美子。だけれども、貴方は驚倒に、一生涯此の山に住むむつもり……

晴雄。（不審さうに、美子の顔を見守りながら）左様です。

美子。これ程思ひ切つた事を、貴方がなさらうとは思はなかつた。今でも未だ信じられません。奈何しても私には信じられませんの、晴雄さん、貴方は此寂しい山の中に一生をお送りなさるのですか、見る限り、山と木許り、聞ゆるものは、風の音、鳥の聲、

なつたり、胸がむかついたりしては困りますからね。（飲込むやうに）今ても未だ不快ん
ですか。

美子。いゝえ、もう全然。

晴雄。そんならよいが氣の毒な事をしました。（美子の手を取り）一緒に疲れたのだから、一緒に癒さうぢやありませんか、ねゝ美子さん（美子の手に接物する）もう全然癒つたでせう、ね、もう今度は好い筈だ。

美子。又今日も山の中に寂なければならないのですか。

晴雄。えゝ（間）山の中は厭ですか。

美子。（誰々と）いゝえ。

晴雄。ぢや宜いぢやありませんか。私達二人居れば、惶ろしい事も氣味の悪い事も有りません。草を褥にし、お月様を灯に頂いたつて楽しい時を送れます。私達は他のあらゆる煩さから超越して居るのです。何者の侵入をも許さぬ強い力が虹のやうに二人の身を包んで居ます。戀と云ふ力。是れ程強い力のあるものは、現世に二つとはありますまい、ね、美子さんはさうは思ひませんか。

美子。思はない事もありません。

晴雄。左様でせう。僕は何故斯んな幸福を享る事が出来たのでせう。僕はもう嬉しくて

美子。（突立つたまゝ身を動かさないで）私はもう足勞で居ますの、どうせ歩けつて仰有つたつて歩けやしませんわ。（御山に）あゝ疲れた、疲れた。もう足でも手でも持つて行かうと云ふものがあつたら、皆道つちまひたいわ。

晴雄。（山蔭から）美子さん、貴女が餘り急ぎなさつたから疲れたのでせう。ね屹度そうですよ。

美子。だつて又、貴方のやうに足の遅い人も有りませんわ。

晴雄。（右手から登場。山を降りてきた心持。女持の傘、毛布、提鞄などで全身を捲りて居る　年齢よりは精老けてみえ、亂れかゝつてゐる長い髪の下から白い額が張つてゐる。弱々しいが行かに觸れると、非常の剛情を破つてゆきさうな氣質。いたく疲れた様子。柔軟やかに美子の傍に寄り添しく坐る）疲れたでせう、隨分歩きましたものね。（毛布な草の上に敷き、手提の中から葡萄酒の瓶を取出して美子に飲ませる）これを飲んで、いつもの貴方の元氣を出して下さい。

美子。（毛布の上に座る、多少感情の讓歩を示す。）何だかねえ、道々呼吸が詰りやしないかと心配しましたの、あんまり駈けた故かも知れませんわね。私哲かつたのですわ、もうそれは大疑に。

晴雄　左様でしたか、僕は愛とも知らなかつた。そんな時は何時でも僕に云つて下さらなくては不可ません。てないと氣が附かずに、ずんく歩いて子つて、後から頭が痛く

山蔭を微に水の流れる響が聞えて來る。

美子。(身丈高く、熟れて美くしい女、眼に温味の缺けた女、華奢な風姿。右手から顔を蹙めながら出て來る。)あ――

あ、足勞だ、足勞だ。(咲息)何だつて私は怨那山奧へ來たのだらう、晴雄さんは私を怨那場所へ引張つて來て奈何する氣なんだらう。(間)來なけりや好かつた、私は山奧なんかに住む女ぢやないのだ、何も山の中なんかに住まうとつて晴雄さんに慈したのぢやない。考へて丸れば私も隨分妙な人物だつたわ。あゝ奈何らしい、何方を眺めても木と山許り。(間)だが彼の人は眞個に奈何して居るのだらう、あんな弱い足なら私め つから來ないが宜いんだわ、(間)いや直さに歸りたくなる、ひよつとかすると、もう今頃は心の奧底でそんな秘密を、希望を、訴へて居るかも知れない、まだ言葉に出して云へない丈嘘胸の中が苦しからう。(冷笑)全然蛇がのたくるやうに、ぐづぐづして ゐて……加之に私の世話迄燒くのだもの、大抵な苦勞ぢやない。(稍々良い沈黙、ふと寂しさに駆られたといふことなし、烈しく身を窓はす)晴雄さん、晴雄さあん。そんなに怨がないだつて宜いぢやありま せんか。

晴雄。(――間――山蔭から)其邊で一休みしませう。

――63――

戯曲　陽神の戯れ

荒木　郁　子

第一場

人名

時雄　　學生　　　　　二十二歳

浦子　　晴雄の許嫁　　十八歳

守忠　　會社員　　　　三十三歳

美子　　守忠の妻　　　二十四歳

他に

百合姫、第一の侍女、第二の侍女、第三の侍女、

時と場所

或る山中の低地、双方から深く立ち込んである樹木が屋根のやうに被さつて居る。眼の前

の螺窗に近きあたり、いまはしきカロニア溝渠に堪せるヘリュージオンの薄暗き平野に近

きあたり」と答へた。

七人は恐れの餘り椅子を蹴つておどおどと交わなわなと震へながら仰天して突立つた。

形の聲音は人一人のそれではなく、恰も一團の人々のやうに。そして一言は一言と其抑

揚を變へて吾々の耳を死んだ數知れぬ友の思ひあたりのある親し氣な調子で無氣味に襲つ

た。

——完——

表情を合得しない様にわざと努めた。て、黒檀の鏡の中をぢつと見下しながら、テオスの子等の歌を朗々と聲高く唱つた。然し次第々々に私の歌は止んだ。歌の響は室内の黒き掛幕の間に漂ひながら、やがて弱く微かになり、聞き取れぬ様になり、かくて遂に消え失せた。

「見よ！、見よ！、歌聲の消え去つた黒い掛幕の間から、驚くべき黒き朦朧たる影は前へ動き出した。大空高くまだ登らない月が人間の姿から忍び付いたやうな影。だが其は人の影でもない。神の影でもない。且又目なれたものゝ影でもない。

室の暗闇を暫く漂つた一團の影は遂に黄銅の扉の表面に充分認められる様にはつきりと止つた。併し影は朦朧として、形なく、定りなく、人でもなく、神でもなく、乃至はギリシャ、カルデア、又はエヂプトの神でもない。

影は眞鍮の扉に、其長押の弓門の下に止まつて動きもしなければ一言も發しない。しかも途に其處にぢつと止つて仕舞つた。自分の記憶にもし誤がないとすれば影が止つた其戸は經帷子に蔽れた若きオイラスの足と向ひ合つて居た。

併しこゝに集る吾々七人は黒い掛幕の間から影の來たのを見た時、敢て其を見詰めやうともしなかつた。併し伏目になつて黒檀の鏡の底を見詰め通した、オイノスなる自分は途にいくらか低い聲で影に其住家と姓名とを尋ねた。「我こそ影と呼ぶもの住家はトレミス

死の重さは次第に吾々の上に蔽ひかぶさつて來た。吾々の手足の上に、廣間のあらゆる器具の上に、吾々が酒くみはわした其杯の上にまでも。そうして總てのものは欝々として膃迫された。

唯吾々の宴樂の席を照した七個の鐵の燭臺の焔のみはこの膃迫を免れて、細長い光線となり皆蒼白く搖きもせずに燃えて居た。七人で取りかこんだ黒檀の丸卓子が燭臺の光に照り返された鏡の中に、私は自身の蒼白い貌と仲間の俯向き應の穏かならぬ眼の光りを認めた。

然かも吾々はいつもの様に笑ひ興じた──つまりヒステリー的に、そしてアナクレオンの歌をうたつた──、これ又狂的に、たとへ紫色の葡萄酒は血潮を思はせたけれども伺盛んに飲んだ。

抑其廣間には我々の外になほ他の借り間人なる若きゾォイラスがゐた。彼の屍は經帷子に包まれて延び〳〵と横たつて居る、──此舞臺の守護神で、魔だ。ア、彼は苦痛に歪んだ其の面貌の外は吾等の宴樂に對して少しも仲間にならない。死のために只疫病の火を半ば消された其の眼は、死人が恐らく死に頻して居る人々と喜びを共にする様に、吾々の觀樂に同じく興味を有つて居るやうに見えた。惜しオイノスなる自分は此の死人の眼が自分の上に注がれて居ると感じたけれども、なほ其眼の忌はしい

が、遂に黒い翅を以つて何處も彼處も蔽ひかぶせて仕舞つた恐ろしい疫病は海外迄も賢がつた。

星に精通した人々も、決して天が凶事の前兆を現して居る事は知らなかつた。然し特に希臘人のオイノスなる自分には白羊宮の入口で木星が、彼の恐ろしい土星の赤い輪に威壓される七百九十四年の夏特期が今來て居た事は明かに分つた。

若し自分の考へが餘り間違はないとすれば、天の特別なる啓示は確かに現れるものである、當に地球と云ふこの一つの土塊に現れる許りでなく・人類の魂、人類の想像其他深い瞑想に於て顯はれるのである。

トレミイスと呼ぶ薄暗い市の、とある立派な廣間の中に蒼さキァンの酒瓶を前にして吾々七人は夜の酒宴を開いた。此廣間には外からの入口は一つもなく、唯名エコリノスが稀代の意匠を奮つた黄銅の扉が内からしつかと閉ぢられて居た。同じ様に陰氣な室内では黒い掛幕が月をも、苔白く光る星をも、又人通りのない街をも悉く吾々の眼から遮つて居る。然し凶事の兆や、記念はさうは隱されなかつた。吾々の周圍には種々のものがあつた、物質的のもの、精神的のもの、大氣の中の憂愁、窒息の感覺、懸念など、就中、官能の過敏に働く時、思想の力が潜伏して居る間に、神經が經驗する存在の恐ろしい狀態、とても一々はつきりと數へ上げることは出來ない。

影——比喩

たとひ我れ死の影の谷を歩むとも！―ダビデの聖詩

ボオ

諦者は常に生の國に住むが作者の私はずつと以前に影の國と歩んで居る譯だ。それは質に不思議な事が起り神秘な事が知られやうとも、これ等の記念が人間に見られる先きに幾世紀も幾世紀も經ねばならぬので。然し其が、見られた時・信じない者や疑ふ者があるだらう。しかも偶多少の人は鐵筆を以つて彫られた文字に就て默思すべき多くのものを見出すてあらう。

其年は恐ろしい一年であつた、とても人間世界では名狀する事の出來以程、恐ろしいよりも寧ろ感動の一年であつた。と云ふのは種々奇怪な現象が起り、變んな前兆が現はれた

「母さん、繃帯と絆創膏を頂戴。」と突慳貪に言つた。

「そら御覧、だから言はない事ではない。母さんの言ふ事を聞かない罰だ」。と言つたが其れでも茶箪笥の引出しから兼ねて用意の品を出した。

「マアお見せ！」と秋子の手を取つて膏薬を張つた。

「繃帯にも及ぶまいじやないか。」

「でも巻いて頂戴。」と秋子は半分泣き聲で、「オヽ痛い〱」と、騒ぎ立てゝ言つた。所へ髪結ひに行つて歸つて來た中の姉が此有様を見て、

「またやられたの、萬歳！」と嬉しそうに言つた。

「ワッ！」と言つて秋子は口惜相に聲を立てゝ泣き出した。

其の聲に驚かされた赤猫は周章てゝ飛び下りて外へ馳け出して了つた。——完——

のを口惜しがつて居る位か、一日のお役目なのである。探しに行つて居る姉などとは來る腰に

一秋子を遊ばせて語り訊かずに裁縫の芸台にでもやつたらば玉を投にするが、何んよか、彼

とか、理窟をつけては其度毎に母親は言譚する彼り。

之が又家に居る二人の姉達には癪に觸つてたまらないので、詰らぬ事にも大袈裟に秋子

に愚弄つて口惜がるのを見て少しは溜飲を下げて居た。然し秋子とて中々強情者だから姉

さん達に敗けては居ない、時によると中の姉と立ち廻りさへ始める事があるが、結局二人

掛りの姉達には適はない。滝子が我子の懐に可愛がつて居る猫を目の敵の様にして嫌がる

釜を取つて腹癒せをするのだ。猫も娘がつて秋子の側へは決して寄つ付かない。滅多に膝の上では

高い所や一寸眼に付かぬ場所を探し出しては氣持よく寝て居る、

寝ないのであつた。

猫は秋子を引擦くと高い所へ飛び上つた。中の姉が居たら「寒や出來した！〜」とお褒

め言葉が出る所だが、滝子は流石に猶言で裁縫をして居た。

秋子は蚯蚓脹れから出る血を袖から紙を出して挿へたが、中々其まらないので紙が真赤

に染つた。

もう誰れが何んと言つたつて聞くものか、彼の猫を打ち殺すか、捨て、仕舞はなくつて

は、」と、姉に聞えよがしに言ひながら、足音荒ら！〜母親の側へ行つた。

—— 55 ——

「赤ちゃん、此様に澤山居るじやあないか。」と言つて交取りに掴つた、其聲を聞いた母親は。

「もよしと言ふのに。」と言つた聲に驚かつた。左様云はれると秋子は腹立たしげに猫の毛を逝なでにして、

「馬鹿め、お蔭で叱られた。」と言ひながら猫の頭を打つた。猫は素早く秋子の手を引掻いた。

「アッ！。」と思はず秋子は聲を立てたが、無言で立ち上つて往來の見える二疊の窓の所に行つて、座敷の方を背にして立つた。手の甲を見ると二筒許りの蚯蚓脹れが出來て血が滲み出して居た。

「馬鹿猫め、覺えて居ろ。」と呟いて眦を睨詰めた。

座敷で裁縫をしながら、チョイ〳〵秋子の様子を覗て居た姉の浚子は、ニヤ〳〵と言つた今年高等小學を卒業した十六歳の秋子は、急に大人びて、髪の結ひ方を氣にしたり白粉をつけて氣取つたりするが、長の目を爲す事もなく椅子の外に立つて近所の小供達の遊ぶ様を眺めたり、家に居れば鏡に向ふか、少女雑誌を讀むか、二人の姉がせつせと裁縫をして居る側へ來てはくだらぬ事を言ふので、姉達にまぜつ返へされたり、愚弄はれたりする

——— 54 ———

猫の蚤

國木田　治子

「また始まつた、秋ちやん！およしよ、嫌だと云ふものを無理に取るには及ばないわね。」
と母親は嫌がる猫の蚤を取つて居る末娘の秋子に斯う言つた。

「母さんが其様な罪を郭しやるから仔猫が嫌がるのだわ」と言つて秋子はなか／＼止めやうとはしなかつた。

「また怪我をしやうと思つて」、と母親は讀み掛けの新聞に目を落した。

猫は體に觸られるのが煩さいと見えて尾を振つたり、ニャア！と云つて口を開いて秋子の手に喰ひ付きさうな様子を見せた。其度に秋子は大急きで手を引込ませるが、白い毛の間にチョロ／＼する蚤を見ると又直ぐ手を出した。寢むり掛けて居た猫はまた觸られたので、ニャア！と言つて首を持ち上げたが、ころりと寢返りを打つた。すると今迄より仔猫が居るので、

---53---

併しなほ一言云ひたい。私は「青鞜」の發刊と云ふことを女性のなかの潛める天才を、殊

に藝術に志した女性の中なる潛める天才を發現しむるによき機會を與へるものとして、又

その爲の機關として多くの意味を認めるものだと云ふことを、よしくゝ恐らくの「青鞜」は

天才の發現を防害する私共の心のなかなる塵埃や、澱滓や、殻を吐出すことによって僅

に存在の意義ある位のものであらうとも。

私は又思ふ、私共の怠慢によらずして努力の結果「青鞜」の失はれる日、私共の目的は幾

分か達せられるのであらう、と。

最後に今一つ、青鞜社の社員は私と同じやうに若い社員は一人殘らず各自の潛める天才

を發現し、自己一人に限られる特性を會重し、他人の犯すことの出來ない各自の天職を

全うせむ爲に只管に精神を集中する熱烈な、誠實な眞面目な、純朴な、天眞な、寧ろ幼稚

な女性であつて他の多くの世間の女性の闘體にともすれば見るやうな有名無實な腰掛つぶ

しは斷じてないことを切望して止まぬ私はまたこれを信じて疑はぬものだと云ふことを云

つて置く。

烈しく欲求することは事實を産む最も確實な眞原因である。——完——

よ。潜める天才を産む日まで、隠れたる太陽の輝く日まで。

其日私共は全世界を、一切のものを、我ものとするのである。

其日私共は唯我獨存の王者として我が躰もて自然の心核に自存自立する反省の要なき眞正の人となるのである。

そして孤獨、寂寞のいかに樂しく、豐かなるかを知るであらう。

最早女性は月ではない。

其日、女性は矢張り元始の太陽である。眞正の人である。

私共は日出づる國の東の水晶の山の上に目映ゆる黄金の大圓宮殿を營まうとするものだ。

女性よ、汝の肖像を描くに常に金色の闘天井を撰ぶことを忘れてはならぬ。

よし、私は半途にして斃るとも、よし、私は破船の水夫として海底に沈むとも、なほ麻輝せる雙手を擧げて「女性よ、進め、進め。」と最後の息は叫ぶであらう。

今私の眼から涙が溢れる。涙が溢れる。

私はもう筆を擱かねばならぬ。

我れ我を遊離する時、潜める天才は發現する。

私共は我がうちなる潜める天才の爲めに我を犠牲にせねばならぬ。所謂無我にならねば
ならぬ。（無我とは自己擴大の極致ある。）

只私共の内なる潜める天才を信ずることによつて、天才に對する不斷の叫聲と、渇望と、
最終の本能とによつて、祈禱に熱中し、精神を集注し以て我を忘れるより外道はない。
そしてこの道の極るところ、そこに天才の玉座は高く輝く。

私は總ての女性と共に潜める天才を確信したい。只唯一の能性に信頼し、女性として
の世に生れ來つて我等の幸を心から喜びたい。

私共の救主は只私共の内なる天才そのものだ。最早私共は寺院や、教會に佛や神を求む
るものではない。

私共は最早、天啓を待つものではない。我れ自からの努力によつて、我が内なる自然の
秘密を曝露し、自から天啓たらむとするものだ。

私共は奇蹟を求め、遠き彼方の神秘に憧れるものではない、我れ自からの努力によつて
我が内なる自然の秘密を曝露し、自から奇蹟たり、神秘たらむとするものだ。

私共をして熱烈なる祈禱を、精神集注を不斷に繼續せしめよ。かくて飽迄も徹底せしめ

———— 50 ————

日本の自然主義者と云はれる人達の眼は現實其儘の理想を見る迄に未だ徹してゐない。

集注力の缺乏した彼等の心には自然は決して其全き姿を現はさないのだ。人間の瞑想の奥

底に於てのみ見られる現質即理想の天地は彼等の前に未だ容易に開けさうもない。

彼等のどこに自由解放があらう。あの首機、手械、足械はいつ落ちやう。彼等こそ自縄

自縛の徒、我れみづからの奴隷たる境界に苦しむ慣れむべき徒ではあるまいか。

私は無暗と男性を羨み、男性に眞似て、彼等の歩んだ同じ道を少しく遅れて歩まうとす

る女性を見るに忍びない。

女性よ、芥の山を心に築かむよりも空席に充實することによつて自然のいかに全きかを

知れ。

然らば私の希ふ眞の自由解放とは何だらう、云ふ迄もなく潜める天才を、偉大なる潜在

能力を十二分に發揮させることに外ならぬ。それには發展の防害となるものゝ總てをまづ

取除かねばならぬ。それは外的の壓迫だらうか、はたまた智識の不足だらうか、否、それ

らも全くなくはあるまい、併し其主たるものは矢張り我そのもの、天才の所有者、天才の

宿れる宮なる我そのものである。

脱して自己を解放せむが爲に外ならぬ。然るにアミイバのやうに貪り取つた智識も一度眼を拭つて見れば殼ばかりなのに驚くではないか。そして双我々は其殼から脱する爲め多くの苦闘を餘儀なくせねばならないではないか。一切の思想は我々の眞の智慧を暗まし、自然から遠ざける。智識を弄んで生きる徒は學者かも知れないが到底智者ではない。否、却て眼前の事物其儘の眞を見ることの最も困難な盲に近い徒である。

釋迦は雪山に入つて端座六年一夜大悟して、「奇哉、一切衆生具有如來智惠德相、又曰、一佛成道觀見法界草木國土悉皆成佛」と。彼は始めて事物其儘の眞を徹見し、自然の完全に驚嘆したのだ。かくて釋迦は眞の現實家になつた。眞の自然主義者になつた。空想家ではない。實に全自我を解放した大自覺者となつたのだ。

私共は釋迦に於て、眞の現實家は神秘家でなければならぬことと、眞の自然主義者は理想家でなければならぬことを見る。

我がロダンも亦さうだ。彼は現實に徹底することによつてそこに現實と全く相合する理想を見出した。

「自然は常に完全なり、彼女は一つの誤謬をも作らず」と云つたではないか。自からの意力によつて自然に從ひ、自然に從ふことによつて自然を我ものとした彼は自から自然主義者と云つてゐる。

自由解放！　女性の自由解放と云ふ聲は隨分久しい以前から私共の耳邊にざわめいてゐる。併しそれが何だらう。思ふに自由と云ひ、解放と云ふ意味が甚しく誤解されてゐはしなかつらうか。尤も單に女性解放問題と云つても其中には多くの問題が包まれてゐたらう。

併し只外界の壓迫や、拘束から脱せしめ、所謂高等教育を授け、廣く一般の職業に就かせ、參政權をも與へ、家庭と云ふ小天地から、親と云ひ、夫と云ふ保護者の手から離れて所謂獨立の生活をさせたからとてそれが何て私共女性の自由解放であらう。成程それも眞の自由解放の域に達せしめるによき境遇と機會とを與へるものかも知れない。併し到底方便である。手段である。目的ではない。理想ではない。

とは云へ私は日本の多くの識者のやうな女子高等教育不必要論者では勿論ない。「自然」より同一の本質を受けて生れた男女に一はこれを必要とし、一はこれを不必要とするなどのことは或國、或時代に於て暫くは許せるにせよ、少しく根本的に考へればこんな不合理なことはあるまい。

私は日本に唯一つの私立女子大學があるばかり、男子の大學は容易に女性の前に門戸を開くの寛大を示さない現狀を悲しむ。併し一旦にして我々女性の智識の水平線が男性のそれと同一になつたところでそれが何だらう。抑も智識を求めるのは無智、無明の闇

弱い、そして疲れた、何ものとも正體の知れぬ、把束し難き恐怖と不安に絶えず戰慄する魂。頭腦の底の動搖、銀線をへし折るやうな其輕い、寢醒時に襲つて來る黑い翅の死の強迫觀念。けれど、けれど、一度自瀆する時、潛める天才はまだ私を指導してくれる。まだ私を全く見棄はしない。そして何處から來るともなし私の總身に力が漲つてくる、私は只々強き者となるのだ。私の心は大きくなり、深くなり、平になり、明るくなり、視野は其範圍を増し、個々のものを別々に見ることなしに全世界が一目に映じてくる。あの重かつた魂は輕く、輕く、私の肉體から拔け出して空にかゝつてゐるのだらうか。否、哭は日方なきものとなつて氣散して仕舞つたのだらうか。私はもう全く身も心も忘れ果てて云ふべからざる統一と調和の奧に醉つて仕舞ふのだ。

生も知らない。死も知らない。

敢て云へば、そこに久遠の「生」がある。熱鐵の意志がある。

この時ナポレオンはアルプス何あらむやと叫ぶ。實に何ものの障碍も其前にはない。

眞の自由、眞の解放、私の心身は何等の壓迫も、拘束も、恐怖も、不安も感じない。そして無感覺な右手が筆を執つて何事かをなほ書きつける。

私は潛める天才を信ぜずには居られない。私の混亂した内的生活が僅に統一を保つて行けるのは只これあるが爲めだと信ぜずにはゐられない。

ロダン號を見て多くの暗示を受けたものだ、物知らずの私にはロダンの名さへ初耳であつた。そしてそこに自分の多くを見出した時、共鳴するものあるをいたく感じた時、私はいかに歡喜に堪へなかつたか。

以來、戸を閉じたる密室に獨座の夜々、小さき燈火が白く、次第に音高く、嵐のやうに、しかもいよいよ單調に、瞬もなく燃える時、私の五羽の白鳩が、優しい赤い眼も、黒い眼も同じ薄絹の膜に蔽はれて寄木の上にぷつと膨れて安らかに眠る時、私は大海の底に獨り醒めてゆく、私の筋は緊張し、渾身に血潮は漲る。其時、「フランスに我がロダンあり。」と云ふ思ひが何處からともなく私の心に浮ぶ。そして私はいつか彼と共に「自然」の音樂を——かの失はれたる高調の「自然」の音樂を奏でゐるのであつた。

私はかの「接吻」を思ふ。あらゆるものを情熱の坩堝に鎔す接吻を、私の接吻を。接吻は實に「一」である。全靈よ、全肉よ、緊張の極の間かなる恍惚よ、安息よ、安息の美よ。感激の涙は金色の光に輝くであらう。

日本アルプスの上に灼熱に燃えてくる〳〵と廻轉する日沒前の太陽よ。孤峯頂上に獨り立つ私の靜けき慟哭よ。

はないか。無爲、恍惚ではないか。虛無ではないか。眞空ではないか。實にこゝは眞空である。眞空なるが故に無盡藏の智惠の寶の大倉庫である。一切の活力の源泉である。無始以來植物、動物、人類を經て無終に傳へらるべき一切の能力の福田である。

こゝは過去も未來もない、あるものは只これ現在。

ああ、潛める天才よ。我々の心の底の、奧底の情意の火焔の中なる「自然」の智惠の卵よ。全智全能性の「自然」の子供よ。

「フランスに我がロダンあり。」

ロダンは顯れたる天才だ。彼は偉大なる精神集注力を有つてゐる。一分の隙なき非常時の心を平常時の心として生きてゐる。彼は精神生活のリズムにせよ、肉體生活のリズムにせよ、立所に自由に變ずることの出來る人に相違ない。むべなる哉、インスピレーションを待つかの奴隷のやうな藝術の徒を彼は笑つた。

其意志の命ずる時、そこに何時でも彼こそ天才となるの唯一の鍵を握つてゐる人と云ふべきだらう。

三度の箸の上下にも、夕涼の談笑にも非常時の心で常にありたいと希ふ私は怎て白樺の

—— 44 ——

원문 245

と多くの場合反比例して行く。

潜める天才に就て、疑ひを抱く人はよもあるまい。

今日の精神科學でさへこれを實證してゐるではないか。總ての宗教にも哲學にも何等の接觸を有たない人でも最早かの催眠術、十八世紀の中葉、墺國のアントン、メスメル氏に起原を發し、彼の熱誠と忍耐の結果、遂に今日學者達の眞面目な研究問題となつたかの催眠術を多少の理解あるものは疑ふことは出來まい。いかに纖弱い女性でも一度催眠狀態にはいる時、或暗示に感ずることによつて、無中有を生じ、死中活を生じ忽然として靈妙不可思議とも云ふべき偉大な力を現すことや、無學文盲の田舎女が外國語を能く話したり、詩歌を作つたりすることなどは屢々私共の目前で實驗された。また非常時の場合、火事、地震戰爭などの時、日常思ひ至らないやうな働をすることは誰れでも經驗することだ。

完全な催眠狀態とは一切の自發的活動の全く休息して無念無想となりたる精神狀態であると學者は云ふ。

然らば私の云ふところの潜める天才の發現せらるべき狀態と同一のやうだ。私は催眠術に掛れないので遺憾ながら斷言は出來ないが、少くとも類似の境界だとは云へる。

無念無想とは一體何だらう。祈禱の極、精神集注の極に於て到達し得らるゝ自己忘却て

此叫聲、此渴望、此最終本能こそ熱烈なる精神集注とはなるのだ。

そしてその極るところ、そこに天才の高き王座は輝く。

青鞜社規則の第一條に他日女性の天才を生むを目的とすると云ふ意味のことが書いてある。

私共女性も亦一人殘らず潛める天才だ。天才の可能性だ。可能性はやがて實際の事質と變するに相違ない。只精神集注の缺乏の爲、偉大なる能力をして、いつまでも空しく潛在せしめ、終に顯在能力とすることなしに生涯を終るのはあまりに遺憾に遑へない。

「女性の心情は表面なり、淺き亦に泛ぶ輕佻浮躁の泡沫なり。されど男性の心情は深し、其水は地中の回竈を疾走す」とツァラトゥストラは云った。久しく家事に從事すべく極め付けられてゐた女性はかくて其精神の集注力を全く鈍らして仕舞った。家事は注意の分配と不得要領によって出來る。

注意の集注に、潛める天才を發現するに不適當の境遇なるが故に私は、家事一切の煩瑣を厭ふ。

煩瑣な生活は性格を多方面にし、複雜にする、けれども其多方面や、複雜は天才の發現

———— 12 ————

た。

　私は常に主人であつた自己の權利を以て、我れを支配する自主自由の人なることを滿足し、自滅に陷れる我れをも悔ゆることなく、如何なる事件が次ぎ次ぎと起り來る時ても我の我たる道を休みなく歩んで來た。

　ああ、我が故鄕の暗黑よ、絕對の光明よ。自からの溢れる光輝と、溫熱によつて全世界を照覽し、萬物を成育する太陽は天才なるかな。眞正の人なるかな。

　元始、女性は實に太陽てなつた。眞正の人てあつた。

　今、女性は月てある。他に依つて生き、他の光によつて輝く病人のやうな蒼白い顏の月てある。

　私共は隱されて仕舞つた我が太陽を今や取戻さねばならぬ。

　「隱れたる我が太陽を、潛める天才を發現せよ。」ては私共の肉に向つての不斷の叫聲、押へがたく消しがたき渴望、一切の雜多な部分的本能の統一せられたる最終の全人格的の唯一本能てある。

———41———

248　세이토

人格の豪宕！　實にこれが私に女性と云ふものを始めて示した。と同時に男性と云ふものを。

かくて私は死と云ふ言葉をこの世に學んだ。

死！　死の恐怖！　曾て天地をあげて我とし生死の岸頭に遊びしもの、此時、あゝ、死の面前に足のよろめくもの、滅ぶべきもの、女性と呼ぶもの。

曾て統一界に住みしもの、此時雜多界にあつて途切れ、逢切れの息を胸てするもの、不純なるもの、女性と呼ぶもの。

そして、運命は我れ自から造るものなるを知らざるかの膓甲斐なき宿命論者の群にあやふく歩調を合せやうとしたことを、ああ思ふさへ冷たい汗は私の眉へを流れる。

私は泣いた、苦々しくも泣いた、日夜に奏でゝ來た私の竪琴の糸の弛んだことを、調子の低くなつたことを。

性格と云ふものゝ自分に出來たのを知つた時、私は天才に見棄てられた、天翔る羽衣を奪はれた天女のやうに、陸に上げられた人魚のやうに。

私は歎いた、傷々しくも歎いた。私の恍惚を、最後の希望を失つたことを。

とは云へ、苦悶、損失、困憊、亂心、破滅總て是等を支配する主人も亦常に私てあつ

精神集注力である。

神秘に通ずる唯一の門を精神集注と云ふ。

今、私は神秘と云つた。偖しともすれば云はれるかの現實の上に、或は現實を離れて、手の先で、頭の先で、はた神經によつて描き出された捨てものゝ神秘ではない。夢ではない。私共の主觀のどん底に於て、人間の深き瞑想の奥に於てのみ見られる現實其儘の神秘だと云ふことを斷つて置く。

私は精神集注の只中に天才を求めやうと思ふ。

天才とは神秘そのものである。眞正の人である。

天才は男性にあらず、女性にあらず。

男性と云ひ、女性と云ふ性的差別は精神集注の階段に於て中層乃至下層の我、死すべく、滅ぶべき假現の我に屬するもの、最上層の我、不死不滅の眞我に於てはありやうもない。私は曾て此世に女性あることを知らなかつた。男性あることを知らなかつた。多くの男女は常によく私の心に映じてゐた、偖し私は男性として、はた女性として見てゐたことはなかつた。

然るに過剰な精神力の自からに溢れた無法な行爲の數々は遂に治しがたく、救ひがたき迄の疲勞に陷れた。

———— 39 ————

女性とは斯くも嘔吐に價するものだらうか、

否々、眞正の人とは――

私共は今日の女性として出來る丈のことをした。心の總てを盡してそして産み上げた子供がこの「青鞜」なのだ。よし、それは低能兒だらうが、奇形兒だらうが、早生兒だらうが仕方がない、暫くこれで滿足すべきだ、と。あゝ、誰か、誰か滿足しやう。果して心の總てを盡したらうか。私はこゝに更により多くの不滿足を女性みづからの上に新にした。

女性とは斯くも力なきものだらうか、

否々、眞正の人とは――

侍し私とて此眞夏の日盛の中から生れた「青鞜」が極熱をもよく熱殺するだけ、それだけ猛烈な熱誠を有つてゐると云ふことを見逃すものではない。

熱誠！ 熱誠！ 私共は只これによるのだ。

熱誠とは祈禱力である。意志の力である。禪定力である、神道力である。云ひ換へれば

元始女性は太陽であつた。　——『靑鞜』發刊に際して——

　　　　　　　　　　　　　　らいてう

元始、女性は實に太陽であつた。眞正の人であつた。

今、女性は月である。他に依つて生き、他の光によつて輝く、病人のやうな蒼白い顔の月である。

偖てこゝに「靑鞜」は初聲を上げた。

現代の日本の女性の頭腦と手によつて始めて出來た「靑鞜」は初聲を上げた。

女性のなすことは今は只嘲りの笑を招くばかりである。

私はよく知つてゐる、嘲りの笑の下に隱れたる或ものを。

そして私は少しも恐れない。

併し、どうしやう女性みづからがみづからの上に更に新にした羞恥と汚辱の慘ましさを。

——— 37 ———

方と歩いてゐた。二人は一日の汗になゝ切つた身體を双仁王門から馬道の方へはこんだ。

二人は河岸をあるいて砂利置場から宵暗の被せかける隅田川の流れをながめた。

ゆう子はもう、自分の身體を男が引つ抱へて何所へでもいいから運れてつて來ればい

いと思ひながら砂利置場の杭へよりかゝつた。

「蝙蝠が、淺黄縮子の男袴を穿いた娘の、生血を吸つてる、生血を吸つてる——」

男に手を取られてはつとした。その時人差指の先きに卷いてあつた紙がいつの間にか取

れてしまつたのに氣が付いた。生惡い匂いがぶんとした——完——

から夕暮れらしい薄黄いな日射しが流れこんでゐた。

　二人は小屋を出た。もう白地の浴衣に水の底のやうな涼しい影が見える夕方になつてゐた。安藝治は矢つ張りだまつて歩いて行く。ゆう子は目眩いがするほど空腹くなつたのに氣が付いた。男に默つて中途から別れて了はう。そんな事も考へながら、膝のうしろにべたぐ～と觸る汗にしみた着物が氣味がわるくてならなかつた。

「この女は何所まで附いてくるんだらう。」

　男の様子にそんな所が見えると、ゆう子が思つたとき、

「何か食べなくちや。」

と男が云つた。

「私は踊りたい。」

「踊る？」

「ええ。」

　男は又默つて歩いて行つた。二人は池の橋を渡つて山へあがると、其所の端の氷店の腰かけへ云ひ合はしたやうに腰をかけた。二人の前の柿を込みが打水の雫をちらしてゐた。

　二人はまた何時までも～～其所を立たなかつた。

　日の入る頃になつて汗を洗ひ流した連中が、折目の見える浴衣と若かへて、もう其方此

つた。ゆう子は高いところに腰をかけて何も考へる力もなく、唯ぼんやりと半分は眠つてゐた。

蒸すやうな、臭い空氣が、時々ゆう子の身體を撫でまはしてゆく。ぱた〳〵とまばらな拍手が下の土間の方から、氣の無い輝きを持つてくる。その間にゆう子はふと、かさつと云つた羽搏きのやうな音を耳近く聞いた。

うつとりしてゐた瞼がかつきりと反つたやうな氣がした。ゆう子は後を見まはしたから、鐙立上つただけれども、何も見えなかつた。

後向きになつて、ゆう子は煤けた柱から、汚れが垢のやうに積つた薄緑をぢつと見た。

ふと、その後の羽目板に、大きな魚の尾鰭のやうな黒いものの動いてるのが目に付いた。ゆう子はぢつとして其の動くものを眺めてゐた。動かなくなるとゆう子は扇子てその黒いものをぢつと抑へて見た。扇子をひく儘にその黒いものがだん〳〵羽目板の外へ引摺られて出てくる。何とも付かず一尺ほど引きてた時、その輪廓をぐるりと見て――それが蝙蝠の片々の翼だと知れた。

ゆう子はばたりと扇子を落した。そうして驅けよるやうにして安藝治の坐つてゐる傍へ立つたが、安藝治は氣が付かなかつた。ゆう子は身體の血が冷え付いたやふな思ひをしながら、もう一度羽目板の方を振返つて見た。もう黒い翼は見えなかつた。その傍の壁の隙間

――31――

の三味線の、糸を手繰つては繊らせ、繊らせては手繰りよせるやうな曲がゆう子の胸をきつと絞つた。

娘は奥から下りるとにつこり笑つて會釋しながら直ぐ奥へ入つてしまつた。髪がつぶれてゐた。熨斗目の長い袖が目に残つた。安藝治は他の人のやうに手摺りに縋りついて下を見てゐる。その細い頸筋をゆう子はぢつと見つめた。女の子の足の上へ澤山に桶を積み上げて、その上へのせた天水桶の中へ男の子がはいつたり、水藝をやつたりまだ幾つもそれに似たことを幾人もの子が代る〴〵やつてゐる。ゆう子は倦みつかれて自分の身體が汗の中へ溶け込んでゆくやうな氣持がした。自分は何か悲しまなければならないことがあつたのにと思ふ傍から、

「何うにてもなれ。何うにてもなれ。」

と云ひ度い氣がする。何所まで落ち込んで行つたところで、落ち込んだ先きには矢つ張り人の影は見える。──と思つてゆう子は小屋の中の人たちがなつかしかつた。淺黄縮子の男袴──それがゆう子の眼先をはなれなかつた。

安藝治は演伎が猪組を繰り返して同じ罪をやる様になつても歸らうと云ふ子はなかつた。ゆう子もこの小屋を出たくはなかつた。折角暗い奥を見付けながら、又明るい光りを裏面に浴びるのは辛かつた。いつまでも、夜るになる迄居られるもののならかうして居たいと思

顔におしろいを塗つた女の子が桃色の繻衣を着て兩手を雨腋に挾んで四五人立つてゐる。それが紅白で綯つた輪をもつて玉に乘つてあるきだした。

輪を足から手へくゞらせたり、肩へ拔かしたりしながら乘つた玉をまわしてゆく。その白粉のついた小さい耳のわきがゆう子は悲しかつた。ゆう子は後の、棧敷のやうな高いところへ行つて其所へ腰をかけながら、塗骨の扇子を帶からぬいた。

扇ぐときに生ぬるいやうな香水の匂ひがなつかしく泌みる。外へ垂れた幕がわづか上がる時、其所に群集した人の頭から後の池の面へかけて、投げつけたやうな鋭い畫の光りがゆう子の目にぱつと映る。演伎の間々にその藝を演じる娘たちや大きな男たちが、だまつて茫然とその外の群集を見てゐるのが、薄暗い小屋に倦怠の氣がしみ通つてゆく樣な氣がした。

ふと氣が付くと淺黄の袴をはいた振袖の娘が舞臺に現はれてゐた。大きなふつさりした潰しの島田に紫の鹿の子がかゝつてゐた。

その娘は臺の上に仰向に寢て足の先で傘をまわした。眞つ白な手甲が細い手首を括つてゐた。臺の兩脇に長い袂が垂れてゐた。窄んだ傘を足でひろげて、傘のふちを足に受けてくるくと風車のやうにまわしてまわしぬく。その脛當ても眞つ白かつた。そうして小さな白足袋――淺黄繻子の男袴が時々ひだを亂して、垂れた長い袂が搖れる。その時の下座

包まれてるやうな人間だと思つた。

安藝治はまた歩きだした。ゆう子は何となく自分の身體を何かに投げかけたいやうな氣がした。太たことが云つて見たいやうな氣がした。然し矢つ張り男に口をきくのはいやであつた。

花屋敷の前の人混みを通つて、玉乘りの前までくると安藝治は、

「はいつて見やう。」

と云つてゆう子に構はずづん／＼入らうとした。ゆう子は黙つて隨いてはいつた。高い小屋がけの二階が眞つ暗だつた。柱も蒲縁も蒲團も、霧汗でぬれたものを摑むやうな、枯つた濕り氣をふくんでゐる。

二階にはまばらに五六人ほど人がゐた。その人たちがみんな、又と見付け得られない容ものに執着したやうな顔付をして、手側にしつかりとつかまつて下の演伎をながめてゐる。安藝治はさも居やすい所を見出したやうな様子で、薄い蒲團を腰の下に入れた。そうしてゆう子の顔を見て徴笑した。

何か鈴のやうなものがから／＼となつた。肉色の襦衣を着た男の子が、太い聲で次ぎの演技の日上を云つてゐる。外に垂れた廣告幕が少し上つたり下つたりする度に、表に立つた伸向いた人の顔がかくれて舞臺が薄暗くなる。小さな銀杏返しに引つ詰めて結いた、淦い

— 31 —

赤い風鈴を下げた氷屋が薔薇のかげを漂らしてゐる。ちやん／＼の襦袢一枚で、黒い腕をだした女が小供に義太夫を敎へてゐるのが、表からすつかり見えた家があつた。椽の低い小間物店から、熟んだやうな鴻の匂いがした。安藝治が先きに立つて、蕎麥屋の裏から公園へ拔け道した。

きつい日に照りつけられて、阿彌陀堂の赤い丹塗りの色が土器色に褪つて見へた。龍頭觀音の噴水がだらりととまつてゐた。如露の水ほども落ちてゐなかつた。炎天に水を乾つくされ、銅像の全身をきら／＼と燒きなぶられて高いところに据へられた觀音の立像を見上げてゐると、ゆう子は頭の髪の毛を火の炎でやき拂はれるやうな氣持がした。

潮染めの浴衣を着て赤い帶をしめた、眞つ白な顔をした女たちが、汗にまつはり付いたやうな浴衣の裾のわれ目から赤い臙出しをちらつかして通つてゆく。肌をぬいて絹襦袢一つになつた男が扇子を使ひながら通つてゆく。　水の出ない　噴水のまわりにもいろ／＼な人が集つてゐた。

二人は然うした人だちにおそ／＼とながめられた。安藝治はそれを厭がしさうにして目を避けてゐた。ゆう子は然うした鄙しい衰惰で自分たちを見て行く人と、今の自分と云ふものの上とにそれ程の隔だたりがあるやうに思へなかつた。いくらでも覗きたいほど自分を見せてやれと思つた。どうせ自分は、その人たちには珍らしくない矢つ張り磨つた肉に

ゆう子は幾度も然う思つた。男と離れて、昨夜の事を唯一人しみぐ〳〵と考へなければな
らないやうな焦慮つた思ひもする。けれどゆう子は何うしても自分から男へ口がきけなか
つた。両手も両足もきつい鐵輪をはめられたやうに、少しも身體が自由にならなかつた。
自分に蹂躪された女が戰へてゐる。口もきゝ得ずにゐる。そうして炎天を引ずり廻され
てゐる。女は何所まで附いてくるつもりだらう。

だまつてる人は其樣ことを考へてゐるのぢやないかとゆう子は不意と思つた。ゆう子は
そつと額の汗をふいた。

いまの雛妓らしい娘が二人を通り越してとつ〳〵と歩いてゆく。繪模樣の朱の日傘の下か
ら、俯向いて衣紋をぬいた細い頸筋が解けそうに透き通つて白々と見える。荒い矢羽根が
すりの紺すきやの裾掛けが、眞つ白な素足をからんではほつれ、からんではほつれしてゆ
く。貝の口にむすんだ紫博多の帯のかけがきりりと上をむいてゐる。

薄い長い缺が引ずるやうな、美しい初々しひ姿をゆう子はぎらつく空の下でしみぐ〳〵と
眺めた。そうして羨しかつた。かうして昨夜の身體をその儘炎天にさらして行く自分には、
日光に窟爛してゆく魚のやうな臭氣も思はれた。ゆう子は自分の身體を誰かに摘みあげて
抛り出してもらい度いやうな氣がした。

二人はだまつて歩いて行く。廣い通りが盡きると、狹い裏通りへまがつた。

當りの石段を上つて行つた。上り切ると、ゆう子は柵のところへ手をつて向島の..を..かよた。

河も堤も熱さにうんざりしたやうに、金色の光りを投げだした僅何の影も動かさなかつた。透き間もなく照りこんだ夏の日光を、弾き返すやうなトタン家根の上に、黒い煙りが這ひ付いてる暑苦しい町並を眼の先に見つけると、ゆう子は直ぐ眼を眩しくさせて日蔭の方を振返つた。安藝治は敷石の上に立つて、社の前に鈴をから／＼云はせてゐる雛妓らしい娘の後姿を見てゐた。

聖天の御堂の奥は黒い幕をはつた様に薄暗い。ところ／＼器物の銀の色が何かの暗示のやうに、神秘めいて白く光つてゐる中に、蠟燭が大きな燭臺の輪をめぐつて何本も上下左右にちろ／＼と灯つてゐる。それが丁度、今の炎天を呪ふ祈りの灯のやうに見える。荒行で断食した坊さんが眼にだけ一念をひそめた輝きのやうな光りを、よわ／＼した蠟燭の焰の先きに一とすぢ閃かしてゐる。

其所に二三人の人の影が見えた。二人は表の石段をおりた。ちつとも日蔭のない照りはしやいだ通りは、焼けた銅板をはり詰めたやうに見る目も吐く息も切ない。ゆう子は洋傘を低くさした。

「もう別れなければ。もう別れなければ。」

力のない身體をだらしもなく横倒りしながら、頭をぶつて小僧のやうに毆り上げた。

硝子戸を開け閉てする宿屋の朝の掃除のやかましい音がひゞいてくる。電車のおとがきひゞと鳴つて通つたとき、ゆう子はこの宿が大通りの内に家並を向けてゐることを思ひだして恐しくなつた。此家を出るのに何所から出たらいゝだらう、女中に頼んで裏口から出して貰はうか、ゆう子はそんな事を考へながら衿から半紙をだして、細く引き裂いて傷ついた指を巻いた。

二

二人は水色の洋傘と生つ白いパナマの帽子をならべて、日盛りの町をあるいてゐた。まるで強烈な日光にすべての色氣を奪はれ盡してしまつたやうに、若くづれた鐵だらけの二人の着物にあざやかな色彩も見えなかつた。熱い日に叩き立てられるやうに、やくざな恰好をして二人は眞晝の炎天をたゞ素直にあるいてゆく。燒き鏝を當てられるやうに二人の頭元はぢり／＼と照らされる、白い足袋はもう乾き切つた埃で薄い代緒色に染まつてゐる。

二人は路次をはいつた。

狹い庇間の下を風が眞つ直ぐに通して、地面が穴の底のやうに濕つてゐる。井戸の向ふ角の家の眞つ暗な土間で、汚れた手拭を頭に捲きつけた女が機を織つてゐた。二人は突き

ゆう子は然う思ひながら、噎ぐやうに泣いた。

いくらでも泣ける。ありたけの涙が出きつてしまふと、ふつつと息が絶えるのぢやない
か、息が絶へやうとして出るだけの涙が流れつくすのぢやないか。と思ふほど。

泣くだけ泣いて、涙が出るだけ出て、蓮花に包まれて眠るやうに花の露に息をふさがれ
て死ぬものなら嬉しからう。涙の熱さ！ たとへ肌がやきつくす程の熱い涙で身體を洗つ
ても、自分の身體はもとに返らない。もう舊に返りはしない。——

ゆう子は唇を噛みながら、ふと顔を上げて鏡の肉を見た。物の形をはつきりと映したま
ま鏡のおもての光りが搖がずにゐる。紫紺の膝がくづれて赤いものが圭えてゐた。

ゆう子は其れを凝と見た。そのちりめんの一と重下のわが肌を思つた。

毛孔に一本々々針を突きさして、こまかい肉を一と片づ挾りだしても、自分の一度侵
つた汚れは削りとることができない。——

顔を洗ひに行つた安藝治が手拭をさげてかへつて來た。ゆう子を見るとだまつて降りの
部屋へはいつて行つた。何時の間にか女中が來てゐたと見えて、女と話する安藝治の聲が
した。

女中は直ぐ床を片付けに入つて來た。ゆう子を見ると笑ひ顔で挨拶したけれど、ゆう子
は振向きもしなかつた。そうして、根深く食ひこんだやうな疲れた夢の覺めさはのやうに、

26

奥へよせる時、ピンの尖きでゆう子は自分の人差指の先きを突いた。爪ぎはに、ルビーのやうな小さい血の玉がぽつとふくらんだ。

金魚の鱗が青く光つてゐる。赤いまだらが乾いて艶が消へた。金魚は上向きに日をぽんと丸くあけて死んでゐる。花の模様の踊り扇をひろげた様だつた尾鰭は、すぼんだやうにだらりと萎れついてさがつてゐる。

ゆう子は其れをしばらく瞬して見てゐたが、庭へ抛り投げてしまつた。丁度飛石の上へ乗つた金魚の骸へ、一と瞬きづゝ明けてゆく空の光りが、薄白く金魚をつゝんでは擴がるやうに四方へちらけてゆく。

ゆう子は座敷へはいつた。まだ消さずにある電氣の光りが薄樺色の反射にみなぎつてゆう子の額を熱ばませる。ゆう子は窓の下の大きい姿見の前へ行つてびつたり坐ると、傷づいた人差指を目に含んだ。——ぢりりと滲み出すやうに涙が雨の眼をあふれた。

ゆう子は袂を顔にあてゝ泣いた。泣いても、泣いても悲しい。然し、自分の頬をひつたりとなつかしい人の胸に押あててゐる時のやうな、そんな甘つたるさが涙に薄ずりと色を着けてながれる。

「いま指を含んだとき、自分の指に自分の唇のあたゝかさを感じた、それが何故かしも悲しいのであらう。」

───── 25 ─────

と云つた。——

生臭い金魚の匂ひがぼんやりとした。

何の匂ひとも知らず、ゆう子はぢつとその匂ひを嗅いだ。いつまでも、いつまでも、嗅いだ。

「男の匂ひ。」

ふと思つてゆう子はぞつとした。そうして指先から爪先へぞちり〳〵と何かと傳はつてゆく様に慄へた。

「いやだ。いやだ。いやだ。」

又を摑つて何かに立向ひたい様な心持——昨夜からそんな心持に幾度自分の身體を摑みしめられるだらう。

ゆう子は片手をゆう子鉢の中にずいと差入れて、惜いもの〳〵やうに金魚をつかんだ。

「目ざしにしてやれ。」

然う思ひながら、素て着た單衣の襟を介はせた金のピンをぬきながら、摑んだ金魚を水から上げた。白金の線が亂れみだれるやうに硝子鉢の水がうごく。

胡麻粒のやうな目の玉をねぢつてピンの先きを突きさすと、丁度手首のところで金魚は尾鰭をばた〳〵させる。生臭い水のしぶきがゆう子の葉鼠色の帶へちつた。金魚をピンの

—— 24 ——

緋鹿の子――
あけぼの――
あられごもん――」

と一つ／＼指でさして金魚に名をつけた。明け方の窓が紺に映つて、白い爽りがところどころ銀箔を落したやうに水のおもてをちらつかしてゐる。緋鹿の子がお俠に水をきつてついと走つた。

ゆう子は鉢のわきに並べてあつた紫のシネラリヤの花を、一とつ摘んで水の中にこぼした。真つ赤な――まだ名を付けなかつた金魚が、小さなお壺目を花片にふれると、すぐ驚いたやうに大きな尾鰭を振り動かして底の方へ沈んでゆく。銀箔があちこちと、ちろ／＼と揺れた。

ゆう子は立てた膝の上へ左の腕をのせて、それへ右の肱をかつて掌で額をおさへた。垂れた頭の重みに堪へないやうに手首が他愛なくしなつて見へる。眼尻のところへ揚指があたつて眼が険しくくれた。

――緋縮緬の蚊帳の裾をかんで女が泣いてゐる。男は風に吹きあほられる伊豫簾に肩の上をたゝかれながら、町の灯を窓からながめてゐる。男はふいと笑つた。そうして、

「仕方がないぢやないか。」

―― 93 ――

266 세이토

生血

田 村 と し 子

一

安藝治はだまつて顏を洗ひに出て行つた。ゆう子はその足音を耳にしながら矢つ張りぼんやりと椽側に立つてゐた。紫紺縮緬をしぼつた單衣の裾がしつくりと踵を包んて被先がしやくれて流れてゐる。

昨夜寢るとき引き被いだ薄ものをまだ剥ぎ切らない樣な空の光りの下に、庭の間々の赤い花白い花がうつとりと瞼をおもくしてゐる。

ゆう子の椽から片足踏み出した足の裏へ、しめつた土から吹いてくる練絹のやうな風が、そつと忍ぶやうにしてさわつてゆく。

ゆう子は足許の金魚鉢を丸た。ふつと、奥の湧いたやうな顏をすると其所にしやがんて、

「紅しぼり――」

――― 22 ―――

원문 267

遠雷を釣らて苦屋に人語など

腑の病遠雷きくも夢心地

立秋や椛み燈ゆる虫の蒋

松原に網あむ漁夫や雲の峯

剞冠過く踊塵千里雲の峰

百日紅

白雨

耳聾いて恐なる子や百日紅

蟬ねらふ烏に智あり雲の峰

鳴神や今蛟龍の雲を得て

薫風や五山にまかる朝の人

90

たく〜と細い〜ね〜した道をうごき出した。弓子が振り返つて見ると、乳母はどうして住つたか二階の窓から幽霊の様な顔を出して、こつちを見返つてゐる。弓子は「死」の影が自分に附いて来るやうな心持がした。——完——

皺だらけの老人の顔を見てゐたが、ふいと可笑しくなりさうになつたので、さつき汽車の

中の室氣枕の紳士を笑つた様な事になつてはならないと、唇を噛んで餘所見をしてゐたが、

とう〳〵席を離れて、病室へ蹈つて行つた。

丁度乳母の子供が蹈つて來てゐた。寫眞にもまして美しい子である。乳母はくれ〴〵も

母を失ふ此子の事を弓子に頼んだ。

後に乳母が亡くつてから、此子は京橋で待合を出してゐる、父親の妹の内へ引き取られ

た。その家へ遊びに來る羽左衛門や高麗藏が役者にしたいから、養子にくれると、度々望

んだが、子供が聽かなかつたさうである。

山尾に促されて、弓子は蹈支度を始めた。實は「一死」の家を離れるのが嬉しかつた。そ

して堪へがたさうに名殘を惜む乳母を見て、自分を一瞬間不滿足に感じた。

乳母は綠側迄送び出て來て、見送つた。もう四時近いのである。夕蔭がすつかり出來て、

一面の青い畑の上を涼しい風が吹いてゐる。車の廻りには近所の子供が珍らしさうに集ま

つて來た。「東京の女は妙だなあ。夏着物をしてゐら」わあ一なんだと顔を見て云ふ。きたない

子等の中に乳母の子は別物の様に美しく見えた。

弓子は「さよなら」と云つて車に乘つた。鼻を垂らして、赤いくしやくした目をした子

供達も聲を合せて「さよなら」と云ふ。乳母の家の人達はみんな出て來て見送つた。車はが

しは石にかぶりついても死にはいたしません。」

乳母の青い顔は薄赤くなつた。そして目が異樣に光つてゐる。訊くとそれを言つてゐる人との矛盾とても云はうか、何か不合理なやうな處のあるのが、弓子には不快に思はれた。

次の間では山尾が乳母の母親に賴に御飯の支度をことわつてゐる。それを聞いて弓子は云つた。

「病人のあるところへ來て騒がせては、濟まないと思つて、途中で食べて來たの。ほんと

よ。」

「わたくしが病氣でないと、詰まらない物でも、お嬢様のお口に合ふ物を探へますのに。それでもお薩の新を先程掘らせたのが、ふかしてある筈でございます。どうぞあちらで少

しても召し上がつて戴きたうございますが。」

「薩摩芋は相變らず結構よ。では御馳走になつて來るわ。」

薩摩芋なら皮があるから好いと弓子は思つたのである。そして山尾と一しよに母屋の奥

座敷へ行つた。切角支度をしてあるのだからと云つて、山尾は色々の物を一人で食べてゐ

る。給仕に出て來た母親は、病人の事を云つては泣く。それを山尾が旨い事を言つて慰め

てゐる。母親は涙がはらくくこぼれるのに、雨手を顔に當てるでもなく前掛で拭くでもな

く、とらゐ手だしで泣くのてゐる弓子をじつと見ることのない立き方をゆらと思つて、

「お出を願ひました上に、色々頂戴物をいたしましては濟みませぬ、早く直つてお禮に東京のお邸へ伺ひたいと思ひますか。」

十日持つか持たぬかだと、醫者に宣告せられてゐる、窶れ果てた乳母を、弓子はどう思め様もなかつた。

乳母の枕元には、弓子のかぶさりで被布を着た寫眞が飾つてあつた。その後も此髮やら高島田やら、幾らも寫眞を送つた筈だが、乳母にはやつぱり自分が手なづけた頃の弓子が戀しいのと見える。弓子の寫眞の隣に六つ許の、目の醒める様に美しい男の子の寫眞が並べて立ててある。乳母には今年此位の年頃の男の子が出來てゐるのだが、寫眞は乳母の子にしては餘り美し過ぎる様である。

「この子供は誰やの子なの。なんといふ好い子だらう。」

「大阪に居りました頃、好く御主人のお子樣と人に間違へられましたが、やつぱりお孃樣を大切にお扱ひした癖が抜けたいと見えると云つて、好く皆でも笑ひました。」

乳母は寂しい笑顔をした。

「子供は連れて來てゐるのね。」

「はい。今しがた母屋の人達が宿へまゐりますのに相談に行きましたが、もう踊る頃でございます。お孃樣がお旅にいらしやるまでにはあの子が十四になります。それ迄はわたく

があつて、その奥の方の間に自分の知つてゐた其人とは思はれぬ様に痩せ衰へた乳母がゐた。

乳母は弓子の來るのを知つてゐたか起き上がつてゐた。それを見ると、弓子の目からも涙が出た。そして「お嬢様ですか」と云つたり切り云ひ、泣いてゐる。それを見ると、弓子の目からも涙が出た。これは全く豫期してゐない涙であつた。けふ死に掛かつてゐる乳母を見舞ふと云ふことは、弓子が爲めに来さなくてはならない義務に過ぎなかつた。そして乳母になんと云はうかと思つてゐるのが苦になつた。泣かれようなんてことは思ひはしなかつた。その目に涙が出た。弓子は重荷を卸したやうな気がした。もう別に何も言ふ必要はないのである。

暫くハンケチを顔に當ててゐた弓子は顔を上げて云つた。ばあやお土産があつてよ。これはお嬢様とわたしとで拵へたのよ。掛けて御覧。」

紫紺の銘仙に、クリイム色の絹の裏を開けた下掛である。それを乳母に着せ掛けて遣つた。

「それからはあやの食べられさうな菓子を色々持つて來てよ。牛乳の中へ入れる様にと思つて、ミルクもあるのよ。それから姿あやが殺やてゐて眺める様にと思つて、造花を持つて來たの。まだ稽古し立てだから随分まづいわよ。ほら、つづゝ次に菊に桔梗に朝顔に蓮。これで習つた丈みんなよ。」

藤澤に着いたのは十一時少し過ぎてあつた。停車場前の茶屋で休んで、弓子は東京から持つて來たサンドヰツチや西洋菓子や果物を取り出して食べて、山尼にも分けて遣つた。結核の病人のゐる所で、物を食べない用心をして、こういうんな物を食べたのである。

そこで車を借りて、道のでこぼこした田舎道をがたくゆられて出掛けた。線路を通り越して横へ曲ると、まだ餘程遠いのに、乳母の家の大きな松の木が見える。弓子は子供の頃兩親に連れられて乳母の家へ來たことがある。松の木の多い鵠沼村でも、此松は優れて大きく高いので、乳母は自慢してゐたのである。傍に少し背の低いのが二本並んでゐてそれに注連縄が張つてあつた。此の松が元からある、その下へ來た乳母は、弓子の家を下がる時貰つた一時金と、それ迄の貯金とを合せて、二階建ての家を立てた。その頃乳母の家の云ふには、不斷は兄に貸して散きますが、海水浴にお出になる時には、婆あやの内へお出下さいと云ふことであつた。今思へばあの家は死所に立てた様なものだ。弓子はさう思ふので、乳母の家へ近寄る心持が、いつか遊びに來た時とは丸で違ふ。

松の木は目の前に見えてゐても、がたく車が乳母の家に着くまでには、かなり時が立つた。最初に弓子を見附けたのは、土間で炊事をしてゐた乳母の母親で、それが飛んで出て來た。そして「好く來て下さいました」を續けさまに言つて、二階建ての乳母の家へ案内した。戸口の内は廣い土間である。そこへ遣入つて覗き込むと、六疊と八疊との下座敷

待つてゐた。そのうち八時が過ぎたので、二階へ上がつて行つて、母あ様に挨拶して出掛けることにした。

弓子の乗り込んだ二等室は、かなり込んでゐた。連れが男なので話もなく、人形の様におとなしく兩手を膝に載せて、發車を待つてゐた。後れ馳せに、若い一人の紳士が這入つて來て、弓子の眞向ひに腰を掛けた。見るともなしに見合せた紳士の顔は、はち切れさうに肉附いた頬と頬の間に、赤子の口のやうな極く小さい口が附いてゐる。ちよいと見て、弓子は可笑しいと思つた。こんな事が好くあるので、噴き出してはならないと、一しよう懸命我慢してゐる。折々山尾の話し掛けるのに簡單に答へじ、只脣を噛んで體に力を入れて我慢してゐる。丁度横濱へ着いた。二三人連の外國人が立ち上がつて車を出しなに、出し抜に赤い薔薇の花束を弓子の手に渡して行つた。弓子は不意の事で、美しい花に氣を取られて、少し嬉しさが薄らいだ。やれ嬉しいと、はつと息を衝く暇もなく、眞向ひの男は空氣枕をかばんの中から取り出して、息を入れ始めた。空氣枕は段々ふくらむが、頬つべたは小さくはならない。却てます〳〵ふくれて來て、今にも頬も一齊にはち切れさうに思はれる。弓子は目を瞑つて見まいと思つたが、幻のやうに空想の畫き出す頬と枕とは、實際より一層ふくらんでゐる。殆ど停止する所を知らない。とう〳〵ぷつと噴き出し

こ、〳〵〳〵で頁を送つて。

弓子は長年自分を育ててくれた乳母が、丁度七年程前に急によめに行つてしまつたのが、不思議でならない。いつまでもお嬢様のお傍におりますと、日柄のやうに妾つてゐた乳母が、俄に人の女房になつて、今迄の倍もある大きな丸髷に結つて、お白粉をこて〳〵塗つたのを見たときは、弓子は子供心に可笑しく思つた。

乳母の夫は結婚後間もなく大阪の郵便局へ赴任した。乳母が泣きの涙を弓子に別れてから、もう七年立つた。長い間來る手紙も〳〵、自分の體の弱くなつたことばかりが書いてあつた。とう〳〵二月程前に、子供を連れて、夫に送られて、鵠沼住の實家へ歸つて來た。安心したせいか、汽車の旅に疲れたのか、めき〳〵病氣が重つた。母あ様がお醫者を頼んて、鵠沼まで診察に行つて貰つたが、肺結核のひどいので、お醫者にも見限られてしまつたのである。

此頃は日々お嬢様々々とばかり妾ひ暮らしてゐる。或る日なんぞは使所へも行かれぬやうになつてゐる體で、どうしても一遍東京まで出て、弓子に逢つて來るとよび出して、家中を騷した。そして乳母の兄がたつたひわざ〳〵弓子の內へ來て、母あ様にその話をしたのを、弓子が聞いて、今日執事の山尾を連れて、九時十分新橋發の汽車て、鵠沼へ行くことになつたのである。

弓子は御飯を濟まして、母あ様の二階から降りて入らつしやるのを、新聞を讀みながら

地縮緬の襟を掛けたクリィムの絹縮緬に著物と同じ模様の友仙である。帯は白地に銀糸で荒い手綱の出してある、企泰式唐様の丸帯である。ばちんを締めるのに、綾過ぎたり長過ぎたりするのを、幾度も直してゐるうちに、結んだ帯が解けてしまふ。弓子はじれてゐたが、やっとの事で支度は出来上がった。

茶の間へ出て見ると、自分のお膳が一つ変出てゐて、初がお給仕に来てゐた。小さい時は、母あ様と二人切りである。

お父う様に別れて、一人のお兄い様は今京都の大學に行ってお出でなので、東京の住まひ

「わたし一人なの。そんなに遅いかね。今日一日潰すのだと思って、ゆうべ十二時迄起きて復習をしたもんだから、すっかり寝過したわ。かあ様は。」

「福島の奥様がお出になりまして、お二階に入らっしゃいます。」

「福島の奥様。」

弓子は此間中から度々言ひ込んで来る自分の縁談に遊ないと思った。やうやう學校を卒業する迄は、結婚はさせないと、極めて下さった母あ様を、又迷はせにお出になったのか。誰がおよめになんか行くものか。今日見舞に行く筈になってゐる、鵠沼で死に掛かってゐるばあやだって、およめにさへ行かなかったら、肺病になんかならずに済んだかも知れない。内に奉公してゐる間は、風を引いたことも稀であったぢやないかなどと思ふ。

—— 11 ——

278 세이토

死の家

森 しげ女

今年の梅雨は例年にまして、雨が多かつた。雨ばかりではない。風さへ加はつて、秋のあらしの様になつて、風をきらふ弓子を、脹からせた。

久しぶりで今日は、晴々とした、好い天氣になつた。丁度日曜日である。毎朝きまつて六時になると起しに來る小間使の初が、日曜日だけは、弓子の室の雨戸さへ、起き出るまでは開けずに置くのである。

弓子は四疊半の化粧部屋へ這入つて、初の持つて來てくれる一ぱいの桶の湯と水指の水とを容赦のバケツとて、朝の身じまひをする。髮を解かしてかなり手數の掛かる庇髮に結つて、齒を磨く。それから西洋お白粉で薄化粧をして、學校行の着物を脱て、袴を穿いてしまふまで、凡四十分程は掛かる。今朝は母あ様が亂れ箱の中に入れて置いて下さつた容物を着た。海苔に白上がりて、四田の青海波を出した友仙縮緬縮緬の單へに、長襦袢は肉色無

―――― 10 ――――

そを傳ふ雨潞の水は蛇の如し。

寢汗の香、かなしさよ。よわき子の歯ぎしり。

青き蚊帳は蛙の喉の如く脹れ、

有なる髪は鹿子菜の如く戰ぐ。

この中に青白きわが顔こそ

若に流れて寄れる月見草なれ。

油蟬のじじ、じじと啼くは、
アルボォス石鹸の泡なり、
慳貪なる男の方形に聞く大日なり、
手握みの二錢銅貨なり、
近頃の藝術の批評なり、
誇りかに語るかの若き人等の戀なり。

○

夏の夜のどしや降の雨、
わが家は泥田の底となるらん、
柱みな草の如く撓み、

○

また何を附け足さん。
わが心は魚ならねば鰓を有たず、
ただ一息にこそ歌ふなれ。

○

すいつちよよ、すいつちよよ。
初秋の小き籠媒を吹くすいつちよよ。
蚊帳にとまれるすいつちよよ。
汝が聲に青き蚊帳は更に青し。
すいつちよよ、なぜに聲をば途切すぞ。
初秋の夜の蚊帳は水銀の如く冷きを。
すいつちよよ、すいつちよ。

わが祖母の母はわが知らぬ人なれど、
すべてに華奢を好みしとよ。

水晶の珠數にも倦き、珊瑚の珠數にも倦き、
この青玉の珠數を爪繰りしとよ。

我はこの青玉の珠數を解して、
貧しさに與ふべき玩具なきまま、
一つ一つ兒等の手に次くなり。

○

わが歌の短ければ、
言葉を省くと人おもへり、
わが歌に省くべきもの無かりき。

われは近頃煙草を喫み習へど、
喫むことを人に秘めぬ。
蔭口に男に似ると云はるるもよし。
唯おそる。かの粗忽者こそいと多なれ、

○

「鞭を忘るな」と
ツァラツストラは云ひけり。
女こそ牛なれ、また羊なれ。
附け足して我は云はまし。
「野に放てよ」

○

青く、且つ白く、
剃刀の刃のこころよきかな、

箸き草いきれにきりぎりす鳴き、

ハモニカを近所の下宿に吹くは懶けれども。

わが油じみし靴筒の底をかき探れば、

陸奥紙に包まれし細身の剃刀こそ出づるなれ。

○

にがきか からきか・煙草の味は・

煙草の味は云ひがたし。

甘しと云はば、かの粗忽者

砂糖の如く甘しとや思はん

4

ほとつくため息は火の如く且つ狂ほし。

かかること知らぬ男。

われを褒め、やがてまた譏るらん。

○

われは愛づ。新しき薄手の玻璃の鉢を。

水もこれに湛ふれば涙と流れ。

花もこれに投げ入るれば火とぞ燃ゆる。

愁ふるは、若し粗忽なる男の手に砕け去らば。——

素焼の土器より更に脆く、かよわく。

○

すべて眠りし女今ぞ目覺めて動くなる。

○

一人稱にてのみ物書かばや。
われは女ぞ。
一人稱にてのみ物書かばや。
われは。われは。

○

額にも肩にも
わが髪ぞほつるる。
しをたれて湯瀧に打たるるこころもち。

2

そぞろごと

与謝野 晶子

〇

山の動く日来る。
かく云へども人われを信ぜじ。
山は姑く眠りしのみ。
その昔に於て
山は皆火に燃えて動きしものを。
されど、そは信ぜずともよし。
人よ、ああ、唯これを信ぜよ。

1

원문 289

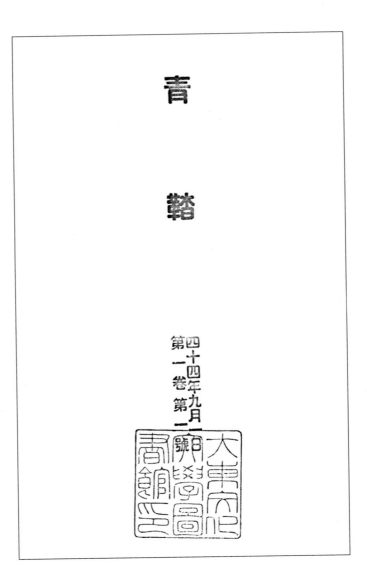

青鞜

第一卷　第一號

四十四年九月一日